KB003081

사우다드
Saudade

스마트북스 소설가

사우다드

Saudade

강준 장편소설

문학나무

소설가의 말

도달할 수 없는 것에 대한 그리움

몇 년 전 중국을 관광하면서 소위 광개토태왕릉이라는 곳에 들른 적이 있다. 그 광경은 너무나 처참하고 충격적이어서 울화가 치밀었다. 세계문화유산이어서 보수를 할 수 없다지만 내부를 채우고 있던 돌들이 밖으로 쏟아져나와 기단 주변에 뒹굴고 있는데도 방치한 채 관광객들에게 공개되고 있는 현실이 의아스럽기까지 했다.

광활한 중국 대륙을 22년간 정복했던 광개토태왕 아닌가? 그로부터 고대 역사에 관심을 갖게 되었고 그것이 중국과 일본이 자국의 역사 인식과 이해관계에 의해 담합하여 만들어낸 가공의 산물이라는 나름의 결론을 얻으면서 이 작품을 쓰게 됐다.

고대의 제단을 광개토태왕릉이라고 단정한 것은 발굴에 참여했던 일본 학자였다. 삼국 이전의 역사를 인정하고 싶지 않은 역사가들이 식민사관에 의해 만들어낸 역사 왜곡의 단초이기도 하다.

지금까지 우리가 배워 온 역사도 친일사관에 입각한 편협되고 왜곡된 역사다. 한사군이나 평양성의 위치는 물론 심지어 광개토태왕비 해석마저 일본의 주장을 그대로 수용하고 있는 실정이다.

중국은 과거 아시아 문명의 중심은 황하문명이라 자랑하여 왔지만 그보다 더 오래된 동이족이 만든 홍산(紅山)문명이 발견되면서 그들은 역사를 왜곡 수정하기 시작했다.

그래서 동이족이 만주 땅에 세운 선비, 예맥, 조선, 부여, 발해, 고구려 등은 가공의 황제족 후손들이 세운 나라라고 주장하고 있다.

고구려 역사를 「중국 고구려사」「동북지역소수민족정권 고구려사」 등으로 조작하여 교육시키고 있으며 수, 당과 고구려의 다툼은 전쟁이 아니라 내란이라 규정하고 있다. 그것은 미국 트럼프 대통령과의 회담에서 '한때 한국은 중국의 부속국가'라고 했다는 시진핑 주석의 인식에서도 확인된다. 역사 문제는 한 시대에 명쾌하게 단정될 수 있는 것이 아니다. 특히 영토나 국경에 관한 문제는 오늘날까지도 끝없는 분쟁의 대상이다.

사우다드는 '도달할 수 없는 것에 대한 그리움'이라는 뜻의 포르투갈 어이다. 역사는 생각하는 자에겐 늘 그리움과 아쉬움의 대상이다. 과거 역사를 올바르게 인지함에서 앞으로의 역사도 바로 세울 수 있다. 역사 유물애 대한 위정자들의 인식이 중요한 이유다.

이 작품은 21세기문학관과 부악문원을 오가며 썼다. 관계자 여러분과 출판을 허락해준 문학나무사에도 감사를 드린다.

2017년 6월
증평 21세기문학관에서
강준

차례

사우다드
Saudade

01
황사주의보

시리도록 푸른 하늘에 몇 점 구름이 흘러들더니 지축을 흔드는 말발굽소리가 들린다. 이윽고 수많은 깃발을 든 기마 병사의 무리를 이끌고 앞장서서 거침없이 달리는 영락태왕이 나타났다. 김주현은 그와 나란히 하여 드넓은 대륙의 광야를 달리고 있다. 한참을 달려 얕은 내를 건너자 향기로운 바람을 만들어 내는 숲길이 나타났다. 숲은 곧 산등성이로 이어지고 멀리 성채가 드러났다. 성문 앞에서 백성들이 환호성을 지르며 승전하고 돌아오는 군사들을 맞이했다. 영락태왕이 만면에 웃음을 띠고 김주현을 바라보았다. 김주현의 가슴도 벅찼다. 군사들도 기를 흔들며 환호성을 지르며 백성들의 영접에 호응했다. 김주현도 신이 나서 주먹을 불끈 쥐고 치올리며 소리를 질렀다. '고구려 만세! 영락대왕 만세!'

바람이 창문을 흔드는 소리에 놀라 김주현 교수는 벌떡 상체를 세웠다. 저녁을 먹으며 곁들였던 술이 핏줄을 타고 흐르며 피곤

했던 중추 신경을 잠시 마비시켰는지, 소파에 머리를 기대어 생각에 잠겼는데 깜빡 잠이 들었다. 김 교수는 창가로 가서 문을 활짝 열어 재꼈다. 차가운 바람이 일순 얼굴을 스치자 누워있던 세포들이 화들짝 놀라며 깨어났다.

숲속을 서성이다 후각의 검문에 걸린 바람의 냄새는 방금 꾸었던 꿈을 재생시켰다. 갑자기 마음이 호방해지면서 편안해졌다. 논문이 발표되고 난 후 요동칠 세미나의 장면을 상상했다. 전율과 함께 야릇한 감흥이 온몸을 휘감았다. 그것도 잠시 문득 오늘 낮에 내려진 황사주의보에 생각이 미쳤다. 이젠 숲 향기도 마음껏 마실 수 없다고 투덜대며 창문을 닫았다. 자정이 가까워져 있었으나 저만치 달아나버린 잠이 언쟁하다 친정 가버린 아내처럼 쉽게 와줄 것 같지 않았다. 누군가에 감시당하고 있다는 불안한 기운이 숲 그늘처럼 퍼졌다. 며칠 후에 있을 세미나에 대한 긴장 때문이라 자위해 보지만 아무래도 벽화 조각이 마음에 걸렸다. 일본이 왜곡한 우리 상고사를 일거에 무너뜨릴 귀중한 증거물인데. 그것을 얻기까지의 숨가쁜 순간들이 떠오르자 몸이 부르르 떨렸다. 그런 생각들을 떨치고자 커튼을 닫고 걸음을 옮겼다.

냉장고를 열어 얼음 세 조각을 글라스에 가두고 마시다 남긴 위스키를 부었다. 잔 속으로 스며들며 탄식처럼 지르는 위스키와 얼음의 교성이 들렸다. 코끝으로 스미는 향기를 음미하며 한 모금 입안에 넣어 굴리다 삼켰다. 목젖을 타고 흐르는 짜릿한 쾌감이 뇌에 전달되자 문득 고유심이 생각났다. 지성미에 육감적 몸매를 가진 고유심은 그 외고집마저도 충분히 매력 있는 여자라 생각했다. 휴대폰을 찾아 '자?' 하고 문자를 넣었다. 일어서서 기지개를 켜는데 '아뇨, 직원들과 술 마셔요. 같이 한 잔 할래요?' 라는 답신이 왔다. 습관적으로 벽에 걸린 시계에 시선이 멈췄지만 서울로 나가기엔 너무 늦은 시각이었다. 다시 문자를 넣는데 전화가 걸려왔다.

"어머, 김 교수님. 야심한 시간에 문자까지 다 주시고, 혼자신가 봐요?"

이미 많이 취한 목소리다. 김 교수는 술잔을 기우려 한 모금 목을 축이고서 대화를 시작했다.

"아니 술하고 원수졌어? 벌써 취한 목소린데?"

"취하지 않았어요. 술 마셔야 할 일이 있었어요. 어디세요?"

"어디긴, 학교 연구실이지."

"잘 됐다. 교수님 취재도 해야 하는데, 지금 연구실로 갈까요?"

"시계를 봐. 전철도 끊어졌을 텐데 어딜 온다고 그래. 내일 보자구."

내일 보자는 말에 고유심의 목소리가 변했다.

"어머 원고 다 됐구나? 그렇죠? 세미나 원고 다 되면 연락 주신다고 했잖아요? 저도 많이 기대 되요. 분명 대박 칠 특종일 거예요. 그게 발표되면 역사학계는 난리가 날 거고 국민들도 많은 자부심을 느낄 거예요."

"너무 기대하진 말아. 고 기자도 우리 학계 풍토 잘 알잖아? 굳건하게 철옹벽을 쌓고 있는 기득권 세력을 어찌 당해 내겠어? 신뢰성 있는 사료를 찾아내고 증거물들을 확보해도 그들이 세워놓은 원칙에 맞지 않으면 배척될 게 뻔한데. 어디 한두 번 당한 일인가?"

"그래도 이번 논문은 직접 현장을 목도하고 쓰신 거잖아요. 증거물도 있다면서요? 보내주신 사진 보고 얼마나 마음이 설레었다고요. 교수님 말씀처럼 세미나가 개최되면 중국은 물론 일본까지 깜짝 놀라고 당황할 게 틀림없어요. 그런 특종감을 저한테 먼저 주셔야죠."

기억이 분명한 것을 보아선 유심은 취한 것 같지 않았다. 진심을 담은 간절함 때문인지 발음마저 한결 또렷했다.

"글쎄 난 어떤 억지 논리로 공격할까가 더 궁금해지는데. 방금 원고 마무리하고 자축하는 의미로 한 잔 하는데 고 기자 생각이 나더라고."

"어머, 그런 법이 어딨어요? 교수님. 조금만 기다려 줘요. 한 시간 안으로 도착할 수 있을 거예요."

"이 야심한 시각에 남자 혼자 있는 연구실에 어찌 아녀자가 찾아온다는 거야?"

"어머, 교수님은 절 여자로 안 보잖아요?"

"나도 남자야. 고 기자가 취한 걸 가장하고 대시하면 나도 어떻게 될지 몰라."

"어머, 어머 그럼 저야 좋죠. 지금 기분 만땅인데 그리 갈게요."

"농담이야. 나 피곤해. 낼 아침 다시 한 번 교정 보고 메일로 쏘아 줄게. 원고를 보고 나서 인터뷰를 하든지 말든지 해."

말을 막 끝내는데 갑자기 전기가 나가고 사방이 캄캄해졌다. 순간 김 교수는 올 것이 왔다는 생각을 했다. 자신을 감시하던 대상이 드디어 정체를 드러낸다고 생각하니 몰골이 송연해지면서 머릿발이 섰다. 오싹한 한기가 몰려오며 몸이 떨렸다.

"어 이거 왜 이러지? 갑자기 불이…."

"뭐라고요? 교수님…."

문이 열리는 소리가 들렸다. 사방을 살피는데 창문으로 흘러든 달빛에 복면 쓴 두 괴한의 모습이 드러났다. 김 교수는 다리가 파근하여 뒤로 물러서지도 못하고 휴대폰을 떨어뜨렸다.

"누구야? 너희들!"

어둠 속에서 소음기 달린 총 소리 두발과 함께 김 교수는 단말마의 비명을 지르며 소파에 쓰러졌다. 바닥에 내동댕이쳐진 휴대폰에서 고 기자의 다급한 목소리가 허공에 날렸다.

"교수님. 무슨 일이에요? 교수님!"

괴한이 휴대폰을 여러 번 밟아 뭉개고는 들고 온 가방 속에 넣었다. 또 한 명의 괴한은 쇠몽둥이로 컴퓨터를 박살내고 저장 장치를 꺼내 가방 속에 담았다. 그리고는 책상 위에 있는 논문 원고 뭉치와 책상을 뒤져 크고 작은 USB를 가방 속에 쓸어 넣었다. 그들은 휴지통 속을 뒤져 인쇄된 용지와 캐비닛 속에서 카메라를 찾아내고는 메모리칩을 분리해 가방 속으로 집어넣었다. 사무실 곳곳을 뒤지던 괴한이 고개를 저으며 찾는 것이 없다는 신호를 보냈다.

그때 주위를 살피던 괴한이 조용하라는 신호를 보내며 입구 쪽을 가리켰다. 그리고는 권총을 꺼내들고 문 옆에 붙어 섰고 다른 괴한은 쇠몽둥이를 들고 누군가의 출현을 기다렸다. 잠시 후 문이 열리며 회칼을 든 건장한 사내 둘이 들어섰다. 방으로 들어선 두 사내는 어지럽혀진 실내와 소파에 쓰러진 주현을 발견하고 흠짓 놀라며 경계하는데 두 괴한이 달려들었다. 싸움은 오래 가지 못했다. 괴한들의 일방적인 무술 공격에 두 사내는 힘 한번 써보지도 못하고 쓰러졌다. 쓰러진 사내를 향해 권총을 발사하는 사이에 다른 한 사내가 잽싸게 발사되는 총을 피해 어둠 속으로 달아났다.

휴대폰을 통하여 상황의 위급함을 감지한 유심은 오금이 쑤셔 견딜 수가 없었다.

"난 몰라 어떻게 해. 김 교수님께 무슨 일이 생겼나봐."

유심은 발을 동동 거리며 엎드려 자고 있는 정 기자를 흔들어 깨웠다.

"정 기자. 어서 일어나 봐. 어서."

정 기자가 상체를 일으키며 팔굽을 재빠르게 움직이는 바람에 빈 술병이 바닥에 떨어져 요란한 소리를 냈다. 정 기자는 기지개를 켜며 투덜거렸다.

"선배님 왜 이러세요? 선배님도 취하셨어요. 이제 그만 가요. 졸려 죽겠어요."

"그래, 가자. 정 기자 대리 불러. 어서."

"알았어요."

정 기자가 휴대폰을 꺼내 대리 기사 번호를 찾는데 유심이 바바리코트와 가방을 챙기며 벌떡 일어섰다.

"아니야, 택시가 빠르겠어. 나 먼저…."

말을 마치기도 전에 유심은 문을 열고 밖으로 나갔다. 화장실에 다녀오던 유 국장이 옷을 추스르며 들어오다 황급히 나가는 유심을 보고 뒤통수에 대고 소리쳤다.

"고 부장, 어디 가, 나랑 한 잔 더 해야지?"

02
우연이라는 이름의 운명

간밤 사무실 회식에서 늦게까지 마신 술 때문에 출근 길 내내 머리가 개운치 못했다. 기어 스틱을 맨 위로 올리고 스톱 스위치를 눌러 엔진을 정지시켰다. 그리곤 반쯤 남은 삼다수 물병의 뚜껑을 열고 고개를 뒤로 젖혀 마지막 한 방울까지 목으로 털어 넣었다.

오정운 검사는 사무실 문을 열고 들어서며 '좋은 아침' 하고 인사를 건넸다. 사무실 안에 있던 이철진, 주윤호 수사관과 김양이 일어서서 허리를 굽혀 인사를 했다.

안쪽 사무실 문을 여는데 손잡이가 차다고 느껴졌다. '열이 있나' 하고 중얼거리며 방안으로 들어서서 윗저고리를 벗어 옷걸이에 걸었다. 이철진과 주윤호가 서류와 수첩을 들고 들어와 소파에 앉았지만 정운은 몸통을 이리저리 비틀며 뻐근한 몸을 풀었다. 잠시 후 김양이 커피 잔을 탁자 위에 놓고 나가고 나서야 길게 기지개를 켜며 소파에 앉았다.

"아이고 죽겠다."

"숙취가 덜 풀리신 모양이네요?"

주윤호가 커피 잔을 들며 말했다.

"몸들 괜찮아요? 오랜만에 과음했더니 컨디션이 영 아니올시답니다."

"피로회복제 가져 올까요?"

이철진이 일어서며 나갈듯한 자세를 취하자 정운이 말렸다.

"아냐 집에서 마시고 왔어. 시간 지나면 풀리겠지."

정운은 커피 잔을 들어 마시려다 뜨거운 김이 콧속으로 들어오자 잔을 그냥 내려놓았다.

"주 계장님. 진흥무역 사기 건 진전이 있어요?"

주윤호가 서류를 내놓으며 말했다.

"수사 기록 여기 있습니다. 조사는 하고 있습니다만 서로 말이 달라서요."

"이런 토착비리 건은 미꾸라지처럼 다 로비로 피해 나가거든요. 외부에서 압력 들어와도 책임은 내가 질 거니까 흔들리지 말고 파헤쳐요."

"알았습니다."

정운은 서류를 대충 보더니 미간을 찌푸리며 말했다.

"아냐, 내가 직접 심문할 테니 내일 일정 잡아 놔요."

"예. 내일 이영임 살인용의자 심문도 있는데, 연결시켜서 시간 잡겠습니다."

"그래요. 오늘 공판 몇 시지요?"

"조상호 건 3차 공판은 2호 법정 2시입니다. 자료 책상 위에 올려놓았습니다."

"간밤에 특이 사건은 없었나?"

이철진이 서류를 내밀며 대답했다.

"총기사건 있었습니다, 기호대학 교수연구실에서 두 명이 죽었는데 한 사람은 역사학 교수고 다른 한 명은 일본인 같은데 신원 파악 중입니다."

오정운은 역사학 교수라는 말에 무언가 집히는 게 있는 듯 눈을 동그랗게 뜨며 이철진을 바라보았다.

"역사학 교수? 이름이 뭐지?"

이철진이 서류를 확인하고 말했다.

"김주현이라고 합니다."

오 검사는 깜짝 놀라며 확인하듯 물었다.

"아니 기호대 김주현 교수 말야?"

"사고가 그 연구실에서 났답니다."

뒤통수를 얻어맞은 듯 순간 눈앞이 흐려졌다.

"김주현 교수가…? 현장은 잘 보존되었지?"

"예. 지금 강력반과 감식반원들이 나가 있다고 합니다."

오 검사가 다급하게 일어나 저고리를 걸치며 나갈 채비를 하자 이철진과 주윤호도 일어섰다.

"혹시 잘 아시는 분이십니까?"

"왜 몇 달 전에 우리 사무실에 왔었잖아? 동향 선배라고."

"아 예 생각납니다. 아담한 체격에 검은 뿔테 안경 쓰신 분. 아 그분이 김주현 교수였구나."

오 검사는 급하게 사무실을 나가며 말했다.

"현장 다녀올 테니 경찰에 수사 지휘 내가 한다고 알려. 주 계장님은 김주현 교수 주변 사람들 탐문 조사 부탁해요."

"예. 다녀오십시오."

일행은 뒤에다 대고 허리를 굽혔다. 그런데 밖으로 나가던 오 검사가 몸을 돌리며 말했다.

"참, 이철진. 한국전통미술협회라고 있다던데 거기 노 회장이 어떤 사람인지 탐문해 봐."

"예. 알겠습니다."

오 검사는 황급하게 검사실을 나갔다.

정운은 종교를 믿지 않는다. 그러나 그의 모친은 부처님의 은덕으로 아들이 사법시험에 합격했다고 믿었다. 모친은 정운이 처음으로 집을 얻어 이사할 때 자그만 불상을 구해와 거실 한쪽에 안치할 정도로 독실한 불교 신자였다. 어려서부터 어머니 손에 이끌려 절에 다니면서 부처 믿을 것을 강요하다시피 했지만, 정운은 서울에서 대학을 다닌 후론 한 번도 절 구경을 한 적이 없었다. 허나 검사가 되고 사건을 수사하면서 사람과의 만남에 우연이라는 건 없다고 믿게 됐다. 모든 세상 일은 전생의 업보처럼 그것이 어떤 힘에 의해 그렇게 만들어질 수밖에 없다는 것. 즉 인간은 어떤 기로의 상황에서 선택을 하지만 그것도 이미 정해진 운명의 수순에 따라 움직인다는 것을 여러 사건을 통하여 알게 됐다. 오 검사는 김주현 교수를 서울향우회에서 만난 것도 그런 필연적인 것이라 생각했다.

정운은 평소 향우회 같은 것엔 관심도 없었지만 회장을 맡고 있는 전직 고검장 출신 고등학교 선배가 직접 전화까지 해서 참석을 요청하는 바람에 눈도장만 찍고 빠져 나올 요량으로 차를 몰고 행사장으로 갔다. 행사가 시작된 한참 늦은 시각이라 주차장은 이미 만원이었다. 차를 댈만한 곳이 없어 주변을 뱅뱅 돌았다. 몇 번을 돌다가 겨우 주차장을 빠져 나가는 차를 발견하고 잽싸게 자리를 잡았다. 후진으로 차를 세우는데 앞으로 지나가는 유난히 하얀 다리가 빛나는 짧은 미니스커트 여인에게 눈길을 빼앗겼다. 순간 브레이크를 밟는다는 것이 액셀레터를 밟아 뒤에 세워진 차와 충돌하고 말았다. 쿵하는 소리에 여인은 힐끗 쳐다보더니 배시시 웃으며 사라졌다. 차를 전진시키고 백미러를 통해 뒤차 범퍼가 찌그러진 것을 확인했다. 재수 없다고 투덜대며 그 곳을 얼른 빠져 나와 멀찌감치 빈자리를 찾아 차를 세웠다. 운전석에서 내려 조심스레 차 뒤로 갔다. 범퍼에 금이 많이 갔으나 당장 교체해야 할 정도는 아니었다. 범퍼에 묻은 페인트를 벗겨내려고 휴지를 꺼내 문질렀으나 하얀색 페인트는 그대로 남았다.

행사장에 도착해 보니 아침부터 술판이 벌어져 있었다. 정운을 발견한 민주상 회장이 옆자리로 불러 좌중들에게 자랑스러운 고향 후배 검사라 소개했다. 그리고 술잔을 권하는 바람에 마지못해 두어 잔 마셨다. 주변 사람들이 명함을 건네며 인사를 했지만 정운은 '아, 예'란 말과 목례만으로 화답하며 내미는 명함들을 들여다보지도 않고 주머니 속에 집어넣었다. 그런 가운데도 유독 기억에 남는 인물이 있었다. 빤질빤질한 대머리에다 개기름이 반질거리는 거만한 얼굴이 다가와 명함을 내밀었다. 고향의 3선 국회의원인 정문휘였다. 그의 얼굴을 보는 순간 소름이 돋으며 몸이 떨렸다. 말로만 듣던 정문휘와의 첫 대면이었지만 정운에겐 매우 익숙하게 각인된 인물이었다. 내심을 모르는 그는 오정운의 어깨를 두드리며 잔을 권했다. 정운은 술잔을 받고서는 입에 대는 척하다가 슬며시 내려놓았다. 화제가 정치 얘기로 돌아갔다. 기회를 포착한 정운이 화장실을 핑계로 자리를 뜨는데 휴대폰 벨이 울렸다. 모르는 번호가 떴다. 거절모드로 돌리고 화장실에서 소변을 보는데 다시 같은 전화번호가 떴다. 무시하며 차 있는 곳으로 이동하는데 벨이 계속 울어댔다.

잠금 해제 장치를 풀고 '여보세요' 했더니 점잖은 소리가 들렸다.

"좋은 차를 타고 다니시는 분이 그러시면 됩니까? 아무리 바빠도 연락처는 남기셔야죠."

'아뿔사 어떻게 알았지?'

일단 시침을 떼고 보자는 생각이 들었다.

"누구신데 무슨 일로 그러십니까?"

"여보세요. 블랙박스에 다 찍혔어요. 내 경찰에 아는 사람 있어서 차적 조회해서 금방 알아냈소. 이래도 시치미 뗄 거요?"

'히야 이거 꼼짝 없이 걸렸구나. 하필 블랙박스가 설치된 차라니.'

분명 동향 사람일 텐데 더 이상 발뺌해선 곤란 겪을 거란 판단이 섰다. 차를 몰고 사고 냈던 곳으로 가 보니 정장을 한 젊잖게 생긴 사람이 지나가는 차를 두리번거리며 오 검사가 나타나길 기다리고 있었다. 정운은 차를 통행로에 세우고 내리자마자 명함을 꺼내 내밀었다.

“죄송합니다. 행사에 늦어서 경황없다 보니 그만… 수리하시고 연락 주십시오.”

안경을 벗어 명함을 확인하던 차 주인의 표정이 변하더니 웃음까지 흘리며 말했다.

“검사시군요. 영양 출신 맞지요? 반갑습니다.”

그는 윗주머니에서 명함을 꺼내 내밀며 악수를 청했다. 그가 기호대학교 역사학과 김주현 교수였다. 같은 지역에 직장을 다닌다면서 무척 반가워했다. 그리고 자신의 차는 낡아 곧 새 차를 주문할 거니 수리는 걱정하지 말라고 했다.

그로부터 한 달쯤 후 김 교수가 전화를 걸어와 저녁 식사나 하자고 했다. 허나 기소 시한이 다가온 사건이 있어 시간 내기 어렵다고 했더니 그가 검사실로 찾아왔다. 상기된 얼굴이었다. 그는 차를 한 모금 마시고 찻잔을 내려놓더니 심각한 표정으로 말했다.

“검사님, 지금 국내에 고구려 벽화가 밀반입 되었는데 알고 있습니까?”

“고구려 벽화라면 북한에 있는 것 말입니까?”

“아니 중국에 있는 것 말입니다. 고구려 고분은 현재 밝혀진 것만 106개나 되요. 그중 31개가 지안과 환인 지역에 있는데, 벽화가 있는 고분은 역사적으로 대단히 중요한 유물입니다. 우리나라 고대사뿐만 아니라 당시의 문화나 시대정신까지 추정할 수 있는 귀중한 자료지요. 아마 10여 년 전에 고구려 고분벽화가 도굴되었다는 기사를 본 적이 있을 겁니다. 삼실총과 장천1호분 말입니다. 헌데 세계자연유산으로 등재시킨 고분군을 우리 국보처럼 '전국중점문물보호단위'로 지정해 놓고도 허술하게 방치하고 있는 배경에는 중국의 치밀한 음모가 숨겨져 있습니다. 더구나 장천1호분은 1996년에도 도굴꾼들에 의해 훼손되었는데도 말입니다."

"음모라니요?"

"이야기하자면 깁니다만 요약하면 이렇습니다. 중국은 몇 년 전 동북공정프로젝트라는 이름아래 역사뿐만 아니라 고구려 유물들을 자기네 것이라고 전부 빼돌렸지요. 생각해 보십시오. 고구려 유물들이 동북공정프로젝트 아래 철저히 통제되고 있었는데 도굴되도록 방치한 이유가 뭐겠습니까? 거기에는 고구려 역사를 왜곡하여 만주 침탈을 합법으로 위장했던 일본과의 협잡이 있다는 말입니다. 고구려가 중국을 지배했다는 물증이 고분과 벽화 속에 남아 있는데 이는 동북 삼성의 역사를 자기네 것으로 만드는데 결정적인 걸림돌이 된다는 말이지요."

"그럼 도굴되도록 방조했다는 겁니까?"

"방조가 아니라 증거를 인멸하기 위해 오히려 조작했다고 볼 수도 있습니다. 저는 여러 번 중국을 다녀왔는데 아직 밝힐 단계는 아니지만 놀라운 정보를 얻었고 현장을 확인할 계획입니다."

김주현 교수가 심각한 표정을 짓는 이유를 그제야 알 수 있었다.

"헌데 그런 귀중한 유물이 어떻게 국내로 반입될 수 있다는 말입니까?"

"그것이 반입되었다는 것은 국내의 누군가 사주했다는 반증입니다. 도굴꾼들이 대가도 없이 목숨 걸고 작업했겠습니까? 누군가 정보와 자금을 제공했기에 계획적으로 도굴이 가능했다는 거지요."

듣고 보니 예삿일이 아니었다. 잘못하면 중국과의 외교적 마찰까지 일으킬 수 있는 사안이었다.

"그게 누군지 감잡히는 사람 있습니까?"

"노명현 짓이 분명합니다."

"노명현? 어떻게 단정할 수 있지요?"

"물건을 손에 쥐게 되면 그것을 구입하려는 고객을 찾지요. 고미술품을 감정하고 가격을 매기는 사람이 바로 감정사들인데, 그들이 소속된 단체가 한국전통미술협회입니다. 그 전미협에서 감정사들을 뽑아 교육시키고 자격증을 주지요. 그러니 물건이 생기면 우선 그것이 진품이라는 걸 증명 받아야 하는데 고가의 물건일수록 권위 있는 사람의 인정서가 필요하지요."

"그 협회 회장이 노명현이라는 말씀이죠?"

"예. 왜 작년 국립박물관에서 가짜 도자기 매입했다고 떠들썩한 적 있지 않습니까? 그 배후가 바로 그 자에요. 가짜 물건도 그 사람이 진품이라면 진품인 것이고, 진품도 가짜로 둔갑하기도 하지요. 그런 사기꾼이 방송에 나와서 진품이니 명품이니 감정하고 있다니 참."

김주현 교수는 공분을 참지 못하는 듯 얼굴을 붉히며 안경 너머 눈꺼풀을 바르르 떨었다.

"진품을 가짜로 감정하는 이유가 뭡니까?"

"그거 다 눈속임이지요. 그래야 쉽게 세관을 통과해서 해외 구매자에게 반출시킬 수 있으니까요."

김 교수는 입속이 마른지 마시다 둔 커피를 한 모금 마셨다.

"고구려 벽화가 국내에 있다는 걸 어찌 아셨습니까?"

"귀한 물건들은 단골 고객들이나 고가 물품만 유통하는 골동품 상들에게만 알려지지요. 그런데 이번 물건은 광개토태왕릉에서 도굴된 거라 합니다. 믿을 만한 관계자에게 들은 거니 틀림없습니다."

매우 흥미가 당기는 말이었다. 역사학자인 김 교수가 허투루 말할 사람도 아니고 동향 후배 검사를 이용해 이득을 챙길 만한 위인도 못된다고 판단했다.

"그 물건을 본 적은 없다는 말이지요?"

"능력 있는 소장가가 직접 나타나기 전엔 실물을 보여주는 법이 없습니다. 주로 구전을 통하거나 사진만 보여주지요."

"그럼 그것이 어디 있는지도 모른 것 아닙니까?"

"그렇긴 합니다만 노명현이를 잡아다 족치면 알 수 있을 겁니다. 조사해 보시면 알겠지만 아주 질이 나쁜 사람이에요. 국보급 문화재를 일본으로 밀반출하는 전문 브로커예요."

고지식한 사람이 고자질하는 것처럼 들려 정운은 쓴 웃음을 지었다.

"선배님, 아무런 증거도 없이 사람을 잡아다 심문할 수는 없잖습니까?"

"그렇긴 하지만 알아낼 방법은 얼마든지 있지 않겠습니까? 구매자를 가장해서 접근시킬 수도 있겠고…."

김 교수는 말을 할 때마다 안면 근육들이 따라 움직여서 연신 흘러내리는 굵은 뿔테 안경 가운데를 검지로 들어 올리는 습관이 있었다.

"확실한 단서나 증거 없이 수사에 착수하기는 어렵습니다. 그리고 참 이해되지 않는 게 어떻게 바위에 그려진 벽화를 떼어낸다는 겁니까?"

"일반적인 상식으로는 이해 가지 않겠지만 고구려 벽화의 원리를 아는 전문가들은 그런 걸 쉽게 떼어낼 수 있습니다. 그게 원석에 그냥 그린 게 아니에요. 돌 위에 찰흙, 고령토 등을 두껍게 바르고 회반죽으로 미장을 해요. 그리고 석회, 모래, 점토와 식물섬유보강재를 섞어 발라 그 위에 천연 물감으로 그림을 그렸기 때문에 그 두께가 15mm 정도가 되지요. 그러니 실톱으로 그림과 벽 사이를 정교하게 분리하면 시루떡처럼 떼어낼 수 있는 거지요. 삼실총과 장천1호분 벽화도 그렇게 도굴한 겁니다."

그때 부장검사의 호출이 있었기 때문에 김 교수와의 대화는 거기까지였다. 그 후로 김 교수를 본 적도 없었고 바쁜 업무에 몰두하다보니 그와의 대화는 까맣게 잊고 있었다.

03
떠난 사람 다시 돌아오다

폴리스 라인이 쳐진 사건 현장에 도착해 보니 감식반원들은 조사를 마치고 돌아간 뒤였고 넓지 않은 연구실은 쏟아진 피로 발 디디기가 어려운 상황이었다. 김 교수의 시신은 소파 옆에 널브러져 있었다. 머리에서 흘러내린 피가 바닥에 떨어진 뿔테 안경을 물들이며 낭자했고, 출입문 주변엔 팔뚝에 문신을 새긴 덩치 큰 사내가 누워 있었다.

"뭐, 좀 나왔어요?"

오 검사가 들어서자 강력계 형사반장이 거수경례를 한 후 수사 상황을 보고했다.

"사건이 접수된 게 오늘 새벽 1시 50분이고 사건 추정 시간은 오늘 새벽 0시 20분경입니다. 자신을 모 잡지사 기자라고 밝힌 여자 분이 신고를 했습니다. 이 분이 이 방의 주인인데 머리와 가슴에 2발이 관통해 즉사한 것으로 보아 전문 킬러들의 소행 같습니다. 저기 저 사람은 여권으로 확인한 결과 어제 인천공항을 통해 입국한 일본인이었습니다."

"첫눈에도 야쿠자구만."

정운은 일본인이라는 말에 퍼뜩 생전 김 교수가 했던 말이 떠올랐다. 야쿠자가 개입되었다면 문화재 밀반출과 관련된 사건인 게 분명했다.

"헌데 누가 죽였지?"

형사반장은 수집한 증거물을 담은 비닐 팩을 들어 보였다.

"이거 보십시오. 범인들이 사용한 탄피인데 얼핏 보아도 우리나라 제품은 아닙니다. 자세한 감정이 필요하겠지만 탄피에 한자가 새겨 있는 것으로 봐선 중국제인 것 같습니다."

오 검사의 머릿속이 복잡해져 갔다. 한 달 전 김주현 교수의 말을 믿고 정황 자료를 수집하고 수사에 착수하고 있다는 낌새만 흘렸어도 이번 사건은 막을 수 있었을 것이라는 자책감 때문이었다. 김 교수는 그토록 절실했고, 믿을 수 있는 고향 후배라고 찾아왔는데 아무런 도움도 받지 못하고 죽임을 당했으니….

"그럼, 중국과 일본이 관련된 살인사건이란 말이군."

오 검사가 중얼거리며 시신들을 살피는데 형사반장이 다른 형사를 불렀다.

"이 형사, 아까 사시미 칼 가져 와 봐."

젊은 형사가 확보한 회칼 두 자루가 담긴 비닐을 가져 왔다.

"이게 일본인이 남긴 증거물입니다. 칼이 깨끗하고 몸에 난 상처로 봐선 제대로 한 번 힘을 써보지도 못하고 일방적으로 폭행당하다 사살된 것 같습니다."

"칼이 두 자루면 한 명이 아니란 말이잖아? 한 명은 어디로 사라진 거야?"

"주변 CCTV 녹화물 수거해서 범인들 동선을 추적하고 있습니다."

"공항을 통해 입국했다면 나머지 한 놈 신병 확보도 어렵지 않겠군. 일본 대사관 통해 신원조회하고 수배해요."

"예, 알겠습니다."

형사반장이 다른 증거물 수거 봉지에서 사진 두 장을 꺼냈다.

"이것도 일본인 주머니에서 나온 겁니다. 이 사진은 김 교수인데, 이것 보십시오. 이 사진 속 인물도 이 사건과 관련이 있는 것 같습니다."

정운은 사진을 찬찬히 살피고 나서 돌려주며 말했다.

"그럼 청부살인일 가능성이 크군요. 그 사람도 위험한 상황이니 신병 확보 서둘러요."

강력계 형사들이 돌아가고 시신을 앰뷸런스에 실러 보낸 후에도 정운은 현장에 남아 정황을 추정하면서 주변을 살폈다. 컴퓨터는 박살이 났고 짐승의 뱃속 장기들이 밖으로 쏟아져 나온 것처럼 캐비닛 안의 많은 책과 논문집과 서류들이 바닥에 흐트러져 있었다. 책들은 제목으로 보아 고대사와 연관된 전공 서적과 논문집이었다. 오 검사가 그중 논문집 하나를 주어드는데 복도에서 또각또각 바쁘게 현장에 접근하는 발자국 소리가 났다.

누굴까? 일부러 무심한 척 논문 하나를 집어 들고 보는데 여인의 목소리가 들렸다.

"저. 잠시 들어가도 될까요?"

바바리코트에 가방을 둘러멘 화장기 없는 얼굴이 첫눈에 기자라는 걸 직감했다. 그런데 눈이 서글서글하면서도 길게 늘어뜨린 머리칼이 지적이면서도 묘한 매력을 발산하는 이 여자. 낯이 많이 익었다. 순간 정운의 가슴이 철렁했다. 그렇구나 이렇게 다시 만나는 구나. 그녀는 고유심이 분명했다. 헌데 그녀는 정운을 알아보지 못했다. '그럴 테지. 대학시절 경제를 전공하던 내가 검사가 되었을 줄은 도저히 연결이 안 되겠지.' 그녀가 신고를 했다는 당사자임을 짐작했으나 시치미를 떼고 물었다.

"누구시죠?"

그녀는 허락도 하기 전에 연구실 안으로 들어왔다.

"월간역사저널 고유심 기잡니다."

그녀는 가방에서 명함을 꺼내며 다가왔다. 내미는 명함에도 술냄새가 묻어 있는 듯 후각을 찔렀다. 그러나 여성 특유의 향긋한 냄새와 알콜이 어울려 만든 묘한 냄새가 싫지만은 않았다. 가까이서 본 그녀의 얼굴은 많이 울었는지 눈가가 부어 있었다. 피곤해서 그런지 제 나이보다 훨씬 늙어보였지만 여전히 매력적인 얼굴이었다. 시선이 마주치자 정운을 알아보고 놀라는 표정이었다.

"어머. 혹시. 오정운 선배 아니세요?"

"많이 변했지만 여전히 매력적이네…요?"

"어머나 맞구나. 헌데 여긴 어떻게? 경찰이세요?"

정운은 대답 대신 상의에서 명함을 꺼내 검지와 장지 사이에 끼고 거만스럽게 내밀었다.

"어머 검사 나으리시구나? 정말 반가워요. 선배."

악수를 청하며 내미는 그녀의 손이 떨리고 있었다. 재회의 감동을 주체하지 못하고 있음을 직감했다. 허나 정운은 감화될 수만은 없는 묘한 감정을 느끼며 그녀의 손을 잡았다가 슬그머니 놓았다. 그녀의 얼굴은 대학시절의 상큼한 모습과 대비되었다. 많이 변했다. 마주 잡은 거친 손에선 지난한 그녀의 과거가 느껴졌다. 얼굴엔 그 사람의 지나온 삶이 기록되어 있다. 그녀의 얼굴에서 노곤한 삶의 더께가 느껴졌다. 무심코 빤히 쳐다보는 표정을 잘못 받아들였는지 유심은 한발 물러섰다.

"죄송해요. 냄새가 많이 나죠? 어제 너무 충격을 많이 받아 맨 정신으로 있을 수 없었어요. 저하고 통화 중에 변을 당했거든요."

고유심은 감정의 동요가 없는 오정운의 표정에 무안감을 느끼며 손으로 입을 가리고 눈물을 쏟아냈다. 정운은 그녀가 안 되어 보여 바지주머니에서 손수건을 꺼내 건넸다.

유심은 복잡한 감정이 되어 꺽꺽대며 울면서도 손수건을 받아 눈가를 훔쳤다.

'마지막 대화를 나눴고 이렇게 슬퍼하는 것을 보면 김 교수와 어떤 사이지?' 궁금해졌다.

"자, 여기서 이럴 게 아니고 커피라도 한 잔 합시다."

정운이 앞장서서 걷자 유심은 말없이 따라 갔다. 정운은 커피 있는 곳을 찾는 척 두리번거렸으나 결코 뒤돌아보지는 않았다. 교수휴게실 명패가 달린 곳 문을 여니 한쪽 구석에 커피자판기가 놓여 있었다. 방학기간이라 그런지 휴게실 안에는 아무도 없었다.

정운은 자판기에 동전을 투입하고 커피 두 잔을 뽑아서 유심이 앉아 있는 탁자로 가져갔다. 유심은 손수건을 내밀었다.

“세탁해서 드려야 하는데… 고마워요.”

“아닙니다. 자 커피 드시고 진정하세요.”

유심은 꼬박꼬박 말꼬리를 올리는 정운이 야속하게 느껴졌다. 커피 몇 모금을 들이켜고 나서 정운은 물기 없는 목소리로 말했다.

“고인과는 어떤 사이요?”

유심은 냉갈령 부리는 정운을 쏘아보았다.

“선배. 그렇게 말을 꼬박꼬박 올려야 해요?”

옛정을 생각하라는 말인데 정운은 옛날로 돌아가고 싶은 마음이 추호도 없었다. 그런 마음을 모르진 않을 터인데 살갑게 대하려는 유심의 본심을 알 수 없었다. 정운은 묘한 기분에 쌓여 어정쩡한 상태가 되긴 싫어서 사무적인 말투로 둘 사이 신분 관계를 확인해 줬다.

“지금은 근무 중입니다. 난 이 사건을 지휘하는 담당 검사고 당신은 사건을 처음 알린 신고인 아닙니까?”

이렇게 말해 놓고 보니 너무 매정했다는 생각도 들었지만 공과 사를 엄격하게 구분해야 한다고 합리화하고 있었다. 그제야 유심은 정운과의 소원했던 관계를 생각했는지, 아니면 얼굴이 굳어지는 것을 보이기 싫었는지 시선을 창가로 돌리며 말했다.

“김 교수님은 박사과정 지도교수셨어요. 동양 고대사에 정통한 분이셨고 제가 잡지사에 들어간 후로도 도움을 많이 주셨죠. 제가 생각하기론 이번 일은 다음달 세미나 때문에 일어난 것 같아요.”

“세미나요?”

"한국 고대사를 새로 써야 할 중요한 사료를 확보하고 그걸 발표하려고 했죠. 그건 중국의 동북공정과 일본의 역사왜곡을 뒤집는 논문이 될 거라 귀띔하셨거든요."

국제간의 역사문제라면 이건 단순히 해결될 사건이 아니라는 감이 왔다. 김 교수가 생전에 얘기했던 고구려 벽화 밀반입 문제와 연관된 국제적 조직들의 암투가 개입되어 있다는 것을 재확인한 셈이다.

"혹시, 고구려 벽화 얘기는 없었나요?"

"검사님도 광개토태왕릉 벽화 이야길 아세요?"

유심은 오정운의 사무적인 어투가 야박하게 느껴졌으나 자신의 감정을 추스르며 선배라는 말 대신 검사님이라는 용어를 사용했다.

"사실 김 교수님은 동향 선배시고, 그 문제 때문 사무실에 찾아오신 적이 있었죠."

"그랬군요. 맞아요. 김 교수님은 광개토태왕릉의 진실을 밝혀내기 위해 여러 번 중국을 다녀왔고 그 벽화가 고구려의 역사를 바꿀 귀중한 증거물이라 했어요."

어색한 분위기 때문 정운은 유심과의 대화를 가급적 빨리 끝내고 싶었다. 그래서 유심이 아름다운 목선을 드러내며 마지막 한 방울의 커피를 털어 넣고 종이컵을 탁자에 내려놓았을 때, 공판 준비로 바쁘다는 구실을 댔다.

"필요하면 나중에 연락하겠습니다."

정운은 그게 졸렬한 행동인 줄 알면서도 뒤도 돌아보지 않고 휴게실을 빠져 나왔다. 말은 그렇게 했지만 유심이 사건과 연루된 이상 필연적으로 만나야 할 것이라는 것을 알고 있었다. 오히려 감정을 추스르지 못하고 버벅대는 지금보다는 좀더 정리되고 준비된 감정으로 그녀를 만나게 될 것에 대한 기대가 정운의 발걸음을 가볍게 했다.

정운은 차를 타고 사무실로 가는 내내 대학시절을 생각했다. 정운이 군복무를 마치고 복학했을 때 유심을 처음 만난 건 역사와 사회문제를 연구하는 '밝달학회'라는 동아리에서였다.

정운은 시골에서 올라와 대학에 입학하면서 '밝달'을 통하여 경제의 모순과 정치인의 부패, 사회의 부조리함에 대해 알고는 충격을 받았다. 대학에 입학한 해는 김영삼 정권이 집권하면서 전두환과 노태우 두 전직대통령이 반란과 내란수괴죄 등으로 구속되던 시기였다. 문민정부가 들어섰지만 사회전반의 구조적인 모순과 비리와 부패, 강압 통치가 하루아침에 일소되진 않았다. 군사독재가 끝나자 문민독재가 시작되었다는 비아냥이 나왔다. 당시 밝달학회는 타임지 등 외국의 잡지나 신문 등에 실린 한국 관련 기사를 번역한 자료를 가지고 토론을 했다. 그래서 한국 신문에 안 실리는 정치 관련 기사를 다른 학생들보다 먼저 알았고 분개했다.

그 해 여름에 연세대 사건이 터졌다. 이 사건은 한총연(한국대학총학생회연합)이 주관하는 8 · 15 통일행사로써 1991년부터 매년 열리던 '범민족대회'였다. 한국을 대표하여 두 명의 대학생이 평양으로 갔고, 이들의 귀환을 환영하기 위하여 전국의 대학생들 2만여 명이 연세대에 집결했는데 경찰은 예년과 달리 원천봉쇄를 했다. 경찰은 대규모 병력을 연세대학교 교내로 진입시켜 섬멸작전을 감행했고 이 과정에서 6000여 명이 연행되고 500여 명이 구속되는 사태가 발생했다.

피 끓는 청춘이었던 정운도 이 행사에 참가하기 위해 선배들과 함께 연세대로 갔다. 경찰과 대치하던 중 진압작전이 개시되자 동료 몇 명과 가까스로 빠져 나왔다. 그러나 블랙리스트에 올라 잡으러 다닌다는 첩보를 듣고 숨어 다니다가 결국은 이듬해 봄에 잠복했던 형사에게 잡혀가 무수히 얻어맞고 발길질당하는 고통도 받았다. 그래도 2학년 학생을 피라미로 생각했는지 취조 과정에서 재판을 받고 형을 사는 것과 입대할 것 중에 택일하라는 제안에 후자를 선택했다.

여름 방학이 끝나고 막 시작된 9월 캠퍼스의 첫 주는 수강신청기간이어서 한산했다. 하늘은 아직도 더위를 뿜어내고 있었지만 짙은 녹음을 흔들며 간간히 불어오는 바람은 군 생활에 굳어버린 머리를 서서히 녹여내고 새록새록 싱그러움으로 물들게 했다. 정운은 입대 전 대학시절을 추억하며 캠퍼스를 둘러보다 점심을 해결해야겠다는 생각으로 학생회관으로 갔다. 식당은 점심시간이어서 학생들로 붐비고 있었다. 주인이 바뀌어서인지 입대 이전의 식당과는 분위기가 낯설게 느껴졌다. 식사 종류도 여러 가지로 늘었고 메뉴판도 생겼다. 정운은 김치찌개 식권을 구입하여 식판을 들고 줄을 섰다. 식판에 반찬과 밥을 담고 아줌마가 내주는 국그릇을 식판 위에 놓고 돌아서는 순간, 식판이 무엇인가에 부딪히며 국그릇이 출렁대더니 기어코 앞으로 쏟아졌다. 새 학기 새롭게 시작한다는 마음으로 사 입은 하얀 남방이 뜨거운 찌개 국물을 그대로 빨아들여 살갗에 스며들었다.

"앗 따거."

정운은 식판을 내려놓고 살에 붙은 남방을 손가락으로 집어 바람이 통하게 만들었다. 충돌한 물체를 파악할 겨를이 없는데 여학생의 목소리가 들렸다.

"어머 미안해요. 수저도 안 들고 돌아설 줄 몰랐죠."

고개를 들어보니 한 여학생이 어쩔 줄 몰라하며 얼굴만 붉히고 있었다. 한눈에 수수하지만 퍽 매력적인 여학생이라 생각됐다.

"수저 가지러 왔다가…."

그러니까 줄 서서 배식을 받으면 마지막으로 수저통에서 숟가락과 젓가락을 뽑아들고 식탁으로 가야 하는데 둘다 순서를 잊어버린 상황에서 발생한 충돌이었다.

"괜찮아요?"

고개를 숙여 얼룩진 남방을 보던 정운의 입에서 저도 모르게 욕이 튀어 나왔다.

"에이 씨팔…."

제대한 지 얼마 안 되었는데 군기가 확 빠져 민첩하게 대처하지 못한 자신을 질책하는 탄식이었는데, 상대방을 욕한 꼴이 되었다. 사람들 시선이 모두 정운에게로 쏠렸다. '복학생이 굼뜨니까 그렇지' 하고 비웃는 것만 같았다. 그걸 깨닫고 재빨리 상황을 수습해야겠다고 생각했다.

"괜찮아요. 빨면 되겠죠? 가서 식사하세요."

정운은 여유와 느긋함을 가장했지만 자신을 향한 시선들이 부담스러워 돌아서서 휴지를 찾았다. 주방 안에서 국을 떠주던 아줌마가 안타까운 시선으로 행주를 내주었다. 행주로 얼룩을 닦아내려 했지만 쉽게 지워지지 않았다. 고개를 돌려 원인 제공자를 찾아보니 말끔하게 정장을 입은 남자와 앉아 정운을 쳐다보고 있었다. 시선이 마주치자 여학생은 미안해선지 고개를 숙였다. 정운도 머쓱해서 고개를 돌렸다.

"자, 이걸로 닦아봐. 퐁퐁 묻혔어."

주방 아줌마가 젖은 행주를 내주었다. 다행이도 얼룩은 지워졌지만 흰 남방이라 테두리는 희미하게 남았다. 행주를 돌려주고 나서 슬쩍 그 여학생을 찾았으나 보이지 않았다. 정운도 점심을 먹고 싶은 마음이 싹 달아났다. 식당을 나와 교무처에 복학계와 수강신청서를 제출하고 나니 군대 가기 전 맹신도처럼 드나들었던 동아리방이 생각났다. 동아리방은 학생회관 맨 위층에 있어서 여러 층의 계단을 올라야 했다. 5층밖에 안 올랐는데 숨이 턱턱 막혔다. 정운은 몸이 곯은 게 아니라 더위 탓이라 생각했다. 숨을 고르고 한 층을 더 올라 '밝달학회'라는 명패가 붙여진 문을 여니 구조는 예전 그대론데 분위기는 사뭇 달랐다.

벽에 다닥다닥 붙여놓았던 붉은 색의 생경한 구호들도 이리저리 나뒹글던 현수막이나 휘발유통, 소줏병 같은 시위 도구들도 사라졌고, 산뜻하게 정리된 게시물만이 정운의 시야에 들어왔다. 책상에 앉아 책을 읽던 여학생이 낯선 불청객의 방문에 놀랐는지 눈을 동그랗게 뜨고 일어섰다.

"누구세요?"

시선을 마주치는 순간 서로 놀랐다. 아까 국을 엎지르게 한 동기유발자였다. 순간 정운은 이게 무슨 운명 같다는 생각이 머리를 스치고 지나갔다. 그녀는 자신을 사학과 2학년 고유심이라 소개했다.

언젠가 유심은 왜 한눈에 훅 갔는지 물은 적이 있다. 같은 동아리라는 동료애 때문? 아직 길들여지지 않은 야생마 같은 이지적인 매력? 그런 이유들도 있었겠지만 정운은 자신의 환경에서 찾았다. 거칠고 메마른 군대생활에서 적당히 속물근성이 붙어 황량해져버린 마음을 정화시키고 싶었던 때, 풋풋하면서도 싱그러운 유심을 보는 순간 운명이란 생각을 했다고 고백했었다. 마치 오리가 알에서 태어나면 처음 본 생명체를 어미라고 생각하고 따르는 것처럼 그때는 고유심이 오리 어미였다.

유심은 대학교에 갓 입학하고 나서 한 달에 한 번 꼴로 시골에 갔었다. 초등학교 다닐 때 아버지가 병으로 일찍 돌아가시자 혼자 농사짓고 남의 일 도우며 어렵게 오빠와 자신을 키운 어머니가 늘 그리웠다. 같이 있을 때는 투정도 부리고 싸우기도 많이 했지만 떨어져 생활하고 나니 그때서야 어머니의 사랑을 알게 됐다. 헌데 2학년이 되어서는 과목마다 리포트 과제가 만만치 않았고 시험 준비랑 동아리 주말 행사 때문 두 달에 한 번 고향에 가기도 어려웠다. 집에 다녀온 지 한 주밖에 안 되었는데 어느 날 어머니한테서 전화가 왔다. 중간고사가 얼마 안 남았다고 했지만 급한 일이 있으니 잠시 다녀가라는 것이었다.

오빠는 가정 형편이 어려워 공고를 졸업한 후 서울서 직장을 다녔다. 그런데 잘 생긴 용모에다 똑똑하기까지 해서 사장이 야간 대학에다 대학원까지 시키더니 사위로 삼았다. 그러나 잘나가던 회사가 부도날 지경에 이르자 어머니에게 조차 말 한마디 없이 사라졌는데 한참 후에야 일가족 모두 캐나다로 이민 갔다는 것을 오빠 친구로부터 전해 들었다. 그것이 한이 되었는지 어머니는 틈만 나면 오빠를 원망했다.

"아들 다 소용 없다. 며느리에게 좋은 짓만 한 거지."

"장가 잘 보냈다고 자랑하고 다닐 때는 언제고, 엄마도 참."

"남자나 여자나 짝을 잘 만나야지. 그 여우 같은 년한테 얼마나 괄시 받고 구박당했니? 생각할수록 분해서…."

"그러게 사람은 다 제 분수대로 살아야 하는 거예요."

"그러게 말이다. 아들 위신 세워주려고 조상 물림 받은 임야랑 밭까지 팔아 집세까지 마련해줬는데…."

"시골 재산 얼마 되나요? 그거 서울 아파트 전세 값도 안 되는 거 맞아요."

"그렇다고 명절은커녕 지 시애비 제사 때도 안 내려와?"

어머니는 못내 분한지 눈물까지 흘렸다.

"그건 오빠가 잘못한 거죠. 올케를 설득했어야죠. 오죽하면 집에도 알리지 않고 이민을 갔겠어요? 아들 없다고 생각하세요. 어머니 마음만 아프잖아요."

유심의 말에 위로가 되는 듯 그제야 어머니는 눈물을 글썽였다.

"그려. 어디서든 잘 살면 됐다. 내가 아들 덕에 무슨 영화를 누리겠다고."

어머니는 소매로 눈물을 닦으며 생각난 듯 물었다.

"참, 이번 등록금은 얼마냐? 통지서 안 나왔어?"

시내에서 자취생활하며 고등학교를 다닐 때만 해도 졸업하면 공장에 취직할 생각만 했었다. 빨리 졸업해서 이 코딱지만 한 고향을 벗어나 서울 생활 계획에 꿈이 부풀었다. 동네 언니들로부터 구로공단에 가면 일자리가 많다고 들었고 돈을 벌어 옷도 사고 여행도 다닐 생각을 하는 것만으로도 유심은 행복했다. 헌데 어머니는 시골에 살면서도 깨어 있는 사람이었다.

"여자도 배워야 쓴다. 인물도 그만하면 안 떨어지고 성격 좋겠다 영리하겠다. 네가 뭐가 모자라서? … 대학을 해라. 없는 살림이지만 내 어떻게든 등록금이야 마련해 볼 테니까. 여자가 다 갖춰 있어야 좋은 집안에서 중매도 온다."

역시 세상의 모든 어머니는 제 자식이 제일 잘 난 줄 안다. 모든 걸 다 갖춘 부잣집 며느리에게 그렇게 당했으면서도 자신의 딸만은 그렇지 않으리라 생각했다. 유심은 그 순간에 올케의 어머니도 자기 딸에 대해 똑같은 생각을 하지 않을까하고 생각했다. 그런데 어머니가 불쑥 면장댁 이야기를 꺼냈다.

"유심아, 너 면장님 댁 용석이 알지?"

"용석이 오빠 잘 알죠. 저번에 행정고시 합격했다면서요?"

"너도 소식 들었구만? 잘 됐다. 지금 용석이가 내려와 있다. 널 만나겠다고 하더라."

용석과는 다섯 살 차이가 났지만 오빠의 친구였기 때문에 어려서부터 같이 어울리며 자랐다. 그 당시도 친동생처럼 유심을 많이 아껴줬다는 기억이 떠올랐다. 용석이가 서울로 고등학교 진학한 다음부터는 방학 때 틈틈이 냇가에서 만나도 얼굴만 붉힐 뿐 말을 섞은 적이 없었다. 유심은 어이가 없었다.

"내려오라는 게 그것 때문이었어요?"

어머니는 대견스러운 듯 만면에 웃음을 띠고 다가앉았다.

"그 집에서 요청이 온 거야. 면장님 건강도 안 좋아서 막내아들 장가를 서두르시는 모양이더라."

"엄마, 내 나이가 몇인데. 그리고 지금 학생이잖아?"

"네가 공부도 잘하고 싹싹하다는 소문을 듣고 일찌감치 널 점찍어 둔 모양이더라. 아무 것도 없는 홀어머니 집안에 그만한 영광도 없지. 고마워해라. 지금까지 네 등록금 그 집안에서 빌려 썼는데 흔쾌히 챙겨준 게 다 생각이 있어서였더라."

유심은 없는 형편에 어떻게 대학등록금이 마련됐는지 생각해 보지 않았다. 아니 생각하지 않으려고 했다. 오빠가 결혼할 때 집만 남기고 재산을 다 처분했는데 어디서 그 많은 등록금 조달했는지 묻는 것조차 안쓰러워 할까봐 묻지도 못했다.

"만나서 저수지나 한 바퀴 돌고 와라. 네가 공부를 마치겠다면 반대는 않을 거다."

다음날 아침 정운이 출근 준비를 하는데 전화벨이 울렸다.

"저 유심이에요. 안녕히 주무셨어요?"

남자처럼 쾌활하고 호방하기까지 했던 대학시절의 모습이 연상되는 말투였다. 그렇게 충격적인 일을 겪으며 울고불고하던 어제의 유심이 아니었다.

"그래요. 어제 많이 놀랐을 텐데 잠은 잘 잤소?"

"어제 너무 반가웠어요. 제 감정에 빠져 제대로 인사도 못 드리고 죄송해요."

"아니요. 내가 너무 사무적으로 대해서 미안해요. 직업이 그래서… 헌데 아침 댓바람부터 무슨 일이요?"

"오늘 아침 조간 보셨어요?"

"아직 출근 전인데, 무슨 일이 있어요?"

"출근하시면 신문부터 보세요. 김 교수님 사망 사건과 연관 있는 기사가 났어요. 바쁘실 테니 이만 끊을 게요. 그 사건과 관련해선 제가 취득한 정보도 있으니 필요하시면 연락 주세요."

전화는 정운이 대답도 하기 전에 끊겼다. 정운은 무슨 일일까 골똘하게 생각에 빠진 바람에 아침 먹는 것도 잊은 채 집을 나왔다. 사무실에 들어서자마자 신문을 찾았다. 신문에는 국내에 반입된 도굴 벽화를 중국 당국이 돌려 달라 한다는 내용의 기사가 큼지막하게 실려 있었다.

중국이 1990년대 말 도굴당한 지린성 지안시의 고구려 고분벽화가 한국에 있는 것으로 파악됐다며 우리 당국에 반환을 공식 요청했다. 중국 국가문물국은 최근 한국문화재청장 앞으로 보낸 서한에서 '도굴된 지안시의 고구려 고분군 1호분 3실의 벽화가 한국으로 유입된 것으로 조사됐다'며 반환에 협조해 달라고 요청해온 것이다.

중국 당국은 '도굴꾼 3명은 고분벽화 여러 점을 훔쳤다가 법에 따라 형을 선고받았다'며 '이들은 한국전통미술협회의 고위 간부로부터 교사를 받아 범행했으며 이 벽화가 한국으로 넘어갔다고 공통된 진술을 했다'고 밝혔다. 중국은 '국제공약에 따라 고구려 고분벽화가 본래의 모습을 되찾아 우리 자손들에게 물려줄 찬란한 문화유산이 될 수 있도록 협력해 줄 것을 바란다'고 말했다.

문화재청은 중국이 도난당한 고구려 벽화의 반환을 요청해 옴에 따라 긴급회의를 여는 등 대책 마련에 나섰다. 문화재청은 경찰청을 비롯해 관계 부처 및 기관과 협력해 벽화의 소재 파악과 함께 이 사건에 연루된 사람을 추적하는 방안을 검토 중이다. 문화재청 관계자는 '중국 정부가 고구려 고분벽화가 한국에 있다며 돌려 달라고 문제를 제기한 만큼 어떤 식으로든 대응을 하지 않을 수 없다'며 '일단 경위를 파악한 뒤 구체적인 해결 방안을 마련하겠다'고 말했다.

한편 김 모씨 등 조선족 3명은 1996년부터 2000년까지 7차례에 걸쳐 지린성(吉林城) 지안시(集安市)에 있는 고구려 고분 장천1호와 삼실총의 벽화를 훔쳐 한국인 이 모씨에게 팔아넘긴 혐의로 2003년 검거돼 사형에 처해졌다.

삼실총은 고구려 국내성터에서 가까운 지안시 우산촌 남쪽에 자리잡고 있으며, 세 개의 방이 "ㄷ"자 형으로 이어져 있는 구조 때문에 삼실(三室)이란 이름이 붙었다. 1913년 벽화가 확인됐고 1975년 벽화의 보존처리가 이뤄졌다. 밑지름 20m, 높이 4.4m에 이르며 무인 귀족의 무덤으로 추정된다. 장천1호분은 지안 시내에서 압록강을 따라 북동쪽으로 약 25km 떨어진 곳에 있으며 이곳의 예불도와 생활풍속도 등은 고구려의 신앙생활과 풍속을 알려주는 귀중한 사료적 가치를 지닌 것으로 평가돼 왔다. 둘레 88.8m, 높이 약 6m에 이르는 무덤으로 1970년 발굴됐다.

기사를 읽고 난 오 검사는 컴퓨터 앞에 앉아 인터넷으로 한국 방송국을 검색하고 다시보기에서 '진품명품' 프로그램을 찾았다. 화면에서는 산수화 족자를 가지고 나온 의뢰자를 중심으로 감정가들이 족자를 살피면서 나름대로의 감정평가를 하고 있었다. 정운은 가슴에 노명현이라는 명패를 달고 있는 감정가의 얼굴을 한동안 뚫어져라 바라보았다. 노명현은 만면에 미소를 띠면서 아주 자상하게 설명하고 있었다. 정운은 컴퓨터를 닫고 수사관들을 방으로 불렀다.

"오늘 아침 신문 봤지? 도굴 벽화 밀반입 기사는 김주현 교수 죽음과 연관 있는 일이야. 이 수사관은 문화재청으로 가서 경위를 파악해 봐."

이철진이 수첩에 기록하며 '알겠습니다' 하고 대답하자 주윤호가 차례를 기다린 듯 말을 이었다.

"경찰에서 보고 왔는데요, CCTV에 찍힌 용의자들은 모두 복면을 써서 신원 파악이 어렵다고 합니다. 출입국관리소에 확인한 결과 동행한 인물은 가네야마인데 아직 출국한 기록은 없고 전국에 수배 내렸답니다. 사진 속 인물은 나이 52세 이창현이라는 사람이구요 주소불명이라고 합니다."

"이 수사관은 알아낸 것 없어?"

"탐문해보니 그 노명현이란 자 참 악질입디다. 그 바닥 출발부터가 잘못된 놈이라고 해요. 조선 시대에 폐사지가 된 절터를 찾아다니며 금속 탐지기를 이용 국보급 불상을 찾아내 팔아 돈을 모았대요. 헌데 초기에는 그걸 판매할 경로를 알지 못했고 발굴 사실이 알려지면 빼앗기고 감옥 갈까봐 불에 녹여 고철로 판매했답니다."

말을 듣던 주윤호가 혀를 차며 맞장구쳤다.

"국보급 불상을 녹여버렸다고?"

"그렇다니까요. 처음엔 그것이 국보급인지도 몰랐다는 겁니다. 횡재할 기회 놓쳤다고 가슴을 치고 다녔다는 말이 그 세계에선 전설처럼 회자된다는 거예요."

"그러고도 무사했다는 말이야?"

주윤호가 분개한 표정으로 말하자, 정운이 끼어들었다.

"아주 교활한 작자구만. 그런 놈일수록 떡을 혼자 먹지 않아. 사전에 다 보험을 들어두었겠지. 그러고도 지금까지 그 바닥에서 떵떵거리는 것을 보면 빽이 든든하다는 거 아니겠어? 그놈은 내가 상대할 거니까 그놈 이력과 교유관계, 재산 상황까지 조사해 봐."

"알겠습니다."

04
부러진 운명의 시계바늘

정운은 기억을 더듬어 김주현이 사무실을 찾아와서 한 말들을 반추해 내었다. 그 중에 동북공정프로젝트라는 말이 걸러져 남았다. 정운은 인터넷 검색창에 동북공정을 써 넣었다.

고구려사를 둘러싼 논란, 이른바 '동북공정'은 중국학계가 '고구려는 중국의 고대 소수민족 지방정권이었으므로 고구려사는 중국사에 속한다.'고 보는 인식 아래 고구려사 연구를 적극적으로 진행하고 있다는 것이 알려지면서 수면 위로 떠오르게 되었다. 동북공정은 동북변강역사여현상계열연구공정(東北邊疆歷史與現狀系列研究工程)의 줄임말로, 중국사회과학원 산하 변강사지연구중심(2014년 중국변강연구소(中國邊疆硏究所)로 개편)에서 2002년 2월 28일부터 5년간 시행한 연구사업이다. 동북공정의 연구대상은 고구려사에 국한된 것이 아니고, 헤이룽장성(黑龍江省), 지린성(吉林省), 랴오닝성(遼寧省) 등 중국의 동북 3성 지역에서 일어난 과거 역사와 현재, 그리고 미래 전망을 포괄한다. 그러나 동북공정의 내용이 한국에 알려진 2003년 당시, 고구려사의 중국사 귀속 관련 연구가 중점적으로 이루어졌으므로, 일반에는 '중국의 고구려사 왜곡 사건'으로, 또는 '고구려사 빼앗기 사업'으로 알려지기도 했다. 2007년 2월로 5년 계획으로 추진된 '동북공정'은 외견상 종료되었다. 하지만 사업이 종료되었다고 해서 고구려 연구가 종식된 것은 아니다. 동북 3성의 사회과학원과 대학 산하 연구소들이 고구려사 연구의 기반으로 새로 설립되거나 확대 개편되어 운영되고 있는 것이다. 또한 동북공정 기간을 거치면서 중국내 고구려사 관련 연구 인력이 양적으로 확대되었고 학과의 개설을 통해 양성된 학문 후속 세대가 계속 늘어나고 있다. 향후 이들이 관련 연구를 주도해 나가리라는 점에서 동북공정식 고구려사 연구는 활성화될 것이라 예상된다. 동북지역의 박물관 전시에 동북공정 인식이 더욱 강화되고 있는 것도 이러한 추세를 반영하는 것이다. 따라서 고구려사를 둘러싼 역사 갈등은 해결되지 않은 채로 여전히 남아 있다.

한마디로 고조선 · 부여 · 고구려 · 발해가 중화인민공화국 영토 내에 존재했기 때문에 모두 중국역사라는 말이다. 정운은 '우리가 실효적 지배를 하고 있는 독도를 자기네 땅이라고 우기는 일본이나 똑같은 도둑놈 심보'라고 중얼거렸다.

대학병원 구내에 마련된 장례식장 입구에는 망인의 인간관계를 말해주는 듯 향우회, 동창회, 총장, 학회, 제자 등으로 보이는 수많은 조화들이 즐비하게 서 있었다. 안으로 들어서니 제자들과 친지 조문객들이 식당 안을 가득 채우고 있었다. 정운이 좌우를 두리번거리며 신발을 벗고 분향실로 들어가는데 저만치 서 있던 유심이 알아보고 다가와 인사를 했다.

"오셨어요? 이리 오세요."

유심이 앞장서 영정 앞으로 안내를 했다. 힐끗 쳐다본 아들인 듯한 상주는 코밑이 이제 갓 보송보송한 털이 나기 시작한 학생이었고, 작지만 예쁘장하게 생긴 부인은 검은 상복이 잘 어울린다는 생각이 들었다. 사무실에서 보았던 표정 굳은 얼굴과는 달리 영정 속의 김주현 교수는 활짝 웃고 있었다. 배례가 끝나자 유심이 상주들에게 정운을 소개했다.

"수원 지검 오정운 검사님이세요. 김 교수님과 동향이시고, 이번 사건을 수사 지휘하고 계세요."

"그러세요. 수고 많으십니다. 이게 무슨 날벼락인지…."

"정말 한창 나이에 안 되셨습니다."

부인은 수사를 지휘하고 있다는 말이 고마워서 그랬는지, 한창 나이라는 정운의 말이 서러운 건지 복받치는 감정을 이기지 못하고 끝내 손수건을 꺼내 입을 막으며 오열했다. 그러자 옆에 있던 아들도 닭똥 같은 눈물을 한줄기 흘렸으나 이내 손등으로 쓱 하고 닦아내고는 바닥만 바라봤다.

"사모님, 오 검사님이 꼭 범인을 잡아주실 겁니다. 진정하세요."

등을 살며시 감싸며 유심이 위로하자 감정을 추스른 부인이 눈물을 닦으며 평상심을 유지했다. 그리고 허리를 굽혀 인사를 했다.

"꼭 부탁합니다. 일 치르고 한번 찾아뵙겠습니다."

그리고서 정운을 접대하려고 나서는 부인을 유심이 가로 막으며 말렸다.

"제가 접대할 테니 사모님은 자리를 지키고 계세요. 저리로 가요."

유심은 사람이 뜸한 구석자리 식탁으로 정운을 안내했다.

"부인이 퍽 젊어 보이는데 무슨 일을 합니까?"

"아주 예쁘죠? 김 교수님은 제자와 결혼했대요. 지금 중학교 선생님이세요."

"젊은 학생들과 어울리니 늙지 않는구나."

자리에 앉자 서빙 하는 사람이 반찬과 밥이 든 음식 수레를 끌면서 왔다.

"식사는 됐고 차나 한 잔 주세요."

"저도 아침을 늦게 먹어서, 커피 두 잔 주세요."

음식 수레가 물러서자 유심이 가방 속을 뒤지더니 책을 꺼냈다.

"그렇잖아도 만나면 드리려고 했어요. 이건 우리나라 고대사의 쟁점과 한 · 중 · 일 간 견해차를 밝힌 것이고, 한 권은 벽화를 비롯한 고구려 유물에 관한 책이에요. 이걸 보시면 수사에 도움이 되실 거예요."

유심이 가방 속에서 봉투를 꺼내 책을 담아 건네면서 말했다.

"수사 단서 될 만한 것 찾아냈어요?"

"아직은 현장 감식 결과 기다리는 중이요."

"검사님과 헤어지고 나서 현장을 다시 가봤어요. 헌데 컴퓨터를 박살내 놓았더군요. 카메라 메모리 카드도 없어졌고요."

"그걸 다 아는 자들의 소행이겠죠. 고 기자도 다칠 수 있으니 더 이상 끼어들지 않는 게 좋겠소. 필요하면 협조를 요청할게요."

그 말이 섭섭한 듯 유심은 대답도 않고 때맞추어 배달된 커피 잔을 들어 홀짝였다.

정운도 차를 마시며 봉투 속의 책을 꺼내 살피는데, 유심이 탁자를 손가락으로 툭툭 치며 다급하게 말했다.

“저기 보세요. 저 사람이 노명현이예요. 신문에 난 도굴 벽화. 저 사람과 아주 밀접한 관련이 있을 거예요.”

정운이 고개를 돌려 상주 쪽을 바라보았다. TV에서 보았던 그 얼굴인데 그 옆에는 문상에 어울리지 않게 화려하게 치장한 젊은 여인이 동행하고 있었다.

“여자가 너무 젊은데 부인인가요?”

“아뇨. 엄선이라고 애인인데 아주 여우에요. 비즈니스 클럽을 운영하는데 노 회장이 만들어줬다는 소문 있어요. 저 여자가 노 회장의 손님들을 접대하면서 로비를 한대요.”

“로비? 상대가 누군데요?”

“그 가게에 정 · 관계, 경제계 등 실력자들이 드나든다고 저 여자가 자랑하고 다녀요. 쉿. 하필 이쪽으로 오네요.”

정운이 고개를 돌리는데 노명현이 옆 테이블에 와서 앉으며 말을 걸어왔다.

“여! 고 기자 여기서 만나는구먼.”

유심은 마뜩치 않은 듯 고개만 까딱하고 응대했다.

엄선이는 남자들이 혹할 만큼 작은 얼굴에 풍만한 몸매를 지니고 있었다. 몸에서 풍기는 짙은 향수 냄새가 머리를 어지럽힐 만큼 강렬했다.

“어머, 요즘 많이 바쁘신가 봐요? 피트니스 클럽엔 통 안 나오시고….”

엄선이가 시선은 정운에게로 향하며 아는 체 했지만 유심은 대꾸하기 싫은 듯 ‘아, 예’하고만 대답했다. 헌데 엄선이는 그런 심정도 모르고 계속 말을 걸어왔다.

“데이트 하느라 바쁘셨구나?”

그 말이 우스웠지만 싫지만은 않아서 그냥 번지는 미소를 감추기라도 하려는 듯 커피 잔을 입가로 가져가며 정운의 표정을 살폈다. 정운은 둘의 대화에 무심한 건지, 무심한 척 하는 건지 책에만 시선을 고정했다. 그런데 엄선이가 누군가를 발견하고 불렀다.

“어머, 관장님. 여기로 오세요.”

미망인의 안내를 받던 체격이 당당한 사내가 다가와서 허리를 숙여 엄선이에게 인사했다.

“일찍 오셨네요.”

엄선이는 일어서서 사내의 팔짱을 끼며 살갑게 맞이했다.

“예. 참 관장님. 인사하세요. 전통미술협회 회장님이세요. 내 건강관리매니저예요. 잘 생겼죠? 아줌마들에게 인기 짱이에요.”

건장한 사내는 사람 좋은 미소를 날리며 주머니에서 명함을 꺼내 건네며 노명현에게 인사했다.

“잘 부탁합니다. 김영권입니다.”

노명현은 돋보기를 오르내리면서 명함과 관장의 얼굴을 번갈아가며 들여다봤다.

“그리 앉아요.”

주변을 둘러보던 김영권의 시선이 유심과 마주치자 앉으려다도로 일어나 옆자리로 왔다.

"아이구, 고 기자님 여기서 뵙네요. 많이 바쁘신가 봐요. 얼굴이 핼쑥해지셨어요."

김영권은 넉살좋게 유심의 손을 잡아당기며 악수를 했다.

"예. 일이 밀려 운동할 시간 내기 어렵네요."

"헌데 고 기자님은 망인과는 어떻게?"

"제 논문 지도교수님이세요. 헌데 관장님은요? 교수님도 우리 클럽 회원이셨어요?"

"아뇨, 아파트 같은 라인에 살아요."

정운은 김 교수 주변 인물이라는 말에 고개를 들어 힐끗 쳐다보았다. 유심은 옆 자리의 노 회장이 들으라는 듯 부러 목소리를 높여 정운을 관장에게 소개했다.

"그러셔요? 참 인사하세요. 김 교수님 사건 수사 맡은 오 검사님이세요."

사내는 다시 명함을 꺼내 정운에게 건네며 인사했다. 검사라는 소리를 들었는지 노명현은 정운에게 한참 동안 시선을 고정했다.

"수고가 많으십니다. 건강관리는 건강할 때 하시는 것 아시죠? 한 번 찾아주십시오."

사내는 넉살 좋게 비즈니스를 했다. 정운은 '엠배서더 피트니스클럽 관장 김영권'이라 적힌 명함을 힐끗 보고 나서 내미는 손을 맞잡았다.

"우리 관장님 멋지죠? 잘 생긴 얼굴에다 운동으로 다져진 근육질 몸매 죽여줘요."

"무슨 과찬의 말씀을."

김 관장은 쑥스러운 듯 뒷머리를 긁적이며 웃었다.

"아니 부르긴 누가 불렀는데, 중간에 인터셉 하는 거야?"

엄선이의 앙칼진 목소리가 들리자 김 관장은 괜히 자기 때문 불화가 생길까봐 얼른 옆 테이블로 몸을 돌렸다.

"하이고 죄송합니다. 이놈의 인기는 나 참. 허허허."

그러자 노명현이 시비를 걸 듯 말을 건네왔다.

"고 기자, 거 좀 잘 봐 줘요. 우리 협회 사람들 그렇게 나쁘게 쓰지 말고."

유심은 대답 대신 마시던 찻잔을 내려놓더니 벌떡 일어섰다.

"오 검사님, 우리 그만 가요."

차가 많이 남았지만 정운도 따라 일어섰다. 나가는 유심을 향해 노명현이 한 마디 했다.

"벌써 가시게? 언제 밥 한 번 먹읍시다. 근사하게 쏠 게."

장례식장을 나오니 산책길이 이어졌다. 둘은 나란히 걸었다.

"오랜만에 이렇게 함께 있으니 옛 생각이 새롭소. 구경도 할 겸 좀 걸을까요?"

"좋지요. 헌데 선배님, 저한테 무슨 억하심정 있기에 꼬박꼬박 존댓말이세요?"

"왜 내가 존대하는 게 불편해요?"

"처음 보는 사람처럼 모래 냄새가 나요. 예전의 오정운 선배는 이런 사람 아니었는데."

"그럼 고유심이가 아는 오정운은 어떤 사람인데?"

"다정다감해서 여대생들에게 인기 짱이었죠. 직업이 사람을 이렇게 변하게 했나요?"

정운은 그 말에 대답을 하지 않았다. '그게 다 누구 때문인데,' 하지만 자존심 때문에 말을 할 수 없었다. 정운은 코웃음을 쳤다. '왜 이렇게 거리를 두려 하는지, 그 마지막 날을 기억하지 못한다는 건가? 참으로 뻔뻔스럽구만.'

복학해서도 강의가 비거나 방과 후에도 정운은 꼭 동아리 방에 들렀다. 정운만이 그런 게 아니라 밝달회원들 중 특히 임원을 맡고 있는 학생들은 당번을 정해 돌아가면서 동아리 방을 지켰다. 그중 여학생 차장을 맡은 고유심은 동아리 방을 도서관처럼 밤늦게까지 이용했다. 처음에 유심은 복학생 정운을 겸손하면서도 깍듯하게 대했다. 우스꽝스런 첫 만남 때문이기도 하지만 왠지 친근감이 느껴졌다. 한문으로 된 전공서적을 보다가 모르는 한자가 나오면 부러 옥편을 찾지 않고 표시해 두었다가 정운에게 물었다. 정운은 어려서부터 아버지한테 한문을 배웠기 때문 중학시절에는 한자 박사라는 말을 들을 정도로 웬만한 한자는 다 알고 있었다. 그 한자를 매개로 두 사람은 친해졌다. 시험 때가 되면 동아리 방에 늦게까지 남아 공부를 했다. 곧 캠퍼스 커플로 소문이 났고 동아리 방이 두 사람의 데이트 장소라는 소문이 퍼지자 유심은 회장으로부터 따끔한 경고까지 받았다. 그래서 만남은 학교 근처 정운의 하숙집으로 옮겨졌다.

유심은 정운을 만나기 전까진 연애와 결혼이라는 문제에 대해 심각하게 생각해 본 적이 없었다. 연애는 연애고 결혼은 결혼이다. 결혼하기 전 남자의 세계를 잘 알아야 이다음에 남편한테도 잘 할 수 있다는 생각을 했다. 일본 여자들은 혼전에는 자유연애를 하다가 결혼하면 오로지 남편만을 위해 정조를 지키며 일부종사한다는 얘기를 어느 책에선가 읽은 후 그런 생활을 마음속으로 동경해 왔다.

고향에서 용석과 저수지 데이트 후 둘은 급격하게 친해졌고 결혼을 전제로 서울에서 가끔 만났다. 용석은 정부산하기관의 팀장이었지만 신참이라 야근이 많았다. 유심은 바쁜 용석을 자주 볼 수 없는 불만이 있었지만 정운을 만나고 나서는 오히려 여유와 느긋함까지 생겼다. 용석에게 용돈을 타서 정운과 함께 쓰는 것에 대해 미안은 했지만 죄의식은 느끼지 못했다. 아직은 학생의 신분이고 어차피 인생을 함께할 동반자는 정해져 있으니까. 허나 정운을 만나면 만날수록 매력 있는 남자에게 빠지는 자신을 주체하지 못했다. 유심은 맺고 끊지 못하는 자신의 호방한 성격에 문제가 있다는 것을 알고 있었지만 그때마다 용석이 이해해 줄 것이라 믿었다.

김치찌개 국물을 엎지른 날 용석과 함께 있으면서도 정운을 보는 순간 시골 청년에게서 느낄 수 있는 묘한 동질감이 가슴 속에서 뭉클 솟아오름을 느꼈다. 자신의 핏속에 탕녀의 유전자가 흐르는 건가? 그런 속마음을 들킬까봐 용석에게 얼른 자리를 뜨자고 했다. 그런데 편안하면서도 알 수 없이 끌리는 남자가 동아리의 복학생 선배라는 사실에 이게 무슨 운명의 시추에이션인가하고 생각했다. 동료 여학생들이 정운에게 많은 관심을 보이자 유심의 마음도 다급해졌다. 남들은 가진 자의 횡포라고 욕할는지 모르지만 유심은 다른 여학생이 정운에게 접근하는 게 싫었다.

그래서 정운을 다른 여학생들에게서 차단할 계획을 세웠는데 정운이 한자에 능통하다는 정보를 듣고는 『삼국사기』 원전을 빌미로 매일 그를 붙잡았다. 처음에 다른 학생들은 유심에게 결혼 상대자가 있다는 것을 알고 있었으므로 이상하게 보지 않았지만 정운이 자신들에게는 관심을 보이지 않음으로 질투가 발동하기 시작했다. 의도적으로 정운과 함께 있는 자리에서 유심에게 용석의 안부를 묻거나, 어쩌다 용석이 학교를 찾아와 유심과 함께 있으면 정운이 찾는다고 훼방을 놓았다. 그래서 용석은 유심에게서 다른 남자의 존재를 의심하게 됐다.

"정운이 누구야?"

"왜 있잖아. 지난 번 식당에서 김칫국물."

"그 사람이 왜? 손해배상 해달라고 쫓아다니기라도 해?"

"아냐, 그 사람 알고 보니 우리 동아리 선배였어. 복학생이구. 뭐 이런 경우가 다 있담. 그렇지 오빠?"

유심은 얼렁뚱땅 순발력으로 위기를 모면하려고 했으나 용석은 예리했다.

"네가 무슨 뺑덕어멈도 아니고. 너 나 심 봉사 취급하면 벌 받는다."

유심은 가슴이 뜨끔했으나 특유의 너스레로 넘겼다.

"아니 오빠. 그 사람이 오빠하고 상대가 돼? 내가 미안하기도 해서 그냥 커피 한 잔 사 드린 것뿐이야. 내가 설마 미래의 장관 남편 앞길에 똥물이야 튀기겠어?"

정운은 용석의 존재를 알고 난 이후부터 심기가 편치 못했다. 그가 이미 행시를 패스하고 고급공무원으로 국가의 녹을 먹는 장도가 탄탄한 인물이고 유심과 동향 선후배 사이로 집안도 알부자라는 것을 알고 난 후에는 더욱 의기소침해졌다. 그런 상대적인 열등감은 정운에게 위기감으로 다가왔으나 쪼잔한 사람으로 몰릴 가봐 내색하지 못했다.

그러나 언젠가는 유심의 결심을 얻어내야 한다고 생각했다. 그러던 어느 날 호프집에서 돈가스로 저녁을 먹고 난 후 유심을 하숙집으로 데리고 왔다. 정운은 분위기 있는 음악을 틀어놓고 유심에게 키스를 했다. 그간 간간히 스킨십을 곁들인 가벼운 키스는 통상적인 일상이 되었다. 유심도 분위기를 탔는지 적극적으로 호응했다. 정운은 유심을 가져야겠다고 생각했다. 몸을 소유하면 그녀가 정운을 선택하리라 믿었다. 유심을 눕혀 귓불과 목덜미를 애무 하며 치마 속으로 손을 넣어 속옷을 벗기려는데 유심이 정색을 하며 일어났다.

"선배, 이러지 말아요. 이러지 않기로 했잖아요. 이러면 우리 다시 못 만나요."

한창 달아올랐던 정운이 머쓱해 하며 물었다.

"왜 날 사랑하는 게 아니었어?"

"죄송해요. 선배를 좋아하는 건 맞는데요…,"

유심은 옷맵시를 가지런히 하며 잠시 뜸을 들이더니 결심한 듯 말을 이었다.

"선배 만나기 전부터 이미 정혼한 사람이 있어요. 대학 졸업하면 결혼할 거예요."

예견한 결과였지만 정운은 그 말에 큰 상처를 받았다. 연애를 못 해봤던 정운이었다. 군대에 있을 때 사회에 대해서 그리고 자신의 미래에 대해서 생각했다. 복학하면 여학생도 사귀고, 첫 번째 마음 준 여자랑 결혼하겠다고 생각했던 정운이었다. 그런데 세상은 정운이 생각한 대로 흘러가 주지 않았다. 모멸감이 한꺼번에 밀려 왔다. 그러자 의식하지도 않았는데 오른 손이 유심의 뺨을 갈겼다.

"나쁜 년. 넌 날 기만했어, 처음부터 가지고 놀다가 버릴 생각이었지?"

"미안해요. 진심은 그게 아니었어요."

유심은 눈물을 흘리고 있었다.

"아니면 진심이 뭔데?"

"선배를 만나면 마냥 좋았어요. 이러면 안 되는데 이래서는 안 되는데 하면서도 선배가 좋은 걸 어떻게 해요? 선배는 사랑을 몰라요. 여자를 정말 몰라요."

유심은 이 한 마디를 남기고 방문을 뛰쳐나갔다. 정운은 유심의 처지가 되어 생각을 해 봤다. 자신도 이상보다는 현실, 불확실한 수표보다는 보장된 현금을 택할 것이란 귀결에 생각이 미치자 보잘 것 없는 자신의 신세가 한없이 처량하게 생각되었다. 남자로 태어나 처음으로 벽을 치며 통곡한 날이었다. 그로부터 정운은 고시원에 들어가 사법시험을 준비했다.

정운이 사법고시로 방향을 바꾸기로 결심한 것은 군대에 있을 때였다. 논산훈련소의 기본과정을 마치고 전방에 있는 부대에 배치되었는데 반갑게도 고등학교 선배와 같은 내무반에 근무하게 되었다. '문창희' 하면 교내뿐 아니라 도내에서 알아주는 수재로 소문난 인물이었다. 헌데 그는 고문관으로 낙인 찍혀 동료 대원들로부터 따돌림을 받고 있었다. 말이 없는 게 문제였다. 선임이 물어도 마음에 내키지 않으면 그는 대답하지 않았다. 나이가 한참 어린 선임은 내무반에 들어오면 문창희를 장난감처럼 취급했다. 툭하면 불러 세워 자존심을 건드리는 사사로운 질문을 했고, 거기에 대답하지 않으면 군기가 빠졌다고 워커발로 차고 선임을 무시한다고 곡괭이 자루로 두들겨 팼다. 밤중에는 자고 있는 문창희에게 다가가 팬티를 벗기고 성기를 만지는 성추행도 서슴지 않았다. 안타깝게 여긴 정운은 그를 대신하여 항변하다가 기합을 받고 빳다를 맞은 적이 한두 번이 아니었다. 문창희가 어떻게 해서 그런 지경이 됐는지는 그와 함께 기차를 타고 고향으로 휴가 가면서 알게 됐다.

문창희는 가정 형편이 어렵기도 했지만 집안에서의 권유로 육군사관학교에 입학해서 직업군인이 되고자 했다. 헌데 필기 성적은 단연 우수했지만 신원조회에서 걸리고 말았다. 일본에 있는 그의 백부가 조총련계의 거물이라는 것 때문이었다. 그는 법과에 입학해 사법고시 1차는 합격했으나 역시 연좌제 때문 법관이 될 수 없었다. 그는 절망했다. 그리고 돌파구를 찾으러 입대했으나 상명하복의 위계가 철저한 폐쇄된 구조에 그는 적응하지 못했다. 처음부터 그런 건 아니었다. 그의 학력을 보고 대대장이 그를 대대 상황실에 배치하고는 관사에서 아들의 가정교사를 시켰다. 그런데 대대장의 집에 드나들다 보니 많은 비리 사실을 목격하게 됐고 양심의 가책을 받았다. 사병들이 먹을 쇠고기, 닭고기가 빼돌려져 현금이 되어 사모님 핸드 백 속으로 들어오는가 하면, 보급 부대에서 빼돌린 기름을 민간에 팔아넘긴 돈이 정기적으로 사모님 통장으로 입금된다는 사실도 알게 되었다. 심지어 학생들이 성금을 모아 보낸 위문품마저 쓸 만 한 것은 대대장 관사로 배달되었다. 이런 사실을 알고 견디지 못한 문창희는 근무지 변경을 요청하게 되었고 인지한 모든 정보를 함구하기로 약속을 하고 전방으로 배속되었다. 헌데 개 눈엔 뭐만 보인다고 소대장들도 마찬가지라는 사실을 알게 되면서 다시 좌절했다. 그래서 본의 아니게 고문관이 된 것이다. 헌데 잘 견디던 그를 어느 날 헌병이 지프차를 타고 와서 데려갔다. 그게 그와의 마지막이었다. 그의 마지막에 대한 얘기는 전역하고 들었다. 문창희는 모시던 대대장의 비리를 폭로하는 투서를 국방부장관에게 보냈다. 그는 근거 없이 상관을 모독하고 명예를 훼손한 죄로 군사법정에서 3개월의 형을 받았고 군 형무소에서 형기를 마친 후 귀대 중에 달리는 차에서 뛰어내려 목숨을 끊었다. 정의가 살아 있었다면 그는 표창을 받아야 했는데 이렇게 억울한 사람이 한둘일까? 문창희의 자결소식은 정운이 꼭 검사가 되어야겠다고 결심하는 계기가 됐다.

"여기 좀 앉았다 가요."

산책길엔 키 큰 나무가 많아 그늘이 좋은 곳에 군데군데 벤치가 놓여 있었다.

유심은 동의도 없이 벤치에 앉아 앞서가던 정운을 불러 세웠다. 정운이 되돌아와 유심의 곁에 앉았을 때 유심이 말을 걸었다.

"선배는 전공을 살려 대기업에 들어가거나, 학구파였으니까 교수가 됐을 줄 알았어요."

정운은 대답을 하지 않고 주변을 돌아보며 딴청을 피웠다. 혹시나 자기 때문에 오기가 생겨 고시 공부했다고 오해하는 건 자존심이 허락하지 않아서다.

"역시 대학은 언제나 상큼해. 변함없이 늘 푸르고 여기 있으면 언제나 젊음의 기운을 받을 것 같거든."

정운은 독백처럼 말했다. 아직도 유심을 편하게 대할 수 없는 자신이 찌질하다고 느끼면서도 아파했던 옛날을 돌이키고 싶지 않았다. 유심도 내심 이런 분위기가 어색했는지 화두를 돌렸다.

"김 교수님은 평소 우리나라 역사교육이 잘못 되었다고 생각하고 이를 바로 잡기 위해 공룡과도 같은 거대한 집단과의 싸움을 마다하지 않으셨어요. 중국이 동북공정을 내세워 역사를 조작하려는 것이나 일본의 역사왜곡도 다 잘못된 황국사관과 이를 이어받은 식민사관 때문이라고 말했어요."

"황국사관은 뭐고 식민사관은 또 뭐요?"

"황실을 받들어 온 일본 민족의 역사를 구성하고, 황실의 존엄과 국체의 본질을 밝히기 위한 역사관이 황국사관이고 여기에서 파생된 게 식민사관이죠. 식민사학에는 양 계파가 있는데 고대 야마토 정권이 한반도를 정복하고, 식민지를 건설하려고 임나일본부라는 통치기관을 설치했다고 주장하는 스에마쓰 야스카즈(末松保和)계가 있어요. 그리고 『일본서기』에 나온 신공황후 49년(369년)에 마한과 가야정벌에 대해 이 시기의 정복사업 자체를 부정하면서 백제가 마한, 가야를 정복하며 융성하던 4세기를 아예 없애려 한 쓰다 소키치(津田左右吉)계가 있지요. 일본에서 이런 식민사관의 역사를 배운 이병도 박사가 제국대학교에서 제자를 길러냈는데 그들이 우리나라 상고대사학계를 장악하면서 편협된 역사교육이 시작된 거죠."

"그게 뭐가 잘못됐다는 건데?"

유심에 대한 반감이 희석되면서 경계적이던 정운의 말투는 자신도 모르게 점차 누그러지고 있었다.

"우리나라는 외국의 침략만 받았던 힘없고 단결도 안 되고 대국에 아부나 하는 주체성 없는 민족이라고 교육받았잖아요? 그게 다 일본에 의해 조작된 식민교육 탓이에요. 일본이 우리나라와 중국, 만주를 지배하기 위한 근거를 오래된 역사 자료에서 찾았는데 그들 입맛대로 해석한 게 많아요. 우리는 아직까지 한문으로 된 원전을 제대로 해석할 만한 인재가 부족했고 이병도 후계들이 상고대사학회를 주무르고 있어서 강단에 서기는커녕 그들의 논점에 어긋나면 학술지에 논문을 실을 기회조차 주지 않기 때문 역사관을 수정하기가 어려운 실정이에요."

"그렇구만, 헌데 김 교수님이 주로 관심을 뒀던 분야는 뭐요?"

"고대사 중에서도 고구려 역사죠. 고구려의 영토가 우리가 배운 것처럼 압록강 너머 만주 일부에 국한된 것이 아니라 지금의 요녕성까지 광대했다는 거죠. 고조선은 북경을 포함해 중국의 대부분을 지배했다는 기록도 발견했어요. 한반도 넓이가 22만㎢인데 광개토태왕 시절엔 56만㎢였죠. 헌데 고대 문서 해석에 일찍 눈 떴던 일본이나 중국의 역사를 그대로 베끼다보니 선조들이 피 흘려 정복한 영토를 그냥 싸움 한 번 없이 헌납한 꼴이 됐죠. 교수님은 이점을 늘 안타까워했어요. 식민사관 신봉자들은 고조선을 지금의 대동강 유역의 평양을 중심으로 기술했고, 중국 요동반도 연안에 있던 한사군의 위치도 한반도 내에 비정한 것이죠. 저도 박사과정하면서 고구려사를 했는데 주류 사학계의 농단은 상상 이상이었어요."

김주현 교수가 연구실 컴퓨터 앞에서 논문을 쓰고 있는데 문 두드리는 소리가 들렸다. 김 교수는 컴퓨터 모니터에 시선을 고정한 채 응답했다.

"예. 들어와요."

문이 열리고 고유심이 씩씩거리며 들어왔다. 김 교수가 돌아앉으며 유심의 퉁퉁 부은 얼굴을 보면서 입을 열었다.

"왜 또 뭐가 못마땅한데?"

그녀는 인사도 없이 어깨에 걸쳤던 백을 툭하고 내려놓고 의자에 앉으며 따지듯이 물었다.

"아니 제 논문이 뭐가 잘못됐다는 겁니까?"

고유심은 기존의 고구려 도읍지가 잘못 비정된 것을 중국의 문헌들을 바탕으로 연구하여 '고구려시대 평양에 관한 논고'라는 제목의 논문을 써서 상고사학회 학술지에 게재하고자 신청했었다. 논문의 요지는 기존에 정설처럼 굳어졌던 현재 북한의 평양이 고구려 시대 평양이 아님을 주장하는 것이었다. 헌데 이는 주류 사학계가 경전처럼 여겨왔던 학설을 일시에 부정하는 내용이었다. 이 논문이 가져올 파장이 두려웠는지 학회는 아예 게재 불가판정을 내린 것이었다.

고구려의 수도에 대한 학계의 통설은 1940년대 시라토리 구라키치(白鳥庫吉)가 1900년대 초부터 시작된 도리이 류조(鳥居龍藏)나 이마니시 류(今西龍) 등의 학설을 집대성해 발표한 내용이 그대로 견지돼 왔다. 즉 동명왕이 BC 37년 졸본성(랴오닝성, 환인)에서 첫 도읍을 열었고, 2대 유리왕 때 지린성(吉林省) 지안(集安)에 있는 국내성(오녀산성)으로 천도했다. 제10대 산상왕 13년(AD 209) 때 같은 지린성 지안의 환도성으로 두 번째 천도한 후 제11대 동천왕 21년(AD 247)에 북한 평양으로 도읍지를 옮겼다는 것이 우리나라 국사 교과서에 대대로 수록돼 왔다.

당나라 두우가 쓴 『통전』, 송나라 낙사의 『태평환우기』, 『노사』, 『통감지리통서』 등에 보면 고구려 발상지는 낙랑군이었고 그 낙랑군은 현재 하북성 진황도시 노룡현 일대에 있었다고 한다. 그리고 역사상에 기술된 고구려 도읍지 평양성도 여러 곳에 나온다. 고구려 11대 동천왕 때(AD 247) 천도한 평양성은 지금의 북한 평양이 아니라 중국 랴오닝(遼寧)성의 랴오양(遼陽)이라는 설이 설득력을 얻고 있다. 광개토태왕의 뒤를 이은 장수왕 15년(AD 427)에 황성(집안)에서 천도한 평양성 역시 랴오양(遼陽)이고, 제25대 평원왕 28년(AD 586)에 천도한 평양 장안성이 비로소 북한의 평양이라는 설이 재야 사학자들에 의해 재기되고 있는데, 주류 사학자들은 평양이라는 말만 나오면 북한의 평양으로 생각하고 기술했다. 이는 패수 논쟁의 결과다.

패수는 상고시대 고조선과 중국의 경계를 이루었던 강이다. 패수의 위치를 어디로 보느냐에 따라 고조선의 강역이 왔다 갔다 하게 된다. 일부 조선시대 노론파 유학자나 일본 관변 사학자, 현대의 주류 사학자들은 패수를 압록강이나 청천강으로 본다. 이에

반해 일제 강점 하에서 민족사학을 개척했던 신채호, 『고조선 연구』를 쓴 북한 사학자 이지린, '고조선사연구회' 회장인 단국대 윤내현 교수 등은 랴오시(요서) 지역의 대릉하(다링허)나 난하(롼허)를, 인하대 복기대 교수는 태자하를 패수라고 주장했다.

이 같은 '패수 논쟁'의 역사는 아주 오랜 옛날로 거슬러 올라간다. 중국 후한 말엽인 3세기에 나온 지리서 『수경』에는 '패수가 동남으로 흐른다'고 기록되어 있었다. 200여 년 뒤인 남북조 시대 북위의 지리학자인 역도원은 이에 의문을 품고 고구려 사신에게 직접 패수의 위치를 물어보았다. 역도원의 지리서 『수경주』에 따르면, 고구려 사신은 다음과 같이 대답했다. '성(수도인 평양성)이 패수의 북쪽에 있다. 패수는 서쪽으로 흘러 옛 낙랑군 조선현을 지난다.'고 한 말이 '패수 논쟁'의 시발점이다. 그런데 중국 사서에는 패수로 불리는 강이 다수 등장한다. 『수경주』를 단서로 패수의 위치를 추정하려면, 저자인 역도원이 언제 고구려 사신을 만났는지 분석해야 한다. 복기대 교수는 그 시기를 고구려 장수왕 바로 다음 왕인 문자명왕 때로 본다. 『삼국사기』에 따르면 당시 고구려의 수도는 평양이다. 이 평양이 지금 북한의 수도인 그 도시라면, 『수경주』의 패수는 평양 남쪽 즉 대동강으로 생각할 수 있다. 이것이 주류 사학자들이 평양성을 북한의 평양으로 주장하는 근거다.

그렇다면 『수경주』에 등장한 패수는 어디일까. 『요사』지리지의 또 다른 부분에는 '당 태종이 고구려를 정벌할 당시 패수는 랴오양(요양) 근처에 있었다'라는 내용이 나온다. 고구려 사신의 증언까지 종합하면, '랴오양 부근을 거쳐 동에서 서로 흐르는 강'이 패수다. 랴오양 근처의 강으로는 혼하와 태자하가 있다. 그런데 혼하는 랴오양의 북쪽으로 흐른다. 그래서 복 교수는, 랴오양을 통과하는 태자하가 패수일 가능성이 높다고 추정하는 것이다.

고구려가 망한 후 랴오양은 한반도에서 잊혀진 땅이 되었다. 그러나 역사는 결코 그대로 사라지지 않는다. 명 · 청 시대까지도 랴오양에는 고구려 왕궁 터, 절터 등 많은 유물과 함께 고구려 유민의 후예들도 남아 있었다는 기록이 있다. 명대의 조선 사신들이 랴오양에서 듣고 본 것들을 기록한 『조천록』, 청대의 조선 사신들이 남긴 『연행록』 등에 그런 내용이 간헐적으로 실리기도 했다. 박지원의 『열하일기』가 대표적인 경우다.

『열하일기』에서 박지원은 평양이나 패수가 한반도가 아닌 대륙에 시기마다 여러 군데 있었다는 점을 지적하면서 "조선의 강토는 싸우지도 않고 저절로 줄어들었다."라고 통탄했다. 그러면서 다음과 같은 글로 랴오양(遼陽)이 과거의 평양이었다고 단언했다. "발해(渤海)의 현덕부(顯德府)는 본시 조선 땅으로 기자를 봉한 평양성(平壤城)이던 것을, 요(遼)가 발해를 쳐부수고 '동경(東京)'이라 고쳤으니 이는 곧 지금의 랴오양현(遼陽縣)이다."

복기대 교수도 중국의 여러 사서를 근거로 당시 고구려의 평양이 바로 랴오닝성 랴오양이었다고 주장했다. 특히 중국 역대 왕조들이 공식 편찬한 관찬 사서인 「25사」중 『요사』와 『원사』에 당시 동경요양부로 불렸던 랴오양의 내력이 언급됐다는 것이다. 『요사』 지리지 '동경요양부' 조에는 다음과 같은 구절이 있다.

'동경요양부는 본래 조선의 땅이다. 위 태무제가 사신을 보내 그들이 거처하는 평양성에 이르게 했으니….'

위 태무제 때 고구려왕은 장수왕이다. 따라서 위 내용을 풀면 위의 태무제 때 동경요양부에는 고구려의 평양성이 있었고 장수왕이 그곳에 거처했다는 것이 된다. 상식적으로 생각해도 부친이 강토를 대륙 중심부로 넓혔고 국력이 주변 국가를 제압하고도 남았는데 뭐가 아쉬워서 좁은 한반도 평양으로 도읍을 옮겼겠는가? 하는 것이 고유심의 논문 요지다.

지금 북한의 평양은 고구려 때 어떤 지명으로 불렸을까? 랴오둥(遼東) · 랴오시(遼西) 지역을 주 무대로 활동한 고구려 등 북방민족들은 지역 거점(京)을 여러 군데 두었다. 산이 많은 지형 때문에 이동과 연락이 쉽지 않았기 때문이다. 그래서 발해와 거란은 오경(五京), 고구려는 삼경(三京)을 설치했다. 고구려의 삼경은 평양성 · 국내성 · 한성으로 기록되어 있다. 이 중 지금의 평양에서 한성(漢城)이라는 명문이 찍힌 유물이 몇 차례 발견됐다고 한다. 고구려 당시 현재 평양의 지명이 한성이었을 가능성이 크다는 증거다. 평양이라는 이름은 고려 공민왕 때부터 사용된 것으로 전해진다. 원나라 때 역사를 밝힌 『원사』지리지에서 '지금의 평양은 옛 평양이 아니'라고 기록한 것과도 맞아떨어진다.(*시사인, 2015년 3월 18일 인용)

중국의 옛 문헌을 통해서 논거가 충분한데도 이를 인정하지 않는 학자들의 태도는 무엇 때문 일까? 그건 사관 때문이다. 사관이란 문헌상의 근거를 가지고 주장하고 그것을 바탕으로 또 다른 이론의 근거를 만들기 때문이다. 즉 고구려의 평양성이 북한의 평양이 아니라는 것을 인정하게 되면 한반도 내에서 낙랑군 등 한사군의 위치를 비정한 것이나, 살수 대첩, 패수대첩 같은 역사적 사실들을 모두 수정해야 한다. 따라서 이는 주류 사학의 뿌리 자체를 부정하는 일이기 때문에 어떠한 근거를 들이대도 쉽게 용인될 수 없는 사안이다.

김 교수가 일어나 커피포트의 버튼을 누르자 금세 물 끓는 소리가 들렸다. 종이컵에 커피를 타면서 김 교수가 달래듯 말했다.

"예상은 했던 거잖아? 고 기자의 논문이 잘못된 건 없어. 고증이 될 만한 중국문헌을 인용했으니 그만하면 사료도 충분하고 새로운 관점에서 패수의 위치를 찾아냈으니 우리 상고사에 획기적인 논문이지. 아주 노력도 많이 했고 수고했어."

김 교수는 커피를 타 들고 와 유심에게 건네고 자리에 앉았다.

"난 금방 마셨어. 차 마시면서 마음 가라앉히고 내 말을 들어. 상고사 학술지에 논문을 실었으면 좋겠지만 거긴 고 기자도 알다시피 제국대학파가 꽉 잡고 있잖아. 그 학술지에 실을 논문 심사를 그 학파 소속 2-3명이 하는데 여기서 한 명만 D를 줘도 게재 불가야."

유심은 아직 진정이 안 된 듯 볼 멘 소리를 했다.

"어느 부분이 잘못되었다는 근거도 없이 게재 불가라니. 참."

"학술지에 실을 수 없는 수준이라고 할 뿐 이유나 설명이 없지. 아마 『삼국사기』 기록을 인용했기 때문인 것 같아. 그들은 초기 기록을 허구라면서 인정하지 않는 것 알잖아?"

"학술지가 기득권층을 위한 시스템이군요. 원로들의 업적 지키기가 우선이고 비판자에 대해서는 패거리로 몰려다니며 왕따시키니 말입니다."

"무책임한 관료조직도 직무 유기지. 막대한 자금을 지원하면서 학계를 감시하고 통제해야 하는데 아부하는 기득권층 말만 믿는 거지. 관료들은 말썽이 나는 것이 두려워서 기득권에 기대는 거야. 말하자면 학술기관의 파워와 야합을 하는 거지. 학회는 좋은 등급으로 연구비를 많이 타내기 위해 그들 비위를 맞춰야 하고 그렇게 해서 따낸 예산을 자신들 구미에 맞는 사람들에게만 나눠주는 꼴이지. 그러니 우수한 연구 성과가 나올 리가 있어? 허울에 불과해. 지금의 체제로는 공정한 연구 성과의 질을 평가할 수 있는 방법이 없어."

"등급제 제도 자체가 문제 아닌가요? 좋은 등급을 받은 학술지에 논문을 실어야 인정하는 학계의 풍토도 문제고 그러니 학회를 장악한 패거리들의 눈치를 볼 수밖에 없는 거죠. 헌데 등급 결정이 학술지를 일 년에 몇 번 내느냐, 학회에 전임교수를 몇 명 확보했느냐로 판정하는 게 말이나 되요? 그러니 기존의 성과물을 비판하는 연구 성과물이 나올 수 없는 거죠."

유심은 몹시도 분한 듯 끝내 눈물까지 그렁거리며 말을 마친 후 손수건을 찾았다.

"맞는 말이야. 그러니 총회 임원선출 때마다 학회를 장악하려고 생사를 걸고 이전투구 하는 거지. 그들이 하는 짓이란 게 일본 학자들의 것을 베끼는 것이고. 방송에서 하는 그 역사소재 프로그램도 처음에는 참 좋았는데 많이 변질됐어. 식민사학자들에 위해 왜곡된 역사를 정설인양 방송하니 일본 학자들에게 오히려 빌미를 제공하는 꼴이 됐지."

05
누군들 여자의 촉을 두려워 않으랴

유심은 정운과 헤어지고 나서 많이 아파했다. 다시 정운을 볼 수 없다는 사실이 너무 괴로웠다. 자신이 너무 이기적이었다는 사실을 자책하면서 이불 호청만 적셨다.

용석에게 오는 전화도 귀찮아서 아예 전원을 꺼버렸다. 사실 정혼한 용석보다는 정운과 보낸 시간이 많았으므로 당연히 그와의 소소한 에피소드가 많았다. 잊어야한다고 생각하지만 꿈속에서는 정운과 함께했던 장면들만 나타나 유심을 괴롭혔다. 정운은 이수일이 되어 자신을 심순애보다 더 비굴한 황금주의자라고 욕하기도 했다. 정운이 울면서 매달리는 상황에선 유심이 용석을 버리고 정운을 택할 때도 있었다. 지금이라도 달려가면 사랑을 되찾을 수 있겠다고 생각했지만, 보장된 안락한 미래를 포기할 순 없었다. 일찍 돌아가신 아버지 때문에 겪어야 했던 찌든 가난이 싫었다. 며칠째 끼니도 거르고 누워 지내는 유심에게 어머니는 무슨 일이냐고 걱정하며 물었지만 유심은 만사가 귀찮은 듯 대답도 하지 않고 이불만 머리 위로 당겼다. 어디서 구했는지 전복죽을 끓여 왔지만 '안 먹어, 아 몰라.'란 말만 되풀이 하면서 괜한 신경질을 내며 엄한 사람한테 화풀이했다. 그러고는 그것이 또 미안하고 서러워서 울었다. 유심의 사랑앓이는 오랜 시간 지속됐다.

고향 집에 내려온 지 일주일이 되던 날 용석이 집으로 찾아왔다. 유심은 용석을 보자 또다시 눈물이 나왔다. 상처가 덜 아문데다 여러 가지 복합적인 감정이 아직 정리가 안 되어서 용석을 정면으로 쳐다볼 엄두가 나지 않았다. 저수지를 걸으면서도 유심은 시들어가는 꽃처럼 고개를 떨구었다. 그런 유심을 곁눈으로 훔쳐보던 용석은 조심스럽게 물었다.

"얼굴이 반쪽이 되었구나."

"오빠, 걱정하는 마음 알지만 무슨 일인지는 묻지 말아줘. 나 혼자 해결해야 하고 마음을 추슬러야 하는 문제야. 오빠에게 한 발 더 가까이 다가가기 위한 통과의례 치르고 있다고 생각해줘."

그 말에 용석은 당연히 정운을 떠올렸다.

"너 혹시 그 자식과…."

"오빠가 생각하는 그런 일 아니야. 날 믿어 줘, 오빠."

유심의 말에 용석의 얼굴은 안도하는 표정으로 바뀌었다.

"전화도 안 되고, 학교로 하숙집으로 찾아다녔어."

그제야 한 마디 언질도 없이 시골로 숨어든 일이 약혼자에게 배신감을 줬으리라 생각됐다.

"미안해. 걱정한다는 걸 알았지만 연락할 상황이 아니었어요."

"미안하긴 챙기지 못한 내가 더 미안하지."

둘의 대화는 자주 끊겼다. 유심은 땅만 보며 걸었고 용석은 스쳐가는 나무를 보는 척하면서 유심의 얼굴을 힐끗힐끗 훔쳐보았다.

“아 참, 나 다음주에 휴가 받으려고 하는데 우리 함께 여행가자.”

유심은 생각에 잠겨 그 말을 듣지 못했는지 고개를 들며 물었다.

“뭐라고요?”

“여행가자고. 몸도 추스를 겸.”

“오빠, 걱정해줘서 고마운데 다음 기회에 가요. 몸이 쳐지는데 어딜 다니겠어요.”

용석은 유심의 아픈 이유가 정운 때문이란 걸 진즉 알았다. 학교에 갔을 때 동아리 학생들한테서 정운도 학교에 나오지 않는다는 소식을 들었기 때문이다. 용석은 고향에 내려가는 내내 속이 부글부글 끓었지만 유심의 반쪽이 된 얼굴을 보고는 다그쳐 물을 수가 없었다. 그날 밤 용석은 넓은 제 집을 두고 유심의 옆에서 잠을 잤다. 유심이 오랜만에 정신을 차리려고 목욕도 하고 용석과 함께 저녁을 먹었지만 체력이 달리는지 잠이 몰려왔다. 먼저 제 방으로 건너가 잠이 들었는데 한밤 중 소변이 마려워 불을 켜보니 옆에 이부자리를 깔고 용석이 자고 있었다. 자신을 지켜주는 모습이 고맙기도 하고 또 미안하기도 했다. 용변을 보고 돌아와 불을 끄려는데 용석이 잠에서 깨어났다.

“지금 몇 시야?”

“잠 깨워서 미안해요. 더 자요. 날 밝으려면 아직 멀었어요.”

용석이 눈을 비비며 벌떡 일어나더니 유심을 끌어안았다. 생각지도 못한 돌발적인 행동이었다.

“우리 식을 올리기 전에는 이러지 않기로 했잖아요?”

“내가 불안해서 못 참겠어. 어차피 우린 정혼한 사인데 아까울 게 뭐 있어?”

유심은 순간 생각했다. 결혼 전에 다시 오정운 같은 사람을 만나게 되면 순결을 지킬 자신이 없다. 용석의 이런 행동은 암컷을 정복하기 위한 수컷 본능이라 생각했다. 불을 끄면서 유심은 용석의 손에 모든 걸 맡겼다.

나중에 알았지만 어머니가 적극적으로 권유해서 용석을 유심의 방으로 들여보냈다고 했다.

다음날 아침 용석은 유심에게 동거를 제의했다. 어머니가 경제적인 이유를 들며 더욱 좋아했다. 유심이 잠 든 사이 어머니와 이미 입을 맞추었다는 것을 당시에는 몰랐다. 유심은 대학의 낭만도 이제 끝나는구나 하는 아쉬움은 남았지만 마다할 이유를 찾지 못했다.

대학을 졸업하는 해 3월에 많은 하객들의 축복 속에 결혼을 했다. 신혼생활은 달콤했고 부족한 것이 없었다. 걱정이 하나 있다면 임신이 안 된다는 거였다. 고향에서의 첫날 밤 관계로 유심은 덜컥 회임을 했다. 용석은 좋아라 했지만 유심은 학생의 신분이라 낙태를 원했다. 그 이후 죽 피임을 하다가 식을 올린 후 부지런히 몸을 섞었지만 임신이 안 되었다. 산부인과 검사를 했지만 두 사람 다 건강하고 이상이 없다고 했다. 마음이 너무 조급하면 그럴 수도 있으니 걱정 말고 서로에게 정성을 다하라는 의사의 말을 믿었다. 아들 낳은 용석 친구들이 비법이라고 알려 준 음식을 먹고 요상한 자세와 방법으로 섹스를 했지만 수태에는 실패했다. 여러 가지 신기하다는 약도 먹고 십 몇 년 만에 임신한 부부의 이야기를 담은 책도 사서 따라 해 보았지만 별 효험이 없었다. 그리고 4,5년이 지나자 용석은 포기한 듯 잠자리에 별 흥미를 가지지 않았다. 유심이 간절해서 날짜를 봐 오고 합궁을 원했지만 용석은 화를 내며 잠자리를 피했다. 일이 바쁘다는 핑계로 귀가가 늦어지더니 출장이 잦아졌다. 그러다가 와이셔츠에 루주 자국이 생기고 야릇한 향수 냄새가 속옷에 배기는 걸 발견했다. 남자가 바람을 피운다는 것을 여자는 동물적인 감각으로 아는데 그것은 후각에서부터 시작된다. 수태기가 된 암컷이 냄새를 풍기는 것처럼.

언젠가 용석의 제주도 출장길에 유심이 함께 따라 갔을 때 제주마육성목장에 들른 적이 있었다. 잘 달리고 튼튼한 경주마를 얻기 위해선 족보 있는 씨수마를 수입해서 잘 먹이고 훈련시킨다. 그리고 역시 좋은 품종의 암컷을 골라서 택일을 하고 교배를 시켰다. 암말은 발정기가 되면 호르몬을 분비하는데 거시기에서 냄새를 풍긴다. 발정 난 암말을 교배장에 세워 놓고 일반 수말을 들여보내 시험을 했다. 암컷 냄새를 맡은 수말은 교배장 입구에 들어오자마자 거시기를 기다랗게 발기시키며 정액을 질질 흘렸다. 그러면 조련사가 그 시마를 데리고 나가고 잠시 후 씨수마가 등장했다. 씨수마 역시 입구에서부터 머리를 흔들어대며 숨을 몰아쉬면서 기다란 거시기를 팽창시키며 다가섰다. 그런데 생각과는 달리 거시기가 힘이 없어서 암컷 엉덩이에 앞발을 걸치고 올라서지만 삽입이 되지 않았다. 그러자 옆에서 거들고 있던 교배사가 수컷의 거시기를 손으로 잡고 암컷의 질 속에 넣어줬다. 이 광경을 위층 유리창 너머로 지켜보던 갓 결혼한 것으로 보이는 신부가 '엄마야' 하며 주저앉는 바람에 일행들은 서로를 쳐다보며 배시시 웃었다. 교미는 금방 끝났다. 유심이 얼굴을 돌려 유리창 너머를 보았을 땐 이미 씨수마가 암말의 등에서 내려온 뒤였고, 교배사가 물바가지를 들고 씨수마의 거시기를 씻어주고 있었다. 교배장을 나오고서도 웃음기를 띠고 있는 유심을 보고 용석이 물었다.

"무엇이 그리 재미있는데? 거시기가 너무 커서?"

"크기만 하면 뭘 해, 실속이 없는 걸."

처음엔 공무로 접대하고 받다보면 그럴 수도 있겠다고 생각했다. 권태기가 되면 남자가 다른 여인을 품어 볼 수도 있다고 유심은 마음 넓게 생각하고자 했다. 하지만 매일 밤 벗어놓은 남편의 속옷에서 나는 향수 냄새가 역겨워 참을 수 없었다. 여자의 예민한 촉수가 잠자던 온갖 상상 세포들을 흔들어 깨웠다. 그러나 용석에게 함부로 따질 수도 없었다. 요즘 들어 말 수가 적어지고 하찮은 일에도 남편은 짜증과 신경질을 냈다. 섣불리 건드렸다 잘못되면 남편 들볶는 쪼잔한 아내로 오인 받아 집안에 시베리아 한파를 불러들일 수도 있다는 생각에서 유심은 꾹 참았다. 남편은 장차 선거 직에 나설 올곧은 공무원으로 자기 관리가 철저한 사람으로 믿었다. 그러면서 제발 잠깐의 외도이기를 빌었다.

불면의 밤은 오래 가지 않았다. 꼬리가 길면 밟힌다는 말은 진리였다. 남편은 죽음의 현장에서 이를 확인해 주었다. 부산으로 출장간 줄 알았는데 난 데 없이 제주도에서 남편의 사망소식이 날아들었다. 여인이 운전하는 렌터카에 동승했다가 마주 오던 덤프트럭과 부딪혀 즉사했다. 유심은 자신의 행동이 어리석었다는 걸 간이 녹아내리도록 눈물로 후회했다. 자신이 알고 있다는 눈치라도 주었다면 대놓고 여자와 여행을 다니진 않았을 것 아닌가? 무관심한 척 도량이 넓은 척 눈 감음이 결국 남편을 사망에 이르게 했다는 걸 아무에게도 말 할 수 없었다.

검은 색 세단 차가 들어오더니 남도청자박물관 전시관 앞에 멈춰 섰다. 현관 앞에서 대기하고 있던 일행 중 한 사람이 차 문을 열자 검은색 코트를 입은 건장한 노인이 내렸다.

"어서 오십시오. 관장님."

책임자인 듯한 사람이 노인에게 정중하게 인사를 하자 다른 일행들도 뒤에서 일제히 허리를 굽혔다. 노인은 책임자와 악수를 하고 관장실로 들어갔다.

"아니 어쩐 일로 사전 예고도 없이 이 먼 곳까지 오셨습니까?"

차를 마시던 노인이 찻잔을 놓고 말했다.

"응. 집에만 있다 보니 갑갑증도 나고 바람도 쏘일 겸 해서 나섰는데 부근을 지나다 보니 김 관장 생각이 나서 말일세."

"하이고 생각해 주셔서 고맙습니다. 그렇지 않아도 찾아뵙고 부탁드릴 말씀도 있었는데 잘 오셨습니다. 안색이 좋으신 걸 보니 은퇴 후에도 건강관리 잘 하시나 봅니다. 허허허."

관장은 무엇이 그리 좋은지 혼자 너털웃음을 날렸다.

“건강관리에는 뭐니 뭐니 해도 수영이 최고야. 호텔 수영장 다닌 지 10년도 더 됐는데 아침에 수영장 안 다녀오면 몸이 뻐근하고 근질근질해 못 견디거든. 거 운동도 중독성이 있다는 말 진언이야.”

“저도 정년이 얼마 안 남았는데 뭘 할까 고민 중입니다. 건강관리 위해서 헬스장 회원권도 구입해 놓았지만 저녁에 회식이 잦다 보니 아침 운동 못하기 일쑤에요. 허허허.”

“습관을 붙여야지. 건강 거 하루아침에 무너진다구. 참 전시장에 물건은 좀 늘었나?”

“그렇잖아도 도의원들 로비해서 금년 예산 좀 따놓았습니다.”

“소문 들었어. 김 관장 붙임성 좋다는 소린 예전부터 알고 있었지.”

“조 관장님이야 말로 이 바닥에서 잔뼈가 굵으신 분이시니까 말씀인데, 거 좋은 물건 어디 없습니까?”

“쩐이 문제지 없긴 왜 없어. 최근 내가 본 물건 중에 아주 최고의 걸작이 있어. 상감과형주잔데 모란과 국화가 새겨진 청자야. 하도 탐이 나서 내 사진까지 가지고 다니네.”

조 관장은 주머니에서 사진을 꺼내 탁자에 놓는다.

“바로 이거네.”

상감주자란 말에 감 관장은 구미가 당기는 듯 차를 마시다 말고 사진을 들여다봤다.

“이거 믿을 수 있는 겁니까? 요즘 중국, 북한에서 하도 가짜들이 많이 들어온다고 해서요.”

“내가 보장하지. 좀 비싸긴 한데 물건이 아주 좋아. 그거 청자

박물관에 안성맞춤이고 전시해 놓으면 잘 구했다고 칭찬 들을 걸세."

"얼마나 가치 있는 건데요?"

"김 관장도 알다시피 물건은 부르는 게 값 아닌가? 물론 관에서 구입하는 거라서 함부로 할 수도 없지만 충분히 10억 가치는 있는 작품이야."

조 관장이 예산을 다 알고 온 듯 스스럼없이 10억 원을 거느리자 김 관장은 놀라며 사진을 다시 보았다.

"예? 이 하나가 10억이라구요? 예산으로 서너 작품 구입하려고 했는데…."

"거 흔한 항아리 몇 점보다 이거 하나가 낫다니까. 내 말대로 하라구. 예산에 맞춰 처리가 다 끝나면 구전 내 혼자 챙기지 않을 테니까."

"감정서엔 누가 날인했습니까?"

"걱정도 팔자구만. 전미협 노 회장이 직접 사인했으니 안심하라구."

조 관장은 다 알면서 왜 그러냐는 듯 능글맞은 미소를 흘리며 김 관장과 눈을 맞추고 찻잔을 들었다.

갤러리 진보(珍寶)라고 간판은 달았지만 그것은 세무관계 때문 형식적인 것이었고 일반인에게는 비공개된 화랑이었다. 애초에 사무실을 거쳐야 전시실에 들어갈 수 있게 만들었다. 전시실 벽 책장 앞에 노명현은 자신의 책상과 소파를 배치했고, 외부에서 들어오는 빛을 차단하여 벽을 만들었다. 그리고 박물관처럼 유리관 밑에 빨간 융단을 깔아 서화, 금관, 도자기 등 진기한 골동품들을 진열하고 조명 장치로 돋보이게 했다.

탁자 위에는 청자항아리가 놓여 있다. 일본인 고객이 물건을 감상하다가 옆에 있던 안내인에게 일본어로 말하자 그가 곧 한국어로 통역했다.

"이거 어디서 구했냐고 묻는 데요?"

"그건 영업상 기밀이고요, 진품이 틀림없습니다. 다나까 상. 내가 그래도 전미협 회장인데 설마 단골 고객한테 가짜를 판매하겠습니까?"

노명현의 말을 통역하자 다나까가 의심쩍은 듯 물었다.

"소문에 이런 물건 도난당했단 소리 들었는데 이거 혹시 그 물건 아니냐고 묻는 데요?"

그 말에 노명현이 버럭 화를 냈다.

"거 장사 그만 둘 것도 아닌데 내가 장물을 소개하겠습니까? 농담이라도 말이 너무 지나치십니다."

다나까가 통역과 이야기하다 일어서며 허리를 굽혀 사과했다.

"스미마생."

그리고 카메라로 청자를 이리저리 돌아가며 촬영하고 했다.

"잘 알겠다고 합니다. 일본 돌아가서 생각해보고 다시 오겠다고 합니다."

"빨리 결정하지 않으면 구매할 수 없다고 해요. 물건이 아주 좋아서 고객들이 눈독 들이고 있는데 먼저 잡는 사람이 땡입니다."

다나까는 카메라를 가방에 넣고 합장을 하며 인사했다.

"하이 아리가도 고자이마스."

노명현은 그를 출구 쪽으로 데리고 가며 손을 내밀고 악수를 청했다.

“그보다 더 좋은 물건도 안에 있는데 한 번 보시겠습니까? 예약은 돼 있는데 값을 먼저 치르는 사람이 임자지요.”

통역이 일본어로 말하자, 다나까는 다시 손을 합장하며 ‘스미마생’ 하고 대답했다.

“다른 약속이 있어서 다음에 들러서 보시겠답니다.”

노명현은 사무실 직원에게 밖에까지 잘 환송하라는 말을 하고 다시 책상으로 돌아왔다.

잠시 후 직원이 신문을 들고 들어왔다.

“회장님, 신문 보셨습니까?”

“무슨 좋은 기사라도 났어?”

직원은 두 손으로 공손하게 신문을 책상 위에 올려놓았다.

“회장님 이름이 실렸습니다.”

신문에는 ‘남도청자박물관 사기 의혹- 1천만 원 짜리가 10억으로 둔갑, 전미협 간부들 관여’ 라고 쓰여 있었다.

“이런 썩을 놈들.”

노명현이 분기를 띠며 신문을 읽는데 휴대폰이 울렸다. 휴대폰 화면에는 ‘고유심’ 이라는 이름이 떴다. 노명현이 이름을 보고 중얼거리며 전화를 받았다.

“이 여우 같은 년이 또 무슨 냄새를 맡아가지고…?”

“그 상감주자 직접 감정하신 거 맞습니까?”

유심은 노명현의 양해를 구해 먼저 인터뷰 사진을 몇 장 찍고 나서 수첩을 꺼내 기록할 준비를 하며 물었다.

"감정한 건 맞지만 아주 오래 전 일이야. 그 조동관이 사기꾼이야. 아무리 후하게 쳐도 2천만 원이 될까 말까 한 물건을 물주와 짜고 50배나 처 받아먹은 거야. 철저히 조사해서 감방 쳐 넣어야 해."

"조동관이란 분 협회 회원 맞죠?"

"아니지. 아니야. 직전 부회장까지 지낸 건 맞는데 이런 일이 한두 번이 아니에요. 그래서 내가 회장이 된 후에 정화차원에서 몇 사람을 제명 처분해서 지금은 회원자격도 없습니다."

"조동관 씨는 지난 번 전미협 회장 선거에서 경합했던 후보 아닙니까? 소문에는 노 회장님이 장기 집권하려고 바른 말 하는 회원들 다 잘라냈다고 하던데…."

정곡을 찔린 것이 아팠는지 심기가 불편한 노 회장은 버럭 화를 냈다.

"누가 그 따위 소릴 해? 난 정관에 따라 협회의 명예를 실추시킨 죄를 물어 이사회에 올린 것뿐이야. 이사들이 판단한 거요."

"그 이사 분들은 전부 노 회장님이 임명한 사람들 아닙니까?"

유심이 입가에 미소를 띠며 말하자 노명현은 어이가 없다는 표정을 지으며 목소리를 낮췄다.

"고 기자, 지금 뭐 하자는 거요? 지금 남도청자박물관 사건으로 인터뷰하자고 해놓고…."

"심기가 불편하셨다면 죄송합니다. 전 사실 확인 차원에서 물어 본 것뿐입니다."

"도둑놈들은 따로 있는데 왜 나한테 엉뚱한 질문 하는 거야?

이런 식이면 나 인터뷰 거절하겠어. 그만 합시다."

노명현은 정말 인터뷰를 그만 두려는 듯 벌떡 일어섰다. 그러자 유심은 만면에 웃음을 머금고 만류했다.

"회장님답지 않게 왜 이러십니까? 저 조동관 씨도 인터뷰 했습니다. 이러고 끝내면 노 회장님만 손해 보세요."

그 말에 노명현이 다시 자리에 앉으며 말했다.

"그 사기꾼 놈이 뭐라 했소?"

"그건 나중에 기사를 보면 아시게 될 겁니다. 그러면 노 회장님은 그 사건 배후에 누가 있다고 생각하시는 겁니까?"

"누가 있는 게 아니라 그놈들 다 한통속이에요. 뭘 알고 말해요. 그 남도박물관 기획실장이 조동관 아랫동서여서 예산 정보를 주었고 물주라는 김 사장은 개인 박물관을 운영하는데 평소 친분이 있는 조동관이와 짜고 남도박물관에 접근시켰고, 김 관장도 커미션을 먹고 짝짜꿍 한 거야."

"이거 책임지실 수 있습니까? 이 말 그대로 기사 나가면 명예훼손으로 고발당하실 텐데?"

고발이라는 말에 노명현의 얼굴빛이 바뀌었다.

"적당히 알아서 쓰슈. 하지만 이번 일이 마치 우리 협회와 관련 있는 것처럼 보도한 기자 놈들 나 가만 안 놔둘 거요."

"그럼 명예 훼손으로 고소라도 하시겠습니까? 조동관 씨는 노 회장님이 자신을 죽이려고 택도 없이 낮은 가격으로 감정했다고 하던데요? 그리고 애초에 익명으로 지방 신문에 골동품 가격 터무니없이 부풀렸다고 기고한 글도 노 회장이 한 일이라고 단정하던데요?"

노 회장의 얼굴이 다시 붉어졌다.

"증거 있답니까? 그 자식, 날 어떻게 보고? 난 그런 글 쓴 적 없소."

"혹시, 기자에게 쓰라고 정보 주신 적도 없나요?"

노명현이 노려보자 유심은 얼른 말을 바꿨다.

"혹시나 해서요. 회장님으로서 그럴 리가 없겠지만 말입니다."

"난 그 사건과 연관 없어요. 단지 도 감사위원회에서 감정을 요청해 와서 확인해 준 것뿐입니다. 아무리 부르는 게 값이라지만 부풀려도 정도가 있어야지. 이런 일 때문에 골동품 취급하는 사람들 다 사기꾼으로 보고 있잖아요? 사실을 밝혀서 사기 친 놈들 콩밥 좀 먹여야 해. 그래야 고미술계가 맑아지고 국민들이 관심이 높아질 것 아닙니까?"

"마지막으로 항간에 고구려 벽화 도굴에 노 회장님이 관여했다는 말이 떠돌고 있는데, 거기 대해 한 말씀 하시겠습니까?"

"그 말 한 놈이 조동관이란 거 다 알아요. 그렇잖아도 증거를 잡고 그놈 고소하려고 준비 중입니다. 고구려 벽화가 국내에 유입되었다는 말 나도 들은 적 있어요. 그래서 국립박물관 모 인사한테 사석에서 고구려 벽화면 우리나라 유산인데 국립박물관에서 구입하여야 하는 거 아니냐고 말한 적은 있지. 그 말이 와전된 거야. 내가 도굴에 관여했다는 증거 어딨어?"

06
영락대제여 호태왕이여

장중한 클래식 선율의 음악 벨이 탁자에서 울렸다. 잠시 후 컴퓨터 앞에서 열심히 논문을 정리하고 있던 김주현이 휴대폰을 집어 들고 발신자를 확인했다. 저장되지 않은 번호여서 검지로 화면을 왼쪽으로 밀어버릴까 하다가 오른쪽으로 당겼다. 열렸다는 응답을 보내자 경상도 사투리 억양이 섞인 걸쭉한 목소리가 들려왔다.

"여보세요. 김주현 교수님이지요?"

"그런데요. 누구십니까?"

"저, 이름을 말하면 모를 거고 예, 혹시 오래 전에 고구려 벽화 도굴사건 들으셨습니꺼?"

"삼실총과 장천1호분 벽화 말씀이죠?"

"아니, 그거 말고요 아주 귀중한 고급정보가 있어서 만나 뵙고 말씀드릴까 해서 예."

간혹 삐끼들이 북한이나 중국에서 밀반입된 도굴품 구매자를 찾는 경우가 있어 연락이 오곤 했는데 이 자의 목소리는 처음이었다.

"저는 골동품 콜렉터가 아니라는 것 아시죠?"

"언지예. 김 교수님에 대해 잘 알고 있습니다. 그런 문제가 아니구요. 조용히 상의할 문제가 있어 그랍니더. 김 교수님이면 해답을 주실 것 같아서 꼭 만나 뵙고 싶습니다."

전화기를 통하여 들려오는 목소리에는 절실하고도 간곡한 무슨 사연이 담겨 있는 것 같았다. 김주현은 강의가 없는 수요일 오전에 학교 연구실로 찾아오라고 했다.

감색 정장 차림의 사내가 문을 열고 들어오더니 '한국전통미술협회 감사 이창현'이라는 명함을 건넸다. 한국전통미술협회는 대단한 이권을 가진 단체다. 보물급 골동품의 거래 단가가 보통 억대를 넘는데 이를 감정하는 감정사들이 이 협회 소속이고, 감정사를 교육하고 자격을 부여하는 것도 협회가 하는 일이다. 진품이냐 가짜냐 감정에 따라 몇 백만 원 짜리가 몇 십억 짜리로 둔갑한다. 골동품의 가격은 부르기 나름이라 전미협의 임원이 물품의 인증서에 사인을 하면 이는 신빙성을 증명하는 것이기 때문 임원 특히 회장이 되기 위해 목숨까지 건다. 그래서 임원 선거 때가 되면 패거리를 만들어 공갈 협박, 뇌물 매수, 폭행 살상 등이 다반사로 일어난다. 선거에 이긴 쪽에서는 임원의 자리를 나누어 가지고 장기 집권하기 위해 자기들에게 유리하도록 선거 규정을 수시로 바꾸기도 하고 선거권을 가진 사람들을 자기편으로 끌어들이기 위해 온갖 수단을 다 동원한다. 감사라고는 했지만 전미협은 노명현의 하수인들로 구성된 단체라는 걸 김주현은 잘 알고 있는 터여서 그가 찾아온 이유가 더욱 궁금해졌다. 냉장고에서 음료수 한 병을 꺼내 테이블 위에 놓으며 김주현이 입을 뗐다.

"헌데 고급 정보라는 게 뭡니까?"

목이 말랐던지 이창현은 음료수의 뚜껑을 따고 벌컥벌컥 목젖이 두어 번 오르내리더니 단숨에 내용물을 비워냈다.

"혹시 이천석이라고 들어보셨습니까?"

이천석? 어디서 많이 들었던 익숙한 이름이었다. 김주현은 이자가 먼저 고구려 벽화도굴 사건이라는 말을 꺼냈다는 걸 생각하고는 이천석의 존재가 비로소 떠올랐다.

"이천석이라면 중국에서 찾던 사람 말입니까?"

"예. 제가 깁니더, 제가 이천석이란 가명을 쓴 겁니다."

2000년 길림성 지안에 있는 고구려 고분 삼실총과 장천1호분 벽화를 범인들은 전기톱으로 조각조각 나누고 벽지를 뜯어내듯 도굴했다. 이 사실을 나중에 알게 된 중국은 도굴에 참여한 3명과 관리자에게 사형 판결을 내려 도난품을 찾기도 전에 사형을 집행했다. 그리고 자금을 대고 도굴을 교사하여 도굴품을 빼돌린 자로 한국의 이천석을 지명하고 한국 정부에 범죄자 인도 요청을 했으나 신원이 불분명해 찾을 수가 없었고 중국 당국에서도 적극성을 보이지 않아 유야무야 되었다. 그가 이천석이라 밝히자 김주현은 놀라면서도 의아스러웠다. 여태껏 숨어 다니다가 이제야 자신 앞에 나타나 신분을 밝히는 이유가 뭘까?

"이천석이라는 걸 어떻게 증명할 수 있지요?"

"도굴과정의 자금 흐름이나 관련된 인사나 도굴품의 이동경로를 세세히 알고 있습니다."

"그걸 내게 밝히는 이유가 뭡니까?"

"토사구팽 당하는 것이 억울해서지요. 이용만 하다가 이제 와서 나를 없애려 하니… 그것보다 지금까지 알려지지 않은 또 다른 도굴벽화가 있다는 정보를 가지고 있습니다. 나야 잡혀가거나 당장이라도 죽을 수 있겠지만 그 벽화만큼은 세상에 알려서 지켜야 한다는 생각이 들었어요. 그걸 해 주실 분이 박사님이라고 판단했어요. 그렇지 않으면 노명현이 다 해쳐 먹을 겁니다. 그거 알고 보면 우리나라 귀중한 보물 아닙니꺼? 그런 걸 훼손하며 팔아먹으려 하다니 그 자식 똥물에 튀겨 죽여도 모자랄 아주 악질입니다."

이창현은 노골적으로 노명현에 대한 적개심을 드러냈다.

"새로운 벽화라는 걸 어떻게 알았습니까?"

"저도 이 바닥에 굴러다닌 지 30년이 넘었어요. 지금까지 발견된 벽화는 사진으로 찍혀 다 나와 있지 않습니까? 헌데 책에 없는 물건이랍니다. 말로는 광개토태왕릉에서 도굴된 거라고 하는데, 사실이라면 큰 물건 아니겠습니까?"

김주현은 갑자기 혈압이 상승하고 호흡이 가빠짐을 느꼈다. 자신이 그토록 찾던 광개토태왕릉에서 나온 물건이라니 믿어지지 않아서 그의 입만 바라보았다.

"광개토태왕릉이 확실합니까?"

"그렇게 들었는데 물건을 확인하지 못했으니…."

"그 정보를 어디서 들었나요?"

"제가 중국을 자주 드나들면서 그 방면에 정통한 사람을 압니

더. 아직 이 정보를 아는 사람은 많지 않지만 어쩌면 벌써 노명현이 수중에 들어가 처분되었는지 모릅니다."

"제가 사실 확인을 위해서 정보원을 만나 볼 수 있을까요?"

그러자 이창현은 양복 안주머니에서 전화번호가 적힌 메모지 한 장을 꺼내 주었다.

메모지에는 86으로 시작되는 중국 전화번호가 적혀 있었다.

"제 이름을 말하면 정보를 줄 겁니다."

김 교수는 갑자기 갈증을 느껴서 냉장고로 가 물병을 꺼내 벌컥벌컥 들이켰다. 그리고는 제자리로 돌아오며 물었다.

"헌데, 노 회장과는 어찌해서 틀어졌습니까?"

"그 새끼 누구 때문에 전미협 회장 됐는데. 목숨 내놓고 물건 가져왔고 일이 성사되면 한몫 챙겨준다 했는데 물건을 팔아먹고도 도피 자금도 제대로 안주는 겁니다. 홧김에 비리를 불어버린다고 하니까 나를 제거하려 해요. 똘마니들이 내 행방을 쫓고 있습니다."

"검찰에 자수하세요. 제가 잘 아는 고향 후배가 검산데 소개해 드릴게요."

"아닙니다. 설령 자수한다 해도 무슨 수로든 날 없앨 거예요. 그 새끼 경찰, 검찰, 국회의원, 청와대까지 손이 안 미치는 데가 없어요. 내가 그 심부름을 했거든요."

"도굴된 벽화는 지금 어디 있습니까?"

"유통과정은 당사자밖에 모른 비밀입니다. 아마도 일본으로 빠져나갔을 겁니다. 거래처를 내가 알고 있거든요. 그놈 처단할 무슨 방법 없겠습니까?"

"제가 손을 써보겠습니다. 어떻게 나오는지 한 번 기다려 봅시다."

이창현이 돌아가고 난 후, 정황을 파악하기 위해 노명현에게 만나자는 전화를 걸었다. 그는 저녁에 '써니'로 오라고 했다. '써니'는 삼청동에 있는 그의 애첩 엄선이가 운영하는 고급 술집으로 노명현과 한 번 만났던 곳이었다. 인테리어 자재를 이태리에서 수입하여 꾸몄고 장식품이나 가구도 엄선이가 직접 외국에 나가 선택하여 들여온 것이라 자랑했었다.

약속한 시간에 맞추어 도착하니 종업원이 노 회장이 있는 룸으로 안내했다. 화려한 조명으로 따뜻한 분위기를 만든 룸에서 노명현은 엄선이와 어려보이는 아가씨를 사이에 끼고 술판을 벌이고 있었다.

"어서 오시오. 김 박사. 멀리서 오셨을 텐데 저녁은 했소?"

"예. 마침 인사동에 사람 만날 일이 있어서요."

김주현은 접대부 아가씨에 시선을 두면서 앉았다.

"어머 김 박사님. 연애하시나봐. 젊어지셨네요."

엄선이가 콧소리 섞인 말투로 인사하며 술병을 들어 김주현의 잔에 술을 채웠다.

"연애라니요. 바빠서 죽을 시간도 없습니다."

그러자 노명현이 너스레를 떨며 비꼬듯 말했다.

"허어 살다보니 김 박사가 사기꾼한테 뭔 볼일 있다고 전화까지 다 주시고. 이거 불러주셔서 영광입니다."

몇 년 전 국립박물관 가짜 도자기 사건이 터졌을 때 김주현은 신문에 업자들 간의 담합에 의한 고미술품 거래의 불공정성과 전미협의 전횡을 비판한 칼럼을 쓴 적이 있었다. 그때 그들을 싸잡아 사기꾼들의 농간이라고 했던 것을 마음에 두었다가 한 말이다.

"그 말, 아직도 기억하고 있습니까?"

"잊을 수가 있겠소? 우리들은 장롱 속에 잠자고 있는 조상들의 유산을 찾아내어 올바른 감정을 하고 가치를 드높이는 일을 하고 있는데…."

술을 목으로 넘기던 김주현은 하마터면 사래가 들 뻔했다. 술잔 비우기를 기다리던 아가씨가 포크로 과일 안주를 찍어서 입에 넣어주는 바람에 한 박자 쉬면서 감정을 조절했다.

"글을 잘 읽어보시면 알겠지만 모든 감정사가 그렇다는 건 아니지요. 그 말을 듣고 켕기는 자는 그래도 양심이 살아있다는 증거 아니겠습니까?"

분위기가 어색해지는 걸 눈치 챈 엄선이가 중간에 끼어들었다.

"아이 인사도 하기 전에 왜들 이러실까? 얘, 손님이 왔으면 인사부터 해야지."

엄선이는 김주현 옆에 앉은 아가씨를 야단치며 분위기를 바꾸려 했다. 그 말에 놀란 아가씨가 벌떡 일어서며 자기소개를 했다. 아주 앳돼 보이는 아가씨였다.

"잘 부탁합니다. 이민서라 합니다."

"예쁘죠? 손님들마다 탐내는 우리가게 킹카에요. 앞으로 김 박사님 오시면 잘 모셔. 대학 교수들 중에 이렇게 매력 있는 박사님들 흔치 않거든."

엄선이는 김주현 교수를 은근하게 바라보면서 곱게 눈을 흘겼다. 그러나 김주현은 하찮은 감정에 휘둘리면 안 된다고 생각했다.

"미안하지만 지금 노 회장님과 긴히 할 얘기가 있어서…."

"그래, 잠시 나가들 있어."

노 회장의 말이 떨어지기 무섭게 엄선이가 아가씨를 데리고 나가자 노명현이 입을 열었다.

"지금 중국에서는 송대의 글씨 한 점이 700억 원대에 팔리고 있어요. 그만큼 시장이 활기를 띠고 있는데 우리는 20년 가까이 불황에 허덕이며 바닥을 치고 있습니다. 그나마 30~40대들이 고미술에 대한 관심이 높아지고 에이티옥션, 아이옥션 등 고미술 전문경매회사들이 네 군데나 생기면서 모처럼 경기가 되살아나고 있는데 고미술을 아신다는 양반이 재를 뿌리면 되겠습니까?"

"재를 뿌리다뇨? 전 팩트를 가지고 이야기하는 겁니다. 중국과 북한에서 만들어진 가짜를 진품으로 감정해서 국내에서 유통시킨 게 누굽니까? 건강한 시장경제를 구축하기 위해선 유통과정의 투명성이 우선 아닙니까? 선조로부터 대대로 물려받은 귀중한 문화재를 가짜라고 감정해서 헐값에 후려쳐 매입해선 고액에 팔아먹는 이런 행태가 사기가 아니고 무업니까?"

노명현은 깊숙이 소파에 파묻었던 상체를 곧추세우며 미간을 찡그렸다.

"거 일부 몰지각한 감정사들과 유통업자들 소행 가지고 협회 자체를 불신 조장하지 마세요. 가짜가 얼마나 교묘하고 정교한지 아십니까? 컴퓨터 등을 이용하면서 수법도 다양해져서 전문가들도 속고 구입하는 경우가 많습니다. 그거 그렇게 유통되면서도 수리하는 과정이 아니면 진위를 확인할 방법이 없으니 우리도 죽겠습니다. 그렇다고 우리가 손 놓은 거 아닙니다. 우리도 시장의 투명성을 위해 할 만큼 하고 있어요. 교수님도 아시겠지만 짝퉁을 걸러내기 위해 그간 감정사를 1천 명이나 육성했고 아카데미까지 운영하면서 시민들 안목도 높이고 있습니다. 오죽하면 작년부터 가짜와의 전쟁을 선포하면서 자정대회까지 열었겠습니까."

"100억 원대 문화재를 가짜로 둔갑시켜 일본으로 국부 유출시킨 거 다 알고 있습니다. 입으로는 염불을 외우면서 뒤로 호박씨 까는 게 협회 간부들 아닙니까?"

"거 그 자식 홍보이사 박탈하고 제명까지 시켰어요. 어물전 망신은 꼴뚜기가 시킨다고 그래서 협회 책임 인정하고 자정대회까지 연거 아닙니까?"

"그 사람 노 회장님 대리인 아닙니까?"

그 말에 노명현은 한숨을 내쉬더니 김주현을 노려봤다.

"당신 관세청 끄나풀이요 경찰청 프락치요? 내가 뭘 어쨌다는 증거라도 있소?"

김주현은 일부러 여유 있는 표정을 지으며 부드럽게 대꾸했다.

"고구려 벽화가 이미 일본으로 건너간 게 사실이지요?"

"그게 나와 무슨 상관이요?"

"누가 구입했는지도 대충 신병도 확보하고 있습니다."

"생사람 잡지 마시오. 그 일 때문 얼마나 곤욕당했는지 생각하기도 싫소. 그게 알고 보면 선조가 물려준 귀중한 우리나라 문화재 아닙니까? 그런 뜻에서 그런 물건 있으면 내가 구입하고 싶다는 의향을 밝힌 적은 있어요. 그런데 나를 지목해서 검찰에서 부르고, 사무실 뒤지고, 심지어 중국 공안들까지 시도 때도 없이 달려들고 아이고 머리 아파. 그래도 나온 게 없잖아요."

"헌데 말입니다. 일본으로 건너간 벽화가 세간에 알려진 것 말고 다른 것이 있다면서요?"

김주현은 말을 하면서 노명현의 눈을 유심히 주시했다. 순간 노명현의 눈꺼풀이 떨리는 미세한 변화를 감지했다. 이미 노명현의 손을 거쳐 처분되었다는 걸 직감했다. 당황을 감추기 위함인지 노명현은 헛기침을 하면서 술잔을 들어 입에 털어 넣고는 능청스럽게 말했다.

"거 구미 당기는 새로운 정보군요? 어떤 물건입니까?"

"벽화에 맛을 들인 자들 소행이겠죠. 듣자니 광개토태왕릉 출토품이라면 가격도 어마어마할 텐데."

"광개토대왕릉엔 아무 것도 없는 거 세상 사람이 다 아는데?"

그는 시치미를 떼고 능글거리며 웃고 있었다. 그건 속마음을 숨기기 위한 위장전술임이 분명했다.

"진짜 광개토태왕릉은 다른 곳에 있죠."

"그게 사실이라면 값 좀 나가겠는데요?"

광개토태왕릉이 다른 곳에 존재한다는 사실을 이미 알고 있다는 말이다.

"그런데 그게 일본 소장가 손에 있다면 넘긴 놈은 매국노나 마찬가지 아닙니까?"

매국노란 말에 분노를 삭이는 듯 노명현의 눈가가 다시 떨렸다.

"혹시 날 의심하는 겁니까?"

"정황은 있는데 증거가 없으니 고발할 수도 없고…."

"이봐요. 김 교수. 나를 건들 생각 말아요. 그렇잖아도 우리 회원들은 김 교수를 눈엣가시처럼 보고 있는데 계속 우릴 해코지하려 들면 가만있지 않을 겁니다."

"분명히 말하지만 난 학자적 양심을 걸고 국민들에게 진실을 밝히겠소."

대화는 그것으로 끝났다. 김주현은 자리를 박차고 나왔고 노명현은 분이 안 풀리는지 문을 열고 나가는 김주현 뒤에다 대고 술잔을 던지면서 갖은 욕설을 해댔다.

며칠 후, 고유심이 오 검사 사무실로 찾아왔다. 그녀는 무척 상기된 얼굴이었다.

"도대체 한 나라의 공공기관에서 이럴 수가 있어요? 아주 국제적인 망신이에요."

고유심은 가방에서 서류를 꺼내 정운에게 내밀었다. 공문서 사본이었다.

"이거 보세요. 글쎄 중국에서 보내왔다는 고구려 벽화 반환해 달라는 이 공문서가 가짜라는 겁니다."

정운은 서류를 살펴보고 물었다.

"뭐가 잘못 되었다는 거요?"

"뭔가 이상하다고 생각 들지 않으세요. 글자체를 보세요. 중국은 간자체를 쓴 지 오래 되었는데 이건 정자체로 되어 있잖아요?

하도 이상해서 중국대사관에 문의했더니 자기네는 모르는 일이래요. 문서를 발송한 바도 없고 문서 양식도 다르다는 거예요. 보통 외국에 보내는 문서는 현지 대사관을 통해서 외교부로 전달되는 게 상식인데 DHL 택배로 직접 문화관광부와 문화재청 두 곳에 배달되었어요."

"문서 발송처는 어딘데요?"

"중국 국가문물국, 우리의 문화재청에 해당하는 기관이죠. 그리고 더욱 웃기는 건, 봉투에 쓰인 주소가 펜으로 쓴 거예요. 내용물은 타이핑하여 인쇄되었는데 급하게 하다 보니 봉투 인쇄하는 법을 잊었나 봐요. 거기 찍힌 관인을 보세요. 너무 조잡하지 않아요?"

가짜라는 선입견으로 봐서 그런지 문서는 조악하게 보였다.

"어떻게 해서 일이 이렇게 되었을까?"

"문광부 출입 기자들이 취재 가서 알아냈고, YTN에 뉴스가 보도되자 문화재청이 깜짝 놀랐겠죠. 그래서 일이 다른 데로 파급되지 않게 문화재청에서는 확인 절차도 없이 발 빠르게 자기네가 찾아서 돌려주겠다고 보도자료를 내버린 것이죠."

"누가 이런 짓을 했다고 생각합니까?"

"아마도 반대파 사람 짓이겠죠. 전통미술협회는 여러 파로 나누어져 있어요. 선거를 할 때마다 회장파와 반대파로 이합집산하는데 물건의 진위를 가지고 반목하고 이권이 상당한 회장 자리를 놓고 권력투쟁이 심각하죠."

"그러니까 집행부 쪽을 음해하기 위해서 반대파에서 꾸민 일이다?"

“회장 쪽에서 벽화를 갖고 있다고 생각하거나 실제로 그걸 봤다는 사람도 있어요.”

“그런데 문화재청에서 진위도 따져보지 않고 덜컥 보도자료를 낸 건 무슨 이유요?”

“커넥션에 관련된 내부 사람들 짓이겠죠. 가령 이런 공문을 보낼 테니 청장 책상에 올려달라거나, 외부에 알려달라고 미리 입을 맞추었겠죠. 그렇지 않고서야 택배로 배달된 공문서를 외교부에 진위여부도 따져보지 않고 언론에 흘렸다는 게 상식적으로 이해되지 않잖아요?”

“가짜 문서에 국가 조직이 놀아나다니 정말 국제적 망신이군. 조사를 해보면 다 나오겠지. 헌데 이천석이 누군지 알겠소?”

“이천석? 아 도굴꾼에 돈을 대고 벽화를 밀반입했다고 중국이 발표한 사람 말이죠?”

“조사해 봤지만 문화재와 관련해 그런 일을 저지를 만한 이천석이란 자가 없소. 가명을 쓴 거 같은데. 도굴꾼 세 명은 사형이 돼 버렸고….”

“그게 이상해요. 중국은 물건을 찾기도 전에 왜 그들을 서둘러 죽였을까요? 밀반출 시킨 이천석을 잡으면 증인으로 법정에 세울 수 있는데 말이죠.”

정운은 김주현 교수도 같은 말을 한 적이 있다는 걸 생각해냈다.

“거기에 국가적 음모가 있다는 말이지? 그렇다면 야쿠자들이 찾는 이창현은 누구야?”

“살해의 대상이라면 벽화의 거래와 깊숙이 관련된 인물 아닐까요?"

"그런데 야쿠자들은 왜 김 교수를 죽이려 했느냔 말이지?"

"김 교수님이 이번에 발표할 주제가 광개토태왕릉의 진위에 관한 논문이었어요. 그게 발표되면 동북공정에 의해 주장된 많은 논문들이 쓰레기가 되는 것이고 일본과 중국의 역사는 수정되어야 하는 거니까 뻔 한 것 아니겠어요? 거기에 야쿠자들이 개입됐다면 벽화의 거래에 일본이 연관 있다는 말이죠."

"광개토태왕릉이라면 집안에 있는 것 말이요?"

"예. 그것이 가짜라는 거지요. 김 교수님은 그걸 밝히려고 여러 번 중국을 다녀오셨고, 진품의 현장을 확인했다고 했어요."

"그래서 결론이 뭐요?"

"진짜 광개토태왕릉은 도굴을 염려해 비밀리에 만들어져 천육백 년을 잊혀졌었는데 도굴꾼에 의해 발견된 거죠. 참 지난 번 세미나 때 김 교수님이 주제 발표한 걸 찍어둔 영상이 있는데 보실래요?"

대학 시절 이래 고시 준비를 하느라 역사에 대한 관심은 잠시 접어두었는데 역사와 관련 있는 살인사건의 추이가 점점 흥미를 느끼게 했다. 둘은 곧 월간 역사저널사 사무실로 자리를 옮겼다.

화면에는 김주현 교수가 '광개토태왕릉의 진실과 허구'라는 제목으로 발표를 하고 있다.

"결론을 먼저 말씀드리면 우리가 알고 있는 태왕릉은 광개토태왕릉이 아닙니다."

이 말에 세미나에 참석한 사람들이 웅성거렸다.

“무덤에서 나왔다는 벽돌의 글자 태왕(太王)은 장수태왕에서 보듯 고구려의 왕을 지칭하는 것으로 광개토태왕에 국한해 쓰는 말이 아닙니다. 고구려 임금은 모두 태왕이라 했습니다. 누구 능인지 몰랐다는 이야기지요. 따라서 현재 광개토태왕릉이라 비정되고 있는 태왕릉은 고구려를 건국한 고주몽이나 그 이전 고조선 때 왕의 묘이거나 하늘에 제사지내던 제단입니다. 고구려인들은 자신들의 먼 조상 때부터 대대로 내려오는 어느 왕의 무덤이라 생각했습니다. 헌데 태왕릉을 광개토태왕릉으로 확정시킨 것은 1990년 발굴조사에 참여했던 일본 학자들에 의해섭니다. 왜 그들이 태왕릉을 광개토태왕릉이라고 단정했을 까요. 그것은 삼국 이전의 한국 역사를 인정하고 싶지 않기 때문입니다.”

이때 일부 학자들이 ‘말도 되지 않은 소리’, ‘근거를 대시오.’라는 웅성거림이 있었지만 김주현 박사는 이를 제지하고 말을 계속했다.

“가만히 계세요. 차근차근 설명하지요. 2003년 중국은 광개토태왕릉에 대한 조사를 끝내면서, 이 능은 장군총과 같은 계단식 적석무덤이며 9층 위에는 목조건물이 있었다고 발표했습니다. 주변의 천추총(千秋塚), 임강총(臨江塚), 중대총(中大塚), 서대총(西大塚) 등도 같은 구조를 가졌다고 했습니다. 그럼 묘 위에 있었던 목조 건물은 어떻게 생겼고 무슨 용도였을까요? 우리는 발해 고분 위에 불탑을 세운 사실을 알고 있습니다. 이에 착안해 불탑설(佛塔說)과 능묘 위에 세우는 일종의 사당(陵上宗廟)과 같다는 향당설(享堂說)도 제기됐습니다. 이 설은 일찍이 선문대 이형구 교수가 주장했는데, 대체로 이 견해는 타당성이 있습니다. 그것으로 유추해 보면 꼭대기에 있었던 기와를 얹은 목조건물은 형태와 명칭이 어떠하든 제의 공간임에 틀림없습니다. 시조묘이기에 시조가 신으로 추앙받는 제사 장소였고, 수혈신 즉 목수를 안치하는 신전이었다고 생각합니다. 하늘에서 내려온 빛과 대지의 어둠이 만나는 합일의 공간으로 '하늘의 자손'들이 '하늘의 뜻을 받았다(天託)'는 의식을 거행하던 장소였습니다.

태왕릉의 원래 높이는 25m였는데 현재는 15m이고 밑변길이는 장군총이 32m인데 비해 그 두배인 64m나 됩니다. 태왕릉이 너무 크니까 누군가 동이족의 자부심을 죽이려고 돌을 빼내어 일부러 훼손했고 보기가 흉측하니까 후세에 흙으로 덮었습니다. 크기가 작은 장군총은 그대로 놔두고 말입니다.

생각해 보십시오. 무덤에서 출토되었다는 방울. 무당이 흔들었던 방울에 새겨진 호태왕신묘년무조령구십육(好太王辛卯年巫造鈴九十六)의 신묘년은 391년으로 광개토대왕이 즉위하던 해입니다. 그때 18세의 젊은 왕이 자신이 즉위하면서 자신의 능을 완성했다는 것은 언어도단입니다. 따라서 누각은 제단이고 제단에서 자신의 즉위를 하늘과 선조에 고하며 제사를 지냈다는 증좌입니다. 무당이 흔들던 방울이 그 증거입니다. 즉위를 기념하기 위해 방울 96개를 만든 것이지요. 태왕릉은 이집트의 피라미드의 형태를 가지고 있습니다. 피라미드가 선조의 무덤이라면 함부로 능위에 올라가지 못했을 것입니다. 따라서 태왕릉 피라미드는 고대의 것이었고 신성한 제단의 역할을 했으며 그래서 제단에 누각을 세웠던 것입니다. 그 누각이 낡았거나 누군가 부수어버리면서 명문전 벽돌도 묻힌 것이지요."

주변의 웅성거리는 소리가 커졌다. 참석자 중에서 '근거 없는 망발', '궤변 집어 치워' 등의 소리가 터져 나왔다. 그러나 김 교수는 야유를 무시하고 발표를 계속했다.

"그리고 광개토대왕릉이 아니라는 근거는 또 있습니다. 광개토태왕 18년에 죽은 유주자사 진의 무덤으로 알려진 북한 덕흥리 고분에는 화려한 벽화가 있으나 소위 광개토태왕 무덤엔 벽화가 없습니다. 당시에는 왕족이 죽어도 패물과 장신구를 넣고 화려한 벽화를 그려 망인의 명복을 빌었는데, 391년부터 412년까지 22년간 재위하면서 고구려의 강역을 넓히며 위대한 공적을 세운 왕의 무덤에서 출토된 유물도 없고 다른 고분처럼 벽화도 없다는 게 상식적으로 이해가 갑니까? 1990년부터 중국 학자들이 태왕릉을 본격 발굴하면서 유물을 공개하지 않았습니다. 이후 유물이라며 원태왕릉안여산고여악(願太王陵安如山固如岳) 즉 태왕릉(太王陵)이 산(山)처럼 장구하기를 기원한다는 명문전이 새겨진 벽돌을 내놓았고, 호태왕이라고 새겨진 방울을 유물이라고 내어놓았습니다. 알다시피 태왕릉의 구조상 내부에서 벽돌이 나올 리 없습니다. 다시 말하지만 이 벽돌은 누각을 세우면서 사용된 것이 틀림없습니다. 혹자는 호태왕릉비를 거론하시는데 이 또한 왕릉비가 아니라 석비입니다. 즉 능비와 석비가 따로따로 존재한다는 말입니다. 태왕릉에서 400m나 떨어진 곳에 그것도 능의 뒤쪽에 석비를 세운 것이나 능은 두 배나 더 큰데 현실이 장군총의 4분의 1에 불과하다는 게 이치에 맞지 않습니다."

발표가 여기에 이르자 학자들의 항의가 계속되면서 영상이 중지되었다.

영상을 보고 있던 정운의 얼굴이 발갛게 상기되었다. 김주현 교수의 정연하고 거침없는 논리에 감화되었다.

"그렇다면 진짜 광개토태왕릉이 따로 존재한다는 말인데…?"

유심이 고개를 끄덕이며 말을 이었다.

"영락대왕의 아들 장수왕은 재위한 지 16년 되는 해(427년) 평양성, 즉 랴오양(遼陽)으로 천도했지요. 그런데 부친의 묘를 멀리 두는 것이 마음에 걸렸는지 능을 비밀리에 평양 근처로 옮겼는데 교수님은 그걸 찾아내었지요."

창밖에는 나뭇가지가 휘어질 정도로 거센 바람이 불고 있다. 블라인드가 창문에 부딪쳐 소리를 내었다. 김 교수는 창문을 닫고 휘어진 블라인드를 가지런히 한 다음 커피 잔이 놓인 탁자 앞으로 돌아오면서 말했다. 고유심은 소파에 앉아 열심히 메모했다.

"이치에 맞게 생각해 봐. 당시 사람들은 사후에도 생이 계속된다고 생각했지. 그래서 왕이나 귀족이 죽으면 평시에 쓰던 칼과 도구와 재물, 심지어 호위병과 노비들까지도 순장하던 풍습이 있었단 말이야. 그것은 고대의 능에서 출토된 유물들에서 확인할 수 있는 것이야. 그래서 능을 만들어 놓고 능지기를 두어 관리를 했어. 도굴과 훼손을 방지하기 위해서지. 헌데 도읍을 옮기면 종묘도 옮기는 게 당시의 풍습이었어. 매년 먼 곳을 찾아와 기제사를 지내기가 어렵거든."

열심히 메모하던 유심이 끼어들었다.

"그래서 안 되겠다싶어 석비는 놔두고 천릉을 한 거란 말이죠?"

"암. 그 지역 고구려 고분들의 배열로 볼 때 실제 왕릉은 석비 옆에 있었다고 추정돼. 그런데 천릉 계획은 몇몇 장군과 역군들에 의해 비밀리에 진행되었어. 이집트의 파라오들처럼 아무도 모른 곳에 묘실을 만들고 이장을 한 후 천릉 사업에 참여한 사람들을 모두 죽여버림으로써 비밀이 유지됐던 거지."

"그것이 지금까지 광개토태왕릉이 발견되지 않은 이유란 말이지요? 헌데 중국도 그 사실을 알고 있었을까요?"

김 교수는 커피 잔을 들어 한 모금 마시고 나서 말을 이었다.

"중국은 알고도 모른 척 하는 거야. 괜히 그걸 찾아내어 이슈화시켜 좋을 게 없거든. 고구려를 자기네 통제하의 소수민족 자치조직으로 확실히 만들어 놓은 다음이라면 모를까."

"동북공정 말씀하시는 거죠? 헌데 교수님은 그걸 어떻게 알게 되셨죠?"

"고대 유물이 돈이 된다는 사실을 아는 자들은 오랜 기간 치밀하게 뒤지면서 가능한 장소를 찾아내고 구멍을 뚫고 장비를 투입해 확인을 해보지. 그리고 확실하다고 생각되면 도굴꾼을 찾는 거야. 그리곤 시치미를 떼고 소문에 어디에 무슨 물건이 있다고 하는데 그걸 꺼내오면 얼마를 주겠다고 타협을 하지. 도굴꾼들은 제공 받는 액수가 평생 만져 보지도 못할 거금이어서 목숨을 걸고 작업을 해."

"그러다 잡히면 공개처형 당하구요. 가족들은 미리 도피시켜놓고 가장 혼자의 희생으로 한 평생 먹을 재산 남겨놓고 가는 거니 참으로 눈물겨운 가족애군요."

"지금 나돌고 있는 벽화는 10년 전에 도굴된 삼실총과 장천1호분 벽화만이 아니라 광개토태왕릉 벽화도 있다는 소문이 예전부터 나돌았어."

그 말에 고유심의 눈이 휘둥그레졌다.

"광개토태왕릉 벽화 그게 사실이에요?"

고개를 끄덕이는 김 교수의 얼굴엔 의미심장한 기운마저 감돌았다.

"난 중국에 가서 현장도 확인했고, 사진도 촬영했지. 헌데 도굴꾼들에 의해 일부 훼손된 뒤였어. 유물은 없었고 벽화 한쪽 부분이 사라졌어. 앞뒤 그림으로 추정해 볼 때 그건 광개토태왕비의 훼손된 글자들을 규명할 수 있는 중요한 부분이었어. 그 조각이 한국에 있다는 거지. 그걸 찾아내야 돼. 그래야 일본이 암흑 속에 묻어 놓았던 우리 고대사를 세상 밖으로 드러낼 수 있는 거야."

이야기를 듣던 정운이 고개를 갸웃거리며 중얼거리듯 말을 내뱉었다.

"헌데, 논문과 사진자료가 깡그리 없어졌다?"

"아, 사진 있어요. 김 교수님 중국 다녀오고 나서 이메일로 보내 줬어요."

유심은 자신의 자리로 가 컴퓨터를 켜더니 모니터에 사진을 불러왔다. 정운은 유심의 테이블 옆으로 가서 허리를 굽혀 모니터에 드러난 벽화 사진을 보았다. 어둠 속에서 플래시를 사용해 찍은 것이라 불빛에 번진 부분이 있었지만 벽화의 내용은 선명하게 드러났다.

“보세요. 이건 천정부분 같아요. 주몽신화를 묘사했어요. 여기 상서로운 흰 새들이 보호하는 가운데 다섯 마리 용이 끄는 마차 속 인물은 해모수고 소는 물의 신 하백이고 잉어는 유화에요. 그리고 그들의 보호 속에 황룡을 타고 활을 겨누는 사람이 주몽이죠.”

정운은 그림에서 시선을 떼지 못하고 모니터 가까이 얼굴을 가져가 자세히 살폈다.

“이것 가지고는… 또 다른 건 없소?”

“영정을 찍은 사진이 하나 더 있어요.”

유심은 화면을 몇 번 클릭하더니 왕관을 쓴 임금의 초상화를 불러냈다.

“그림 왼쪽에 영락대제란 글자와 국강상광개토경평안호태왕이란 글자가 보이죠?”

사진을 보는 순간 정운의 눈이 휘둥그레지며 입이 딱 벌어졌다. 그건 광개토태왕릉임을 부인할 수 없는 증거자료였다.

“오 정말이네. 천하를 호령하던 담대하고 호방한 모습이 잘 드러나는구만”.

“장수왕은 요양으로 천도하고서 부친의 능을 천릉했고 거기에 부친의 업적을 남기고 싶어했을 거라는 추정이 가능하죠. 벽화 그림들은 그런 공적을 나타낸 것들이라 했어요. 세미나가 끝나면 나머지 자료들을 받기로 했는데, 아쉽게도 남은 건 이 두 장 뿐이예요.”

정운은 모니터에서 시선을 거두며 아쉬운 마음으로 말했다.

“사진이 많은들 무슨 소용이요? 현장을 찾지 못하면 사진의 진실성마저 의심 받을 텐데."

"그렇잖아도 중국엘 다녀오려고 해요. 김 교수님의 행적을 좇다보면 단서를 찾을 수 있겠죠. 운 좋으면 현장에 접근할 수 있을 거구요. 어쩌면 도굴된 벽화의 운반자들을 추적하는 게 더 쉬운 방법일 수도 있어요. 도망간 야쿠자부터 빨리 잡으세요."

"수사는 내가 합니다. 함부로 명령 말아요."

오 검사의 만류에도 불구하고 유심은 속이 상하고 답답한 듯 자신의 생각을 드러냈다.

"이 정도 추리는 나도 하는데, 유능한 검사님이 아직도 모르시겠어요?"

"당신이 뭘 안다고 그래. 수사의 테크닉이라는 걸 알기나 해요? 단서도 증거도 없이 덥석 잡아서 뭘 어쩌라는 거요?"

"모든 증거를 없애기 위해 김 교수님을 살해한 걸 왜 모르세요?"

정운은 자신의 영역을 침범했다는 사실보다도 잘난 척 설치는 유심이 왠지 미웠다.

"그렇게 잘 알면 당신이 검사하시오."

정운은 말을 마치자 자리를 박차고 일어서서 뒤도 돌아보지 않고 나갔다. 유리문을 여는 그의 얼굴엔 미소가 번지고 있었다.

07
드러나는 악마의 발톱

언제부터 하늘이 저리 푸르렀지? 며칠 황사가 기승을 부리더니 밤새 내린 비가 말끔하게 청소해 놓아 공기마저 삽상했다. 하늘을 올려다보는 게 참 오랜만이다. 깊은 호흡을 하니 폐 속으로 흘러든 공기 입자가 금세 뇌에다 청량함을 보고한다. 하늘을 날 듯 몸과 마음이 가벼운 아침이다. 유심이 편집실 문을 열고 들어서자 국장의 호출이 기다리고 있었다. 가방과 외투를 옷걸이에 걸어놓고 벽에 걸린 커다란 거울 앞에서 머리와 옷매무새를 점검한 후 국장실 문을 노크했다. 소파에 앉아 신문을 보던 국장이 코에 걸친 굵은 돋보기안경 너머로 유심을 바라보며 인사를 건넸다.

"어서와, 요즘 아침은 먹고 다니나?"

국장이 아침 대용으로 마련한 먹기 편하게 자른 롤 케이크 몇 조각과 커피가 탁자 위에 놓여 있었다.

"전 우유 한 잔으로 해결했어요."

“먹으면서 살 빼랬어. 혼자 살면 귀찮아서 저녁도 굶기 일쑤일 텐데 그거 건강에 안 좋데. 노화촉진의 원인이래.”

“저는 저녁에 영양과잉이라서 문제에요.”

“그놈의 술이 문제지. 기름진 안주에 열량 높은 알콜을 원수 진 것처럼 마셔대니….”

유심은 대꾸하려다 그만 두고 화제를 돌렸다.

“무슨 하실 말씀이라도?”

“거기 좀 앉아. 이거 한 조각해.”

‘또 잔소릴 늘어놓을 모양이구나’ 생각하며 유심은 소파에 궁둥일 붙였다.

“아닙니다. 저 단 것 원래 좋아하지 않아서요.”

“고 부장. 뭐, 대안이라도 있는 거야? 원고 마감일이 일주일밖에 안 남았는데.”

다음달 특집으로 동북아역사재단이 주관하는 상고사 국제세미나를 다룰 작정이었는데 특종감이라 생각했던 김주현 교수의 논문이 사라졌으니 대책을 묻는 것이었다.

“김 교수님 원고를 입수 못해 아쉽긴 하지만 나머지 원고로 가는 게 어떻습니까?”

“거 너무 약하지 않아? 김 교수의 원고가 핵심이라며?”

“알맹이 빠진 것 같지만 ‘고조선사 연구의 성과와 쟁점’을 다룬 단국대 서영필 박사의 원고와 ‘일본의 고대국가 대외(大倭)의 기원’을 다룬 원광대 소진원 박사님의 원고로도 충분히 분위기를 띄울 수 있다고 봅니다. 펑크 난 지면은 미리 준비해 둔 ‘역사의 현장을 찾아서’란 기사와 동북아역사재단의 활동을 점검하는 인터뷰 기사로 대체하겠습니다.”

“마감이 다가와서 어쩔 수 없는 일이지. 재단 인터뷰는 광고와도 직결된 문제니 조심해서 다뤄. 인터뷰 누가 갈 거야?”

“제가 직접 하겠습니다.”

“거 꼬집지만 말고 좀 재미있게 쓰라구.”

“알겠습니다. 헌데 국장님. 중국 좀 다녀와야 할 것 같습니다.”

“중국은 왜? 무슨 건 수 있어?”

“참변 당한 김 교수님과 관련해서 몇 가지 취재할 사항이 있습니다.”

“계획서 올리고 다녀와. 그리고 말야, 이번 달부터 한국전통미술협회 광고 싣기로 했으니 그쪽 관련 기사 빼자고.”

“국장님, 이번 가짜 공문서 사건은 특종이잖아요. 복마전 같은 전미협의 민낯을 시리즈로 엮기로 편집회의에서 결정된 사항 아닙니까?”

“글쎄 고미술품에 대한 공익광고를 1년간 게재하기로 사장님과 협의가 됐다는데 난들 어떻게 해?”

“그런다고 구린 냄새를 없앨 수 있나요? 모두가 이런 식이에요. 취재 과정이지만 커넥션의 범위가 파고들수록 끝이 없어요. 이번 기회에 정화시키지 않으면 애꿎은 국민들만 당하게 된다구요.”

“윗선에서 결정된 사항이니 따를 수밖에 없어.”

“좋습니다. 나중에 저를 탓하지 마세요.”

국장은 유심의 어투를 잠시 생각하더니 의심스런 표정으로 물었다.

"거 무슨 소리야? 설마 기사를 다른 곳에 주려는 거 아니지?"

"전 언론인의 사명을 다해야겠고 회사에 손실을 안 주려면 그 방법 밖에 없잖습니까?"

"그거 난 모르는 일이야? 나중에 문제가 생기면 용납할 수도 없는 일이고."

"걱정 마세요. 익명으로 할 테니까요."

"고 부장, 중국 함께 갈까?"

"국장님, 놀러 가는 게 아니잖아요?"

"참 좋은 기횐데… 오늘 저녁 어때? 찬바람이 부니까 옆구리가 시려서 말이야."

"국장님이 자꾸 이러시면 같이 일할 수 없어요."

"왜 좋은 사람이라도 생긴 거야?"

자리에서 일어서는데 전화벨이 울렸다. 오정운 검사였다. '하필 이런 상황에.' 지난 번 언쟁을 한 뒤로 처음 걸려온 전화였는데 잠시 생각을 하다 그냥 주머니 속에 집어넣고 국장실을 나왔다.

정운이 사무실에 도착해보니 책상 위에 구겨졌던 것을 편 인쇄용지 몇 장이 놓여 있었다. 그 중에는 흑백으로 인쇄된 벽화 사진도 있었다.

"이거 뭐야?"

이철진이 사무실로 들어오며 대답했다.

"아 그거요? 쓰레기 소각장 뒤져 겨우 찾아낸 겁니다. 인쇄하다 버린 게 몇 장 안 되더라고요. 그나마 이중으로 복사되거나 잘

려나간 게 많아서 내용 알아보기가 어렵지만 혹시나 수사에 참고될까 해서 가져 왔어요."

"수고했어. 참 김 교수 휴대폰 통화기록 조회해서 중국 통화자 수배해 봐."

"예. 알겠습니다."

이철진이 나가자 오 검사는 사진과 인쇄물을 찬찬히 들여다보면서 중얼거렸다.

'참 아까운 자료들인데 몸체가 없으면 휴지 조각일 뿐이지.'

인쇄물을 한쪽에 밀쳐놓고 오후에 있을 공판의 공소장을 검토하는데 부장검사실로 오라는 인터폰이 왔다. 정운은 재킷을 걸치며 부장검사실로 가면서 오전 회의 때 봤는데 무슨 일일까 궁금해 했다. '혹시 지난 번 중매에 관한 일인가? 그렇다면 무슨 말로 정중하게 거절하지?' 습관적으로 부장검사 명패를 확인하며 문을 열고 들어섰다.

부속실을 거쳐 안으로 들어가니 소파에 깊게 기대었던 부장검사가 허리를 굽혀 인사하는 정운을 반갑게 맞이했다.

"어서 오게. 오 검사. 요즘 너무 열심히 일하는 것 아녀? 얼굴이 몹시 핼쑥해졌어."

"골치 아픈 사건들이 많아서요."

"한두 건 해서 끝낼 일도 아니고 좀 쉬면서 하지 그래. 그렇게 일에 묻혀 지내다간 병 나."

"챙겨주셔서 고맙습니다만 다 부장님이 시키신 일 아닙니까?"

"그래도 짬을 내서 데이트도 해야 결혼도 하지. 지금도 한참 늦었는데."

"지난 번 조카님 문제라면 정중히 사과드리겠습니다."

재색을 겸비한 조카가 있다며 소개하겠다는 것을 몇 번이나 사양하다가 어느 날 저녁이나 하자며 간 식당에 그 조카라는 여자를 불러내는 바람에 졸지에 선을 보게 되었다. 하지만 정운은 애초부터 여자에 관심이 없기도 했지만 첫인상에 그 아가씨는 인연이 아니라고 생각해서 인사만 나누고 헤어졌다.

"사과할 문젠 아니지. 그게 아니고 자네 맡고 있는 대학교수 살인사건 말이야. 어떻게 돼 가고 있지?"

"그게 말입니다. 단순한 청부 살인이 아니라, 고대 역사와 관련된 중국과 일본까지 얽힌 복잡 미묘한 사건 같습니다."

"그래서 말인데 그거 단순 살인사건으로 처리해서 적당한 선에서 끝내."

그토록 열정적이고 특출한 수사 능력을 높이 사주었던 부장의 입에서 '적당'이란 말이 나오는 것에 의구심이 들어 부장의 얼굴만 멀뚱하게 쳐다봤다. 그런 오 검사의 시선이 낯설게 느껴졌는지 부장검사는 말을 이었다.

"응. 자네가 말했다시피 한 · 중 · 일간 미묘하게 얽힌 사안이라 괜히 긁어 부스럼 만들지 말라는 소리야."

"전 이해할 수 없습니다. 이거 수백 배의 차익을 노리고 전통미술협회 임원이 교사하고 농간 부린 국부유출사건이란 말입니다. 도굴된 벽화가 일본으로 흘러들어간 정황도 있습니다."

"나도 지난 번 가짜 공문서 기사 봤네. 중국에서도 황당해 하고 있어. 10년 전에 도굴된 벽화가 이제야 나타난 이유가 뭐겠나? 공소시효가 다 지난 사안이고 중국도 이 문제를 재론하지 않는 것을 원할 것이고, 이미 일본으로 건너갔다면 우리가 관여할 필요 없지 않은가. 저희들끼리 해결하도록 놔두란 말일세."

"사안이 그리 녹록지 않습니다. 알려진 것과는 다른 별도의 벽화가 나타났습니다. 이는 우리 고대사가 수정되어야 할 중차대한 증거물입니다."

"고대사 연구라는 게 뜬구름 잡는 일 아닌가? 관점의 문제로 저희들끼리 주야장창 싸우는 게 역사 논쟁 이야. 그런 일은 역사학자들에게 맡기면 될 것이니 오 검사는 벽화 나부랭이엔 관심 접고 살인범이나 잡아서 끝내게."

일단 검사에게 배당된 수사에 대해선 간섭하지 않던 부장이 갑자기 방향과 범위를 한정 짓는 것이 의아했다.

"이건 오롯한 부장님 생각입니까?"

"무슨 소리야?"

"혹시 배경에 누가 있지 않나 해서요."

"이봐, 오 검사, 수사는 자네가 하지만 조율은 내 권한이라는 거 알지? 지금 중국과의 관계가 좋은 마당에 평지풍파를 일으키지 말란 말일세. 더 이상 수사 확대하지 말고 내 말대로 해."

"좀더 수사해보고 결정하겠습니다."

정운은 뭔가 이상한 냄새가 나는 걸 느꼈다. 우호적인 국제관계를 내세우는 배경에 보이지 않는 손이 개입하고 있다는 감을 인지했다. '뭐지? 누굴까?'

정운은 기지개를 켜고 일어서며 서류를 덮었다. 시계를 보니 밤 10시가 훨씬 지나 있었다. 늦은 시간이라 길은 잘 뚫렸다. 이

정표를 보니 고유심의 동네를 통과하고 있었다. 앞 차를 따라 운전하면서도 정운의 머릿속은 온통 유심에 대한 연상들로 가득 찼다. '바쁜가? 부재중 번호 찍혔을 텐데 응답도 없고. 톡 내뱉은 말에 삐졌나? 밀당하려는 거겠지. 그래 져 주는 척 하면서 술이나 하자고 할까? 혹시 중국 간다고 했는데 말도 없이 떠났나?' 생각이 여기까지 이르자 궁금해서 견딜 수 없었다. 차를 길가에 세우고 휴대폰을 만지작거리는데 벨이 울렸다. 고유심이었다.

'텔레파시가 통했군.' 속으로 중얼거리며 휴대폰을 열었는데 다급한 목소리가 들렸다.

"오 검사님, 지금 어디에요? 집으로 빨리 좀 와줘요. 누군가 담을 넘어서 집안으로 들어오려고 해요."

말을 듣는 순간 정운의 머릿속을 쌩하고 스치는 게 있었다.

"당황하지 말고 기다려. 문 잠그고 숨어 있어. 곧 갈게."

정운은 급하게 시동을 걸고 핸들을 돌렸다.

유심은 재빨리 창문의 커튼을 닫고 거실의 전등 스위치를 껐다. 그리고 주방 앞에 웅크리고 창문 밖을 응시하는데 달빛에 비친 괴한의 그림자가 어른거렸다. 놀라움에 하마터면 비명을 지를 뻔 하다가 입을 가렸다. 두리번거리며 주변에 무기가 될 만한 것을 찾았다. 플라스틱 밀대 자루를 들었다가 너무 약할 거 같아 놔두고 재빨리 돌아서서 주방 찬장을 열었다. 프라이팬을 들고 흔들어 보았다. 마뜩치 않았다. 서랍을 열어 도마 칼을 집어 드는데 현관문 손잡이가 달그락 거렸다. 유심은 112에 신고를 해야 한다는 생각을 했다. 휴대폰을 찾아 전화를 거는데 베란다 유리창이 깨지는 소리가 들렸다. 두려움에 단말마의 비명을 질렀다. 몸이 떨리면서 휴대폰이 맥없이 떨어졌다. 수신자의 소리가 들렸으나 몸은 이미 굳어버려 아무 말도 할 수 없었다. 이내 다리가 풀려 털썩 주저앉고 말았다. 이윽고 복면을 쓴 괴한이 깨어진 베란다 창문을 통하여 들어왔다.

"누…누구…?"

정신을 곧추세우며 소리 쳤으나 소리는 입안에서 맴돌 뿐이었다. 복면을 쓴 괴한은 거실 스위치를 찾아 켜고는 유심을 내려다 보았다.

"고유심 맞지?"

유심은 겁에 질려 고개만 끄덕일 뿐 말을 할 수 없었다. 괴한은 가까이 다가서며 말했다.

"어디서 겁도 없이 까불어? 기자면 아무 말이나 다 써도 되는 거야? 다시는 쓸데없는 글 못 쓰게 손모가지 자르러 왔다."

괴한은 주머니에서 손칼을 꺼내 날을 세웠다. 전등에 비친 칼날이 번쩍하고 빛났다. 유심은 고개를 저으며 공포에 떨었다. 괴한이 다가오자 손으로 바닥을 밀며 옆으로 물러앉았다.

"가 가까이 오지… 왜? 나한테 왜 이래요?"

"흐흐흐 순순히 손이나 내놔. 안 그러면 다른 곳에 바람구멍 난다."

몸이 바들바들 떨리지만 최대한 시간을 끌어야 한다고 생각했다. 전력을 다해 일어서려 했으나 몸이 말을 듣지 않았다. 그러면서도 정신은 또렷해졌다.

"이러지 말고 말로 해요."

"말? 말 같은 소리하고 있네. 넌 입이 없어서 되지도 않은 기사를 썼냐? 잔소리 말고 남 괴롭히는 오른 손만 내놔. 흐흐흐."

괴한은 재미있다는 듯 웃음을 흘리면서 순간적으로 칼을 휘둘렀다. 유심은 본능적으로 팔을 들었다가 비명을 지르며 쓰러졌다. 팔에서 심한 통증이 느껴지더니 피가 쏟아졌다.

"똑똑히 들어. 다시 한 번 쓸데없는 소리 지껄이면 그땐 목을 따버릴 거야."

괴한이 기분 나쁜 웃음을 흘리며 돌아서는데 현관문을 두드리는 소리 들렸다.

"문 열어. 나야. 고유심."

괴한은 움찔하며 다시 날을 세워들고 살금살금 현관으로 갔다. 유심은 경계가 풀린 틈을 타 소리 질렀다.

"들어오지 말아요."

괴한이 현관 쪽에서 경계하는데 오 검사가 커튼이 펄럭이는 베란다 창을 통하여 들어왔다. 쓰러져 피 흘리는 유심을 발견하고 다가섰다.

"늦어서 미안해. 많이 다쳤어?"

"조심해요."

유심이 소리치는 것을 듣고 돌아서는 순간 오정운의 허리에 칼이 스치며 지나갔다. 와이셔츠 위로 피가 스며 나오는 것을 보자 정운은 화가 솟구쳤다.

"너 죽었어. 대한민국 검사를 어떻게 보고 칼질이야. 이 새끼야!"

소리치며 발길질을 하였으나 괴한에게는 닿지 않고 중심을 잃고 바닥에 쓰러졌다. 검사라는 말에 겁이 났던지 괴한은 슬금슬금 몸을 피하더니 창문으로 달아났다.

“이 자식아 어딜 도망가. 거기 서.”

일어서서 쫓아가려 했으나 복부의 통증이 심하여 몇 발자국 나가다 배를 움켜쥐고 멈춰 섰다.

“어머 피, 피가 많이 나요.”

유심의 말에 피가 번진 배를 바라보는 순간 정운은 맥없이 무릎을 꿇고 쓰러졌다. 멀리서 경찰차의 경보음이 들려왔다.

녹음이 울창한 숲속에서 나무를 쪼는 딱따구리 소리가 아침을 깨웠다. 아침부터 병원 로비는 외래 진료객들과 보호자들로 붐볐다. 왼쪽 팔에 붕대를 감고 환자복을 입은 유심이 오정운이라 쓰여진 이름표를 확인하고는 문을 열고 들어섰다. 침상을 높여 기댄 채 정운이 결재 서류를 든 이철진의 보고를 듣다가 유심이 들어오는 것을 보고 반겼다.

“어서 와.”

“안녕하세요? 손님이 계셨군요.”

“괜찮아. 우리 직원이야.”

유심이 다가서자 이철진이 일어나며 목례를 했다.

“여기 앉으세요.”

“아뇨 업무 중이신 모양인데 나중에 올게요.”

“다 끝났습니다. 저 그럼 가보겠습니다.”

깍듯하게 인사를 하고 돌아서는 이철진을 정운이 돌려세웠다.

“뒷말 나오지 않게 깔끔하게 처리해. 그리고 변사체 사건은 주

계장이 파악해 보고하라고 해."

"예. 그럼 두 분 몸조리 잘하십시오."

이철진은 허리를 굽혀 나가며 유심에게도 인사를 했다. 유심은 문 밖까지 따라가 그를 배웅했다.

"안녕히 가세요."

들어와 문을 닫는데 정운이 환한 얼굴로 말을 걸었다.

"어때 팔은 괜찮아? 몇 주나 나왔어?"

"상처가 깊지 않아서 당장 퇴원하고 통원 치료해도 된대요. 헌데 선배는 출근도 못하고 어떻게 해요?"

"검사가 책상에서만 일하나? 실 뽑으면 나도 곧 퇴원할 거야."

"다행이에요. 칼이 조금만 각도가 틀어졌으면 장기가 손상될 뻔했다면서요?"

"그 녀석 전문적 칼잡이야. 나를 죽이려 했으면 정확히 찔렀겠지. 끼어들지 말라고 겁만 준 거야. 누워만 있었더니 갑갑한데 산책이나 할까?"

유심은 정운을 휠체어에 태우고 밖으로 나왔다. 정원에는 여러 명의 환자들이 따뜻한 햇볕을 즐기며 산책 하고 있었다.

"고마워요. 선배 아니었으면 큰 낭패 당할 뻔 했어요."

"그놈 누구라고 생각해?"

"노명현 똘만이지 누구겠어요. 지난 번 가짜 문서 사건이 일어났을 때 전미협 실체를 까발리는 기사를 썼거든요."

"노명현 그 자식 꼭 잡고야 말 거야."

"조심하세요. 그 사람 발이 보통 넓은 게 아니에요."

"헌데, 문병 오는 사람도 없어?"

"선배님께 묻고 싶은 말인데요?"

"약혼자가 있었잖아?"

유심은 대답 대신 허공을 쳐다보며 쓴웃음만 지었다. 햇살이 갑자기 바늘처럼 날아와 얼굴에 꽂힌 듯 유심의 미간에 주름이 잡혔다. 그 표정을 보고 정운은 괜한 말을 꺼냈나 싶어 자책하는데 유심의 나직한 목소리가 고요한 분위기에 파문을 그렸다.

"달콤하고 행복한 시간도 있었지요. 헌데 하늘은 나한테 그런 행복 오래 누릴 여유를 주지 않대요. 벌 받은 거죠. 뭐."

유심은 태연해야 한다고 생각했으나 아픔이 스멀거리며 올라오는 것을 어찌지 못했다. 잠시 말을 멈추고 먼 산을 쳐다봤다. 정운은 안쓰러워 고개를 거두며 말했다.

"미안해. 괜한 걸 물어서."

그러자 금세 유심이 얼굴 표정을 바꾸며 어색한 분위기를 반전시키려고 했다.

"혹시, 선배가 저주 내려 달라고 기도한 거 아니예요?"

순간 정운의 심장이 덜컥 크게 한 번 뛰었다. 실연을 당하고서 '어디 둘이 얼마나 잘 사나 두고 보자'고 오랫동안 증오의 칼날을 갈았었다는 사실이 생각났다. 정운은 속마음을 숨기려고 부러 쓴웃음을 날렸다.

"거 무슨 말을 그렇게…."

"농담이에요. 호호호."

"웃는 건 또 무슨 의미야?"

"옛날 선배가 했던 말 기억나서요."

"무슨 말?"

"허풍장이. 신문에 선배 이름 오르내리도록 한국 경제계를 주무르겠다고 호언했던 말 기억 없어요?"

"그땐 그랬지. 헌데 인간의 꿈은 상황에 따라 바뀌는 거 아닌가?"

"혹시, 선배 미혼인 거 저 때문 아니죠?"

"내가 혼전인 거 어떻게 알았어?"

"요즘이 어떤 세상인데. 전화 한 통화, 인터넷 한 번 클릭이면…."

"착각하지 마. 고시 준비하느라, 국가에 충성하느라 시간 없어 못 간 거야."

말을 해놓고 보니 그럴사한 변명이었지만 못내 정운은 마음 한쪽이 켕겼다. 사실 유심에게서 실연의 아픔을 맛본 후 여자에 대한 관심을 끊었다. 한 여자에게서 받은 배신의 아픔은 모든 여자들에 대한 증오의 감정으로 바뀌어서 주변에서의 맞선 권유도 피했다. 정운의 말에 분위기가 이상해졌음을 느꼈는지 유심은 일부러 미소를 지으며 화제를 바꿨다.

"날씨 정말 좋죠?"

말을 마치자마자 유심은 기침을 심하게 해댔다.

"왜? 사래 걸렸나?"

유심은 가슴을 치며 몇 번 컥컥대며 진정시키고 나서야 대답했다.

"꽃가루가 갑자기, 누군가 날 미워하는 것 같아요."

유심은 서둘러 퇴원하고 고향에 내려갔다. 어머니가 쓰러졌다는 고향 이장님의 연락을 받고서였다. 더운 날씨에 밭에서 일하다 쓰러졌는데 읍내 병원에 입원시켰다고 했다. 몇 달 못 본 사이에 어머니는 기력이 많이 떨어졌고 늙으신 모습이 역력했다. 다행히 의식은 되찾은 상태였으나 왼쪽으로 입이 돌아가 있어서 말이 어눌했다.

"어어어 그 파… 파는 왜 그애?"

자신의 몸도 귀찮을 텐데 팔에 붕대를 감고 나타난 딸이 걱정스러운 모양이었다.

"일하다 좀 다쳤어요."

"조조 좀 조 조 조심하지."

어머니는 오랜 만에 보는 딸이 반가운지 연신 입가로 침을 질질 흘리면서도 말을 하려고 했다. 유심은 그런 어머니가 측은해서 수건으로 흘리는 침을 닦으면서도 만류하지 않았다. 어머니가 한숨을 푹하고 내쉬더니 말을 이었다.

"에휴, 어어 어떻게 사 살 거야?"

유심은 혼자 사는 노모가 반신불수가 되어 농사도 지을 수 없음을 한탄하는 줄 알았다.

"이젠 고집 그만 부리고 서울로 올라오세요."

"나…나 서…서우 시어…."

어머니는 손사래를 치며 유심을 가리켰다.

"너… 마이야. 너."

남편을 사고로 보내고 혼자 사는 딸을 걱정하는 거였다.

"걱정도 팔자지. 아무렴 아직 피 끓는 청춘인데 혼자 살기야 하겠어요? 좋은 사람 생기면 결혼할 거예요."

사실 지금이라도 유심이 마음만 먹으면 시집 갈 곳은 몇 있다. 한번은 대학원 다닐 때 같이 공부한 경수라는 연하의 대학 강사가 프러포즈 한 적이 있었다. 집안도 짱짱해서 먹고 살 걱정은 없었지만 시부를 모시고 살아야 하는 게 꺼려졌다. 물론 파출부를 두면 된다지만 유심은 집안에 들어앉아 살림만 할 생각은 없어서 대답을 주지 못했다. 요즘도 가끔 전화는 오지만 바쁘다는 핑계로 그를 피했다. 직장에서는 국장이 노골적으로 청혼 공세를 폈다. 나이는 50이 넘었지만 상처한 지 오래 됐고 아이들도 다 분가한 상태라 자유롭게 살 수 있다고 했다. 물려받은 재산도 많다고 은근히 자랑도 했지만 썩 내키지 않았다.

그러는 차에 정운을 다시 만났다. 용석과 동거를 하고 대학을 다니면서도 보이지 않는 정운의 소식이 궁금해서 수소문했지만 누구도 아는 사람이 없었다. 그런데 십 수 년이 지난 다음 그가 검사가 되어 나타났다. 유심은 그를 다시 만난 날 아직도 가슴이 뛰고 있는 사실에 놀랐다. 정운과 처음 눈길이 마주쳤을 때의 그 감정이란. 그가 쌀쌀맞게 구는 이유를 모를 리 없었다. 여자의 동물적 본능은 시각을 통해서도 유감없이 발휘된다. 유심은 재회의 첫 시선이 마주치는 순간 남자의 눈빛이 수상함을 포착했다. 마치 숨을 곳을 찾는 어린 짐승의 당황한 눈빛이었다. '이 사람이 아직도 나를 그리워하는 걸까?'

08
비즈니스 클럽 써니

깊은 어둠 속에서 손전등의 불빛이 빛났다. 조심스럽게 어둠 속에 스며들며 벽에 찰싹 달라붙는 복면을 쓴 두 사람의 그림자. 한 사내가 손가락으로 CCTV를 가리켰다. 그러자 다른 사내가 조심스럽게 다가가 준비해 온 검은 천을 꺼내 CCTV를 덮었다. 그리고 엄지와 검지로 동그라미를 그려 성공했다는 사인을 보냈다. 두 사내는 동시에 복면을 벗었다. 이철진과 열쇠 전문가인 따봉이 얼굴을 드러냈다.

"주어진 시간은 9분이야. 경비업체가 들이닥치기 전에 일을 마치고 빠져 나가야 돼."

이철진은 시계를 보며 확인했다.

"지금 시간 02시 15분, 02시 25분이면 용역회사 경비원이 들어오니까 24분에 철수다."

이철진은 이야기를 하며 타이머를 맞췄다.

"예. 알았습니다."

두 사내는 건물 안으로 들어가 철창에 자물쇠가 채워진 문 앞으로 다가섰다. 따봉은 능숙한 솜씨로 자물쇠를 열었다. 문을 열고 안으로 들어서 불을 켜자 방 안에는 중앙에 탁자를 중심으로 소파가 놓여 있었고 벽면을 돌아가며 유리관으로 된 진열대가 자리하고 있다. 그 속에 청자, 백자, 달항아리, 금동불상, 산수화 등 온갖 골동품이 진열되어 있었다. 골동품을 살피던 따봉의 눈이 휘둥그레졌다.

"히야, 이거 다 도둑질한 물건 아냐?"

진열대를 둘러보던 이철진은 고개를 갸웃거리며 말했다.

"정상적인 물건들은 몇 안 되겠지. 헌데 정작 값나가는 물건들은 여기 둘 리 없어."

철진은 찬찬히 벽면을 살폈다. 노명현의 책상과 의자가 놓인 뒤편 벽면에 책으로 장식된 서가가 있었다.

"지식 자랑이라도 하려는 건가? 웬 서가야?"

서가의 책들을 살피던 이철진이 뭔가 이상하다는 것을 느꼈다. 서가에 꽂힌 책이 골동품과는 아무 관련이 없는 세계문학전집, 동아대백과사전, 위인전기, 아동용 도서시리즈 등 구색을 맞추기 위해 꽂아놓은 장식품이란 걸 알았다. 이철진이 세계문학전집 중 한 권을 뽑아 꺼냈는데 내용물이 없는 하드케이스만 따라 나왔다. 혹시나 해서 다른 책을 꺼냈지만 역시 마찬가지였다.

"그럼 그렇지"

철진이 쓴 웃음을 짓는 모습을 보고서 따봉이 물었다.

"그거 다 가짜예요?"

"책을 열심히 읽는 사람은 사기를 쳐도 단 수가 높거든. 헌데 이놈은 배운 것도 없이 잔머리만 굴린단 말이지. 이 뒤에 뭔가 있어."

이철진은 서가를 움직여 보려 했으나 꿈쩍도 않았다.

"어딘가 작동장치가 있을 거야. 따봉, 넌 책상 주변 뒤져 봐."

따봉이 책상을 열고 위아래를 살폈지만 전화선과 컴퓨터 연결선 외에 밖으로 연결된 전선이 없었다.

"여긴 없는데요."

이철진은 서가의 한쪽 끝에 서서 책이 배열된 모습을 살폈다. 가지런한 배열과 달리 튀어나오거나 들어간 책이 있을까 해서였다. 그리고 돋보기를 꺼내 책들의 모양들을 살폈다. 그러다 다른 책보다 모서리가 많이 헤진 책 케이스를 꺼냈다. 그러자 감춰진 스위치가 드러났다.

"찾았다."

이철진이 보턴을 누르자 서가가 움직이고 커다란 철제 수장고가 나타났다. 이철진은 시간을 확인하면서 말했다.

"따봉, 너 차례야. 6분 남았어."

수장고를 살피던 따봉이 말했다.

"이거 독일제품인데요."

"아무나 열 수 있다면 왜 널 데리고 왔겠어? 시간 없어. 어서 서둘러."

따봉은 들고 온 가방을 열고 청진기를 꺼내 캐비닛 문에 붙이고 번호를 맞춰가기 시작했다.

이철진은 컴퓨터를 열어 거래자료 목록이 있는지 찾아보았다. 문서는 모두 비밀번호를 입력해야 열리게 장치해 놓았다. 인터넷을 열었더니 다음 포털이 열리고 메일 주소난에 주소가 고정되어 있었으나 패스워드를 입력할 수 없었다.

책상을 열어 뒤지다 명함 케이스를 발견했다. 명함들을 꺼내 살피다 일본어로 된 명함 두어 개를 찾아내 휴대폰으로 촬영했다. 그리고 따봉이 작업하는 곳으로 다가섰다. 땀을 흘리며 일을 하고 있는 따봉에게 시계를 보여주며 채근했다.

"야, 힘들면 그만 둬. 3분 남았어."

따봉은 눈을 감고 손가락을 입에 대며 조용하라는 신호를 보냈다. 그리고 잠시 후 딸깍하는 소리와 함께 수장고의 문이 열렸다. 그 안에 작은 방이 있었는데 그 속엔 주인이 아끼는 고가의 물건들로 가득했다. 이철진이 휴대폰으로 촬영하는데 한 쪽 구석에 허리보다 높은 수상한 나무 상자가 놓여 있는 것을 보았다. 다가가 내용물을 확인하려는데 거기에도 자물쇠가 채워져 있었다. 따봉에게 손짓하며 열라는 신호를 보냈다. 따봉이 자물쇠를 만지작거리는데 타이머가 울렸다.

"이런 제길, 1분 전이야. 그만 두고 나가자."

"잠깐이면 돼요."

"시간이 없어. 영장을 갖고 다시 와야지. 어서 나가자."

이철진은 재빨리 위치 추적 센서를 상자의 틈새로 집어넣고 휴대폰으로 방향을 바꿔 가면서 사진을 찍었다. 두 사람이 문을 닫으며 부산하게 움직이는데 가까이 다가오는 자동차의 경보음이 들렸다.

유리창을 통해 들어온 따스한 햇볕이 창가에서 졸고 있다. 조명처럼 햇살을 받은 꽃병에서 아름다운 장미가 향기를 뽐내고 있다. 오 검사는 환자복을 입은 채 소파에 앉아 이철진이 찍어 온 사진을 검토하고 있다.

"이 속에 무엇이 들어 있을까?"

"포장 상태로 보아선 외국으로 나갈 물건인 것 같습니다. 당장 급습하지 않으면 정체를 알 수 없는 곳으로 사라질 게 분명합니다."

"자네가 영장담당 판사라면 어쩌겠나? 이것 가지고 영장 내주겠나?"

이철진은 못내 아쉬운 듯 뒷머리를 긁적이며 쩝 하고 입을 다신 후 말했다.

"시간이 조금만 더 있었으면 확실하게 확인하는 건데 말입니다."

"센서를 부착해 놓았다며?"

"예. 이동 상황은 즉시 알 수 있을 겁니다."

"수고했다. 그리고 명함 은밀하게 수배해봐. 그 중에 고객이 있을 거야."

"예. 알겠습니다."

"일본 대사관에도 수사협조 요청서 보내고. 팔린 물건이라면 금명간 이동이 있을 거니까 감시 차량 배치 붙이고 기동타격대 연락해 놓아. 믿을 만한 문화재 감정관도 확보해 놓고."

이철진이 수첩에 메모를 하며 '알겠습니다'고 하는데 노크 소리가 들렸다. 문을 열고 들어온 것은 주윤호였다.

"또 무슨 사건 생겼어?"

“아닙니다. 어제 저수지 변사체 신원이 나왔는데요. 나이 56세 한국전통미술협회 임원인 이창현이라고 합니다.”

“이창현이라면 야쿠자들이 찾던 인물 아냐?”

“맞습니다. 대조해 보니 당사자와 일치했습니다.”

“그러면 도망간 야쿠자 놈 짓이구만.”

“그리고 이 사진 보십시오.”

주윤호가 서류철에서 사진 한 장을 꺼내 오 검사에게 건넸다.

“노명현 주변 인물을 탐문해 본 결과 검사님 해친 놈으로 추정됩니다.”

오정운은 사진 얼굴을 양 손으로 가리고 눈을 확인했다.

“맞구만, 누구야?”

“짱구라고 노명현 똘마니입니다. 칼을 잘 쓴다고 합니다.”

“수배해. 그리고 김 교수 건은 진전 없어?”

“CCTV를 추적해 본 결과 범인은 중국인이 맞습니다. 사건 뒷날 아침 인천공항을 통해 빠져 나갔고요.”

“이런. 우리가 한 발 늦었군.”

“그럼 이대로 수사 종결되는 겁니까?”

“왜 범인 잡기 싫어? 그 중국인 대사관을 통해 신병 확보해. 결정적인 단서가 잡히면 중국에 수사 공조 요청해야지. 도망간 야쿠자 끝까지 추적하고….”

말 한 마디 없이 퇴원한 유심에게서 전화 한 통 오지 않았다. 사흘을 기다리다가 퇴원 수속을 마치고 유심에게 전화를 걸었다. 전화기가 꺼져 있었다. 불현듯 괘씸하다는 생각이 들었다. ‘누구 때문 이렇게 되었는데…' 하는 생각에 이르자 부아가 치밀어오르며 욕이 튀어나왔다.

"나쁜 년."

휴대폰을 주머니에 집어넣으며 괜히 전화를 건 자신이 미련스럽다고 자책했다.

'그런데 이건 무슨 감정이지? 그렇게 당하고도 아직도 정신 못 차렸나? 두 손을 싹싹 빌며 용서를 구하기 전엔 어림없지.' 숨어 있던 생각들이 여기저기서 튀어나왔다. 정운은 병원 문을 열며 생각들을 털어내려는 듯 눈을 감고 고개를 힘차게 저었다. 눈을 뜨니 파란 하늘에 눈이 시렸다. 마음이 둥둥 떠가는 구름처럼 가벼웠다. 감방에 갇혔다 출옥한 수인의 마음이 이럴 거란 생각이 들었다.

사무실 문을 열고 들어서니 커피 향이 후각을 자극했다. 커피는 언제나 그곳에서 끓고 있었지만 잃어버렸던 감각을 되찾은 듯 상큼하게 느껴졌다. 상의를 옷걸이에 걸치고 소파에 앉으니 탁자 위 수북이 쌓인 우편물 옆에 명함이 붙은 상자가 눈에 띄었다. 명함에는 '사단법인 한국전통미술협회 회장 노명현'이라고 쓰여 있었다. 상자가 묵직한 것으로 봐서 도자기 류가 들어 있는 것 같았다. 김양이 커피 잔을 차반에 들고 들어왔다.

"수희야. 이 상자 뭐니?"

김양이 탁자 위에 커피 잔을 놓으면서 대답했다.

"아 그거요? 검사님 입원한 다음날 노 회장이란 분이 다녀가셨어요."

"헌데 그 사람이 왜 나한테 이걸 주고 가?"

"그냥 인사차 들렀다고, 자그만 성의라면서 그 속에 진품 감정서도 들었다고 하던데요."

정운은 안으로부터 끓어오르는 분노를 억제하지 못하고 버럭 화를 냈다.

"무슨 소리야. 검사실이 어떤 곳인데. 누가 이런 걸 받아놓으랬어? 당장 발로 차버리기 전에 내다버려."

갑자기 화를 내는 오정운의 모습에 놀랐는지 김양은 기어들어가는 목소리로 말했다.

"잘못했습니다."

김양이 의기소침해 하는 모습을 보고 너무 했다는 생각이 들었다. 목소리를 낮춰 부드럽게 말했다.

"앞으로는 그러지 마라. 전화 걸어서 가져가라 그래."

"예."

상자를 안고 자기 자리로 돌아가는 김양의 축 쳐진 뒷모습이 안타까워 보였다.

"수희. 소리 질러 미안 해."

감정 수습을 하는지 김양은 대답이 없었다.

오전 공판을 마치고 들어오니 부장검사로부터 인터폰이 왔었다고 했다. 정운은 출근했다고 인사도 못 드린 것을 생각하고 '아차 이런' 하고 중얼거리며 부장실로 인터폰을 넣었다. 부속실에서 이정식 부장을 연결시켰다.

"부장님, 죄송합니다. 먼저 인사를 드렸어야 하는데…."

"오랜만에 출근했으니 경황이 없었겠지. 소식은 들었네. 집에서 좀 쉬지. 벌써 출근했어?"

"쉬고 싶어도 일거리가 밀려서 마음 놓고 쉴 수 있습니까? 꽃다발에 금일봉까지 주시고 고맙습니다."

"거 조심해. 잔 가시가 목에 걸린다고 요즘 양아치들 검사 우습게 알아. 만만하게 보았다간 큰코 다친다니까. 그만하기 다행이지. 퇴근 후에 내가 저녁 살 테니 시간 내."

"밤새해도 모자랄 판인데 퇴근이 어디 있습니까?"

"거 공판이야 연기하면 되는 거고, 바쁘지 않은 사람 어디 있나. 오늘은 만사 제쳐 놓고 퇴원 기념으로 한잔 하세."

"지금 술 마실 몸 상태도 아니고 마신 걸로 하겠습니다."

"정 바쁘면 늦게 만나세. 할 얘기도 있고 하니 10시에 '써니'로 와. 자네 '써니' 알지? 거기서 기다리겠네."

대답할 겨를도 없이 통화는 끊겼다. '써니'라는 말에 정신이 번쩍 들면서 두뇌 회로가 바쁘게 돌아갔다, 지난 번 김주현의 조문 때 만났던 노명현과 같이 왔던 여자가 떠올랐다.

"이거 무슨 꿍꿍이 수작이지?"

언제나 감미로운 음악이 흐르는 비즈니스 클럽 '써니'에는 '파리(Paris)' '뉴욕(Newyork)' '베니스(Venis)' 등 세계 유명 도시들의 명패가 붙은 방들이 있고, 내부 인테리어도 그 도시의 분위기에 맞게 만들어져 있었다. 그 중에서도 '라스베가스(Lasvegas)'룸은 엄선이가 직접 고객을 접대하는 VIP룸이었다.

인간의 감성을 휘어잡을 만한 황홀한 색조의 조명 속에 노명현과 이정식 부장검사, 그리고 정문휘 위원장이 아가씨를 사이에 끼고 술을 마시고 있었다. 정 의원이 아가씨의 블라우스 속으로 손을 집어넣고 가슴을 주무르자, 아가씨가 몸을 배배 꼬며 살짝 뿌리친다.

"아이. 간지러워요."

"허 이거 색 좀 쓰겠는데. 너 오늘 나랑 이차 나가는 거다."

그러자 엄선이가 끼어든다.

"어머, 정 의원님, 영계 좋아하시는구나. 걔 엊그제 첫 출근한 대학생이에요. 아다라시니까 살살 다뤄요."

그 말에 정 의원이 만면에 화색을 띠우며 반가워한다.

"그래? 너 내 말만 잘 들어. 대학교 내가 졸업시켜 줄 게."

"하이고 우리 세희 땡 잡았네."

아가씨는 그저 좋아서 해살거리는데, 점잖게 술만 마시던 이정식이 농을 걸었다.

"내 요즘 유행하는 농 한마디 하지요. 70대 노인과 20대 아가씨가 잠자리를 같이 했는데 다음날 아가씨가 죽었어. 사인이 뭘까?"

노명현이 얼른 답을 했다.

"거 과로사 아닙니까? 서지도 않은 물건 밤새 세우다가…."

그 말에 좌중이 웃었다. 그러자 부장이 말했다.

"틀렸어. 식중독이래. 유통기간이 한참 지난 맹독성 음식을 먹었으니 말이야."

일동이 파안대소를 했다.

"거 맞는 말이네. 식중독."

노명현이 받아치자 좌중이 또 한바탕 웃었다.

"부장님, 왜 이러십니까. 내 물건 아직 쓸 만 해요. 유통기간 쌩쌩하게 남아 있다구요."

정 의원이 정색을 하며 말하자 엄선이가 얼른 끼어들었다.

"어머, 위원장님. 웃자고 하는 소리잖아요."

"나도 농담이여."

그 소리에 또 좌중은 웃음바다가 됐다. 분위기가 무르익자 정문휘가 안색을 바꾸며 말했다.

"어느 90세가 넘은 노 학자가 아직도 강연과 저술활동하며 건강하게 살아가는데 그 비결을 물었더니 세 가지를 말했더군요. 공부, 여행, 연애 이 세 가지만 열심히 하면 건강하면서도 행복하게 늙을 수 있다고 체험적으로 말씀한 것을 읽고서 쾌재를 부른 적이 있어요. 지당한 말씀 아닙니까? 자신이 알고 싶은 것에 대한 공부, 적당한 운동되는 여행 말입니다. 헌데 연애라는 거. 이것이 창조적인 에너지를 만드는 요물입니다."

"거 맞는 말이네요. 스트레스를 푸는데 연애만큼 좋은 게 없지요."

노명현이 너스레를 떨 듯 말하자 이정식이 거들었다.

"거 노 회장, 연애와 섹스를 혼동하는 거 아녀?"

"그게 그거 아닌 가요?"

"노 회장 연애를 모독하지 마시오. 연애는 사막의 오아시스 같은 것이고, 섹스는 낙타에 실린 물병일 뿐이야. 목이 마르면 본능적으로 먹는 것이 물이지만 연애는 인생의 파라다이스란 말이지. 사막 여행 같은 우리 인생에 오아시스가 없다면 얼마나 삭막할 것인가."

"어머 부장 영감님, 너무 로맨틱 하시다."

엄선이가 분위기를 띄우기 위해 립 서비스를 날렸다. 그러자 노명현이 술잔을 들며 말했다.

"자, 이 대목에서 건배 한잔 하시죠."

일동은 술잔에 술을 채우고 잔을 높이 들어 맞댔다. 그러자 정 의원이 건배사를 외쳤다.

"건배사는 전과 동. 자 잔대보지"

정문휘가 외치자 나머지 사람들은 이미 교육을 받은 듯 일제히 '마셔 보지, 털어 보지, 밑 보지'를 외치고 술잔을 비웠다. 술잔을 비우자 아가씨들은 과일이나 치즈를 각자 파트너의 입속으로 밀어 넣었다. 건배가 끝나자 노명현이 본격적인 비즈니스 영역으로 분위기를 몰아갔다.

"여기서 애들 물리고 잠시 사업 이야기 좀 하지요."

노명현이 고개짓 하자 엄선이가 아가씨들을 데리고 나갔다. 노명현이 대뜸 조용한 분위기를 깼다.

"부장님, 대명천지에 이래도 되는 겁니까? 제가 다 알아봤는데 이번 사무실 무단 침입은 전문가의 소행이 분명합니다."

"전문가가 수사기관원이라는 증거 있소?"

"물증은 없지만 심증은 확실합니다."

"알아보고는 있지만 심증 가지고는 수사 착수할 수 없어요. 그렇잖아도 내 유능한 검사를 이리로 불렀으니 그와 상의하시오."

"고맙습니다."

빈잔에 술을 채우고 자작하던 정문휘가 끼어든다.

"거 요즘 이상한 소문 떠돌던데, 노 회장 국보급 문화재 밀반출에 끼어든 거 아니요?"

의외의 말에 순간 움찔하였지만 워낙 노회한 노명현이 그걸 표정에 나타낼 정도로 순진한 사람은 아니었다.

"정 위원장님, 거 너무 섭섭한 말씀 하십니다. 그래도 명색이 회장이라는 사람이 불법적인 일에 가담하겠습니까? 거 다 나를 모함하기 위해 지어낸 유언비어입니다. 믿을 거 전혀 없어요."

그 말에 이 부장도 한마디 했다.

"노 회장 조심해요. 그렇잖아도 좋지 못한 루머들이 내 귀에까지 들려와요."

노명현은 억울한 듯한 표정으로 이정식을 쳐다봤다.

"좋지 못한 소문이라니요?"

그러자 정문휘가 취조하듯이 물었다.

"노 회장, 노무현 대통령과 어떤 관계요?"

단도직입적으로 들어온 말에 찔끔한 노명현이 정문휘의 얼굴을 바라보며 살짝 미소 지었다. 한 때는 노무현 대통령을 가까운 일가라 소문을 흘려서 호가호위한 적이 있었기 때문이다. 그가 노무현 정부 시절 전미협 회장 선거를 했는데 혈연관계임을 암암리에 퍼지게 해서 당선됐었다. 허나 지금 노무현 대통령은 가고 없고 더구나 정권이 바뀐 여당 국회의원 앞에서 그런 과거가 자랑스럽지 못하다는 생각이 어색한 미소를 만들었다.

"해해해. 사람들은 같은 성씨이고 끝 이름자가 같아서 가까운 일가로 생각하지만 실은 일면식도 없습니다."

노명현이 거짓말하고 있다는 사실이 얄미워서 정문휘는 파고들었다.

“노통과 일가라는 말을 노 회장 입에서 직접 들었다는 사람도 있는데?”

“에이 무슨 헛소리를. 전 그런 말 한 적 없습니다.”

그러자 이정식이 노명현을 감싸며 화제를 바꿨다.

“거 죽은 사람 이야긴 그만 하시죠. 그렇다고 정 위원장님께 손해 끼친 것도 아니지 않습니까? 그보다 정 위원장님. 어떻게 차기 총선에 공천 가능성 있겠습니까?”

“나야 하자가 없는데 공천 안 줄 이유가 뭐 있소?”

“아니, 저 말입니다. 지난 번 술자리에서 선거에 나서보라고 권유하시지 않았습니까? 그 말을 듣고 여러 모로 생각해 보고 가족들과 주변에 상의한 결과 공천만 확실하다면 국가와 민족을 위해 마지막 봉사하기로 결심했습니다.”

노명현이 박수를 치며 나섰다.

“이 부장님. 어려운 결정을 하셨습니다. 부장검사님 같은 능력 있는 법률가가 국회로 가야 합니다. 공천이 된다면 당선을 위해서 제가 적극적으로 나서겠습니다. 정 위원장님이 도와주십시오. 실탄이 필요하다면 제가 어떻게든 만들어 보겠습니다.”

“글쎄. 말해 놓고 보니 이 부장님 지역구에 강력한 후보들이 많아서 말입니다. 혹시 지방에 연고는 없습니까?”

“조상대대로 서울 토박이고 집사람도 그렇고.”

이정식이 난처한 표정을 보이자 노명현이 다시 나섰다.

“그럼, 비례대표 쪽도 있지 않습니까?”

“그게 더 힘들어요. 여성 할당해야지, 젊은 애들과 소외층 배려해야지, 거기다 당 원로나 직원들도 있고. 영입 인사들 몫도 있어서 어렵습니다만 기다려 봅시다."

"내리 삼선에 위원장이면 당내 영향력 빵빵하지 않겠습니까? 이제 됐습니다. 형님."

노명현은 자기가 공천이라도 받은 것처럼 기뻐하며 이정식을 형님이라 불렀다.

"고맙습니다. 정 위원장님 믿고 주변 정리하겠습니다."

"아니요. 아직 일러요. 내가 공천위원장도 아니고. 참 이 부장님, 일심산악회에는 들었지요?"

이 부장은 머리를 긁적이며 말했다.

"마음은 꿀떡 같습니다만 공무원 신분이라서. 아직…."

"거 정당 가입도 아닌 친목 모임인데, 관계 있나요? 미리 줄 서 두는 게 좋아요. 모임에서 정상권 총장도 가끔 보는데."

"아 그래요? 그럼 저도 당장 가입하겠습니다."

노크 소리가 들리고 대답도 전에 문이 열리면서 엄선이가 오정운을 안내하며 들어왔다.

"멋진 손님 한 분 오셨어요."

정운이 들어서자 이정식 부장이 반갑게 맞이했다.

"어, 오 검 어서 와."

"그럼 즐거운 시간 되세요. 이야기 빨리 끝내고 저희들 불러주세요."

그러자 노명현이 눈을 찡긋하며 대답했다.

"알았어. 애들 전투 복장으로 대기 시켜."

"예. 분부 거행하지요."

엄선이는 살짝 윙크를 하고 나갔다. 정운이 자리에 앉자마자 이정식이 소개했다.

"이 사람 나와 같이 일하는 오정운 검삽니다. 수사능력이 탁월하고 열정이 대단한 검사지요."

그러자 정문휘가 일어서며 과장되게 반겼다.

"우리 고향의 자랑 오정운 검사 어서 오시게. 우리 향우회에서 인사했지? 나 정문휘 의원이요. 이 부장님께 말 많이 들었어요. 알고 보니 어릴 적에도 많이 봤던 사이더군."

오 검사는 일어서서 정문휘가 내미는 손을 잡으며 말없이 고개만 숙였다.

"오 검사 말을 했더니 정 위원장님이 고향 후배라며 좋아하시더라고."

"열심히 일하고 있다니 반가워."

정문휘와 인사가 끝나자 노명현이 아는 채했다.

"오 검사님, 우리 구면이지요?"

정운은 노명현의 내미는 손을 마지못해 잡으며 건성으로 '예' 하고 대답했다.

"서로 아는 사인가? 그럼 잘 됐군. 노 회장 이야기 잘 해봐. 정 위원장님 둘이서 긴히 할 얘기가 있는 것 같은데 우린 자리를 옮겨 한잔 더 합시다."

"그려. 그려. 애들도 불러."

두 사람이 나가자 분위기는 더욱 서먹해졌다. 노명현이 분위기를 살리려고 술병을 들고 잔을 권했다.

"자 우선 목이나 축이시지요?"

정운은 술잔을 들어 따라주는 술을 받으며 노명현의 얼굴을 빤히 쳐다보았다. 어디까지가 이마인지 모르게 훌러덩 까진 머리에, 두꺼비처럼 볼록 튀어나온 눈두덩에 매부리 코, 끝 모를 탐욕만큼 찢어진 입술, 짧고도 뭉툭한 손가락 등이 감바리처럼 인정머리라곤 눈곱만큼도 없게 생겼다.

"이야기 많이 들었습니다. 알다시피 저희 같은 직업을 가진 사람들은 오해를 많이 받습니다. 해해해."

비굴한 표정으로 해살거리며 부니는 것을 보자 속이 매스꺼웠지만 술을 목구멍으로 보내며 욕지기를 눌렀다. 노명현은 빈잔을 채우며 말을 이었다.

"사실 며칠 전 제 사무실에 무단 침입한 놈이 있었어요. 수법으로 봐서 좀도둑 같지는 않고 전문가 같단 말씀이에요."

"그래서요?"

"어떤 놈인지 좀 알아봐 주실 수 있나 해서요."

가만히 말을 들으며 술을 마시려던 정운은 더 참을 수 없었던지, 입으로 가져가려던 술잔을 돌려 노명현의 얼굴에 끼쳤다.

"에이 쓰레기 같은 놈아. 검사가 이런 술한잔에 그런 청탁이나 받는 사람인줄 알아?"

노명현은 불의의 일격에 당황해 하면서도 영문을 몰라 손수건을 꺼내 닦으며 오정운의 표정을 살폈다.

"왜 이러십니까? 오 검사님."

"당신 사무실 나무상자 안에 있는 거 뭐요?"

오정운의 직설적인 질문에 노명현은 허를 찔린 듯 놀랐다.

"오 검사님이 그걸 어떻게…?"

"고유심일 손보라고 시킨 것도 당신 맞지?"

노명현은 생각지도 못한 상황에 당황하며 변명할 말을 찾지 못하고 버벅거렸다.

"지 지금 무 무슨 말씀 하시는 겁니까?"

"변명할 필요 없어. 다 알고 왔으니까. 칼을 쓴 똘마니 입에서 당신 이름 실토하도록 만들 테니까 단속이나 잘해."

기선을 제압당한 노명현은 이대로 물러설 수 없다고 생각했는지 반격을 가해왔다.

"여보세요. 젊은 영감. 사람을 뭘로 보고 막말을 하는 거요? 아무리 검사지만 세상 돌아가는 건 좀 알고 덤벼야지. 증거도 없이 이렇게 사람 죄인 취급해도 되는 거야?"

"증거? 당신 양심이 증거 아냐? 하긴 양심과 간땡이를 엿 바꿔 먹은 지 오래 되었겠지. 그렇지 않다면 자신이 무슨 짓을 하고 있는지 모르는 무뇌아거나. 안 그래?"

"거 말이 너무 심하잖소?"

"나를 가지고 놀려고 그 까짓 골동품 따위를 보냈어? 그렇게 내가 값싼 인간으로 보여?"

"그 까짓이라니? 그거 신라시대 진품 도잔데…?"

"이봐, 노 회장. 난 국보급 보물이래도 그런 따위엔 관심이 없어. 오정운이를 잘못 봤어. 그거 당장 회수해 가지 않으면 당신 죄목에 뇌물공여죄까지 덧붙을 테니 그리 알아."

전작의 기운 탓인지 노명현의 얼굴이 벌겋게 달아올랐다. 허나 노명현은 이대로 기 싸움에서 질 수 없다고 생각했다.

"난 주거 침입한 놈 찾아달라고 부탁하는데 도대체 내가 무슨 죄를 지었다고 이러시오?"

"죄? 당신 정말 구제불능이군? 왜 이러냐고? 숨바꼭질이라도 하자는 거야? 김주현 교수 살해사건에도 당신이 개입되어 있잖아?"

"무슨 증거로 그런 소릴 하는 겁니까?"

"증거? 증인 다 찾아낼 테니 두고 봐."

이쯤 되자 노명현이 본색을 드러냈다.

"이봐. 오 검사. 내가 어떻게 해서 이까지 올라오게 된 줄 알아. 이런 일 나 혼자 할 수 있는 게 아니거든? 칼을 쑤신다고 아무데나 다 들어가는 거 아냐. 이 올챙이 검사야. 진급해서 검사장, 검찰총장까지 하고 싶으면 헛다리 집지 말고 내 손을 잡아. 나 그만한 능력 있는 사람이야."

"손을 내밀어봐. 그 더러운 손에 은팔찌는 끼워주지. 나 출세욕심 없거든. 당장 옷 벗는다 해도 당신 뇌물 받아먹은 놈들 줄줄이 다 잡아 가둘 테니 두고 봐. 당신 뒤에 하느님 아니 그 할애비가 있다 해도 난 정의의 이름으로 당신을 응징할 거라고. 알겠어? 이 썩은 냄새 풍기는 개좆같은 놈아."

오정운의 당당한 기세에 눌린 듯 노명현은 꼬리를 내리기 시작했다.

"오 검사님. 왜 이러십니까?"

"왜 이러냐고? 당신 몰라서? 당신은 배를 채우기 위해서 국보급 문화재를 외국으로 빼돌린 개념 없는 악질 매국노니까. 거기에 걸리적 거리는 사람은 똘만이들 시켜서 없애버리는 개망나니니까. 두고 봐. 넌 내손으로 반드시 잡는다."

정운은 맥주 컵에 양주를 따라 벌컥벌컥 마시고 룸을 빠져 나왔다. 노명현은 충격이 너무 컸는지, 갑자기 취기가 몰려 왔는지 '오 검사님' 하고 일어서다 다리가 풀려 털썩 주저앉고 말았다.

감미로운 음악이 복도를 따라 흐르고 있었다. 정운은 한편으로 통쾌하기도 했지만 그 정도로 분노가 사라지지 않아서 복도를 걸으며 주먹으로 벽을 때렸다. 주먹이 얼얼한데 기분은 좋았다. 헌데 음악 속에 간간히 흘러나오는 이상한 소리가 들렸다. 음악 속에 삽입된 효과음이겠거니 생각했는데 기계음이라기엔 너무 생생했다. 가만히 서서 청각을 돋우니 분명 여자의 신음 소리였다. 그것은 교성이 아니라 아파서 지르는 소리였다. 주변을 살피니 '파리(Paris)'라는 명패가 달린 방문이 살짝 열려 있었다. 소리의 출구는 거기였다. 가까이 다가서는데 순간 남자의 목소리가 들렸다. 어디선가 들었던 목소리였다.

"엉덩이 좀 흔들어 보라구."

"아파요. 살살요."

열린 문틈으로 보니 여자는 발가벗고 상체를 탁자에 숙인 채 엎드려 있었고 남자는 런닝 셔츠만 입은 채 뒤에서 열심히 허리를 움직이고 있었다. 뒷머리가 까진 것과 말투로 보아 정문휘가 틀림없었다.

'흥, 얼마나 급했으면 문단속도 않은 채 여기서 발가벗고 이럴까' 생각하며 문을 닫으려다가 갑자기 번쩍하는 생각이 떠올랐다. 정운은 급히 휴대폰을 꺼냈다. 그리고 무음카메라 앱을 누르고는 정문휘의 벌겋게 달아오른 옆 얼굴이 선명하게 나오도록 각도를 잡고 녹화 셔터를 눌렀다.

09
밝달학회에서 역사를 배우다

스며드는 햇살도 나른한 금요일 오후다. 하루에도 여러 번 바라보는 창가의 정경이었지만 뒷산의 나무들이 저렇게 짙푸르게 변한 줄 몰랐다. 나무의 싱그러움을 보면 언제나 힘이 솟았다. 정운은 팔을 크게 벌려 기지개를 켜다가 아직 다 아물지 않은 옆구리에 통증을 느꼈다. 순간 유심의 얼굴이 떠올랐다.

생각해 보니 유심과 얼굴을 맞댄 지 일주일이 지났다. 유심과의 마지막 대화 장면을 복기해 보았으나 전화조차 없는 이유를 찾을 수 없었다. '한 마디 언질도 없이 중국에 갔단 말인가?' 생각이 중국에 이르자 서운하면서도 괘씸한 감정을 주체하지 못하고 휴대폰을 집어 들었다. 유심의 전화기는 꺼져 있었다. 고개를 갸웃거리고는 역사저널사로 전화를 걸었다. 그런데 예상 밖의 답변이 돌아왔다.

"고 부장님 휴가 중이신데요."

"해외 출장 간 게 아니고요?"

"시골에 계신 모친님이 아프시다고 가신 지 일주일이나 되었는데 우리한테도 아직 연락이 없어요. 전화도 끊겨 있고요."

정말 알 수 없는 여자란 생각이 들었다. 다니는 회사에 연락도 않고 전화도 끊겼다면 혹시 납치당한 건 아닐까하는 불길한 생각이 고개를 들었다. 정운은 유심의 시골 집 주소를 알아내고 차를 몰았다. 주말이라 피난가는 사람들처럼 많은 차량들이 쏟아져 나와 도로는 곳곳이 막혔다. 차가 상일인터체인지를 빠져 나오면서부터 숨통이 트이기 시작했다. 중부고속도로를 달리다 증평 톨게이트를 빠져 나왔다. 그리고 네비게이션에 찍힌 주소대로 차는 대성리라는 곳에 도착했다.

나무가 울창한 야트막한 산자락 아래에 조성된 마을은 전형적인 농촌이었다. 금방 모내기를 끝내고 물을 가득 채운 논도 있었고, 모를 내려고 모판을 가져다 놓고 물을 대는 곳도 있었다. 차를 세우고 밖으로 나오니 비릿한 남자의 정액 냄새가 바람에 실려 와 코를 자극했다. 고개를 들어 사방을 살피니 윗머리를 하얗게 브릿지 한 것처럼 치렁치렁 늘어진 꽃술로 치장한 밤나무 여러 그루가 바람과 수작하고 있었다. 옛 초가를 개조한 듯 빛이 바랜 슬레이트 지붕에 시멘트로 벽을 바른 집으로 들어서려 하자 개가 짖었다. 개는 자동차 소리가 나기 시작하면서 짖기 시작했는데 여태까지 따라 오며 모처럼 자신의 밥값을 하려는 듯했다. 정운은 경계를 하며 긴장했으나 다행히 개는 가까이 오지 않았다. 집 안을 향해 사람을 불렀으나 인기척이 없었다. 위독하다더니 병원에 간 건가? 아니면 모내기 품앗이 하러 간 건 아닐까? 문단속이 허술한 것을 보니 멀리 간 것 같진 않았다. 혹시나 유심의 흔적을 찾을까 하고 댓돌 위의 신발을 살폈다. 여자의 것으로 보이는 분홍색 슬리퍼와 흙이 잔뜩 묻은 검정 고무신 두 짝이 다툰 부부처럼 등을 돌린 채 저만큼씩 떨어져 분을 삭이고 있었다. 정운이 방안으로 들어가려는 줄 알고 개는 앞으로 다가서 공격 자세를 취하며 요란하게 짖어댔다. 시계를 보았다. 해가 떨어지려면 한 시간은 기다려야 했다. 밖으로 나왔으나 마을에는 사람의 그림자도 보이지 않았다. 이왕 왔으니 사정은 알고 가야겠다고 생각하고 시간을 보낼 곳을 찾아 차를 몰았다. 개는 마을 들머리까지 따라오며 짖었다.

어릴 적 정운이네도 개를 키웠었다. 어느 날 학교에서 돌아와 보니 웬 강아지가 마당을 종종거리며 동생과 놀고 있었다. 이웃 동네에 살던 이모네 개가 새끼를 다섯 마리나 낳자 아버지가 암컷 한 마리를 분양 받아 가지고 온 것이었다. 세 살 아래 동운은 강아지를 여동생처럼 생각하고 매리라 명명했다. 제 먹을 것 아껴서 먹이고 품에 안고 자곤 했다. 정운은 그게 불만이었다. 뒷간에서 인분이 섞인 재를 뒤집어쓰고 텃밭에서 뒹굴며 노는 강아지를 이불 속으로 데리고 들어오는 동생을 이해할 수 없어서 자주 다투었다. 그런데도 동운은 지극 정성이었다. 자신은 한 달이 넘도록 목욕을 안 하던 놈이 강아지는 매일 저녁 개울로 데리고 가서 목욕을 시켰다. 그러나 강아지를 이불 속으로 들여 온 후로 몸이 가려워 잠을 설치기 일쑤였다. 불을 켜고 이불을 들쳐보면 팥알만큼 커다란 이가 스멀거리며 기어다녔다. 그게 강아지 몸에서 나온 것이란 걸 털을 까뒤집고 확인하고서도 동운의 매리에 대한 사랑은 변함없었다. 하루 종일 강아지를 끼고 앉아 이 잡기를 하는가 하면 읍내 보건소에 데리고 가 소독을 시키곤 했다. 그렇게 몇 달이 지난 어느 날은 기어코 일이 터지고야 말았다. 잠을 자다가 정운의 다리에 깔린 매리가 화가 났는지 정운의 발가락을 물어버린 것이다. 정운은 아파 죽겠다고 악을 쓰며 울어댔다. 건넌방에서 잠을 자던 부모가 달려와 피로 얼룩진 요를 보고서야 매리는 밖으로 쫓겨났다. 동운은 농기구와 쌀 마대가 있는 창고에 매리의 거처를 마련하고 거기서 함께 잠을 자곤 했다. 그러던 동운이 어느 날인가부터 시름시름 앓기 시작하더니 학교도 가지 못하고 기침을 하며 누워만 지냈다. 농사일로 바쁜 부모는 하루 이틀쯤 자고 나면 낫겠거니 하고 방심했다. 헌데 어느 날은 어떻게 끈을 풀고 나왔는지 매리가 방문 앞에서 끙끙댔다. 정운은 그 소리가 시끄러워 강아지 목을 잡고 창고로 데리고 가서 목줄을 묶은 후 문을 닫고 들어왔다. 뒷간에 들려 오줌을 싸고 방안에 들어왔는데 뭔가 이상한 생각이 들었다. 신음을 하던 동생이 기척이 없었다. 정운은 동운의 종아리를 발로 툭 건드렸지만 반응이 없었다. 덜컥 겁이나 얼른 불을 켰다. 동운의 얼굴이 벌겋게 달아올라 있었고 온몸은 후줄근하게 젖어 있었다. 몸을 만져보니 뜨거울 정도로 팔팔 끓고 있었고 혼절을 했는지 축 늘어져 미동도 없었다. 정운은 울면서 아버지를 불렀다. 한밤중에 놀라 깬 어머니가 달려왔고 동생의 상태를 알고는 동생을 껴안으며 급하게 아버지를 불렀다. 영문을 모른 아버지가 성가신 듯 술이 덜 깬 모습으로 휘청거리며 나타났다.

"아이고 정신 차리소. 동운이 몸이 불덩입니더. 어서 읍내로 갑시더."

"이 밤중에 어딜 가? 의사는 잠 안 자나? 술도 안 깼는데…."

"하이고 이 양반아 그러게 술을 작작 마시지, 지 아들 죽어가는 데도 저리 태평할 수 있나. 자는 의사 깨워서라도 동운일 살려야지."

그 말에 아버지는 눈을 비비면서 상태를 살피고는 동운을 업고 맨발로 달려 나갔다. 어머니는 뒤를 따라 나가다 말고 안방으로 들어갔다. 잠시 후 돈지갑을 들고 나온 어머니는 아버지의 신발을 챙기고 뛰어나가려 했다.

"나도 갈래, 어무니."

"괜찮다. 잠을 더 자거라. 학교에서 졸지 않으려면 잠을 푹 자야지. 아침까지 못 돌아오면 솥에 감자 찐 거 먹고 학교가 열심히 공부하래이. 넌 우리 집안 희망 아니가."

정운이 울면서 어머니를 집밖까지 배웅하고 들어오는데 창고 속에 갇힌 매리가 양발로 문을 긁어대며 끙끙 발악을 했다. 정운은 창고로 가 매리의 목줄을 풀어줬다. 매리는 뒤도 돌아보지 않고 쏜살같이 집 밖을 벗어났다. 그것이 동운과의 마지막이었다. 동생을 묻고 온 후 매리도 사라졌다. 강아지를 끌고 나간 아버지가 어떻게 처리했는지 묻지도 않았다.

마을을 조금 벗어나자 저수지가 나왔다. 정운은 차를 세우고 파문을 그리며 일렁이는 수면을 바라보았다. 저수지는 꽤 넓었다. 가장자리에 드문드문 데크를 놓아 만든 산책길도 보였다. 이런 농촌에 누가 산책을 할까하고 주변을 둘러보니 저수지를 중심으로 산 중간 중간에 서구풍의 집들이 옹기종기 모여 있었다. 여유 있는 자들의 주말 별장이었다. 길가에 세워진 이정표를 보니 저수지 저편에 캠프장도 있었다. 캠프장에는 나무 사이로 사람들이 나타났다 사라지곤 했다. 정운은 계단을 내려가 산책로 주변에 마련된 벤치에 앉았다. 부드러운 바람이 산을 타고 내려와 정운의 얼굴을 살살 애무하고 지나갔다. 정운은 눈을 감고 감미로운 그 감촉을 즐겼다.

정운은 대학에 입학하고서 게시판에 붙은 동아리 회원 모집을 보고 밝달학회에 가입했다. 의협심에 불타는 혈기 왕성한 때라 그들이 내세운 '민족정기'란 어휘가 마음에 들었다. 축제가 시작되는 5월에 밝달학회는 MT라는 걸 갔다. 시외버스를 타고 한참을 달리니 야트막한 산자락 아래 개울이 있었고, 개울을 마주한 곳에 캠프장이 있었다.

밝달학회는 한민족의 웅혼한 역사를 탐구하고 민족의 올바른 정체성 정립이라는 취지 아래 만들어진 연구 동아리이었다. 선배들은 밝달이라는 어휘가 밝달민족이라는 데서 기인한 것이라고 했다. 정운은 동아리 신입생 오리엔테이션에서 지도교수가 한 말을 하도 여러 번 되뇌어서 암송할 정도였다.

"우리는 예부터 배달민족의 후예로 알려졌는데 배달은 밝달의 한자식 표현입니다. 단군의 단(檀)도 박달나무 단인데 단군은 '밝달의 임금'이란 뜻이고 밝달은 밝음, 즉 태양을 숭배하는 우리 민족을 상징하는 말이지요. '밝'은 새롭다는 뜻의 '새'이고, 환하다에서 온 '한'은 우리 민족 이름을 한자로 기록하는 과정에서 생긴 말입니다. 새는 예(濊)로, 밝은 맥(貊)으로, 한은 한(韓) 또는 환(桓)

으로 표기된 것이지요. 그것이 오늘날에 와서 예맥족, 한족으로 불리게 된 단초에요. 그런데 애초에 예, 맥, 한이 갈라져서 영역을 나누고 투쟁해 온 것이 아니라 예족과 한족은 맥족에서 분파되어 성장했어요. 『삼국유사』의 단군신화를 보면 환인과 환웅 즉 태양을 토템으로 하는 한(韓)부족, 곰을 토템으로 하는 맥(貊)부족, 호랑이를 토템으로 하는 예(濊)부족이 나옵니다. 즉 태양을 토템으로 하는 한 부족이 맥 부족, 예 부족과 결합하여 우리나라 태초의 고대국가 고조선을 건국했지요. 그리고 이 세 부족 중 태양을 숭배하는 한족이 주류가 되기 때문에 우리 민족을 한민족(韓民族)이라 불렀습니다. 하지만 이는 적합한 이름이 아니니 '밝달민족'으로 불러야 합니다. 맥은 원래 밝음을 표시하는 백(白 또는 百)이었는데 백 옆에 발 없는 벌레를 뜻하는 치(豸)를 덧붙여 오랑캐로 만들었고, 예도 원래 새로움을 뜻하는 세(歲) 옆에 물 수(水) 또는 벼 화(禾)를 붙여 더럽다는 뜻의 예(穢 또는 濊)로 만들었어요. 중국은 자신을 둘러쌓고 있는 나라들을 다 오랑캐로 명명했어요. 우리 민족을 동쪽의 오랑캐 동이(東夷)라 했고, 남쪽의 부족을 남만(南蠻), 북적(北狄), 서융(西戎) 등 다 오랑캐라 불렀습니다.

중국의 역사서 『한서(漢書)』에 보면 '마한, 진한, 변한의 무리가 다 맥족의 종류다'라는 주석이 있음으로 보아서 삼한의 기원은 맥족에 있습니다. 『위지(魏志)』 동이전에 보면 부여국이 예맥의 땅에서 건국되었으며, 고구려는 부여의 별종이라고 하였지요. 『후한서(後漢書)』에서는 고구려는 일명 맥(貊)이라고 하여 밝달민족이 세운 나라라는 것을 증명하고 있어요. 또한 『위서(魏書』에 보면 백제국의 선조는 부여국에서 왔다고 하여 맥족의 후예임을 알 수 있고 이는 백제의 건국신화에서도 나타납니다. 또한『삼국사기』에 '중국 왕망 천봉 6년(서기 19년)에 북명인(北溟人)이 밭을 갈다가 예왕(濊王)의 인(印)을 얻어 나라에 바쳤다'는 기록으로 보아 신라 땅이 일찍이 예의 영토였으며 이는 맥족에서 분파된 후손이므로 신라 역시 밝달민족의 후손이라 볼 수 있어요. 결국 우리는 한민족보다 '밝달민족'이라 불러야 합니다."

밝달학회는 민주화를 열망하는 대학생들이 광주민주화운동을 거치며 전두환이 정권을 탈취하자 군사정권 종식을 외치며 시위를 벌이는 과정에서 민족의 정체성을 찾으려는 뜻 맞는 몇몇 대학교 학생들이 모여 만들었고 전국 대학으로 확산되었다.

부마사태가 박정희 정권을 무너뜨린 동인이 되었다. 부산, 마산 대학생들이 거리로 나와 시위를 하자 박정희 대통령은 이들 지역에 위수령을 발동하여 대학에 휴교조치를 내리고 탱크로 교문을 막았다. 부산과 마산이 이처럼 강렬히 저항했던 것은 군사독재정권 종식이라는 정치적 명분도 있었지만 당시의 어려운 경제 상황 때문이었다.

1970년대 말 한국경제는 제2차 오일 쇼크를 맞아 심각한 위기에 빠졌다. 정부는 경제위기를 해소하기 위해 중소자본가, 봉급생활자, 도시 노동자와 농민 등에게 안정화 비용을 부과했다. 이와 같은 안정화 정책은 경제위기로 어려운 처지에 있던 중소기업들의 도산을 부채질하여 기업의 부도율이 사상 최고치로 치솟고 가뜩이나 어려운 도시하층민들을 더욱 어렵게 만들었다. 특히나 제조업이 집중됐던 부산과 마산에서 대규모 민주화운동이 일어났던 것은 이런 사회경제적인 모순과 연관되어 있었다. 특히 부산은 신발, 의류, 합판 등 영세한 자본과 낮은 수준의 기술이 결합한 저부가가치 제조업이 주를 이루었었다. 그러나 1979년에 들어서 부산지역 경제상황은 극도로 악화되어 부산지역 부도율은 전국의 2.4배, 서울의 3배에 달했다. 1979년 부마항쟁은 이런 정치, 사회경제적 모순에 대항하여 일어난 학생 · 시민들의 반정부 민중항쟁이었다.

이 부마사태가 박 대통령이 부하의 총탄에 의해 죽는 상황까지 가져왔고 결국 유신 정권 몰락의 도화선이 되었다. 그러나 군사정권이 끝나고 민주정부가 들어서는 줄 알았지만 양아들처럼 키웠던 전두환이 12 · 12 군사 쿠데타를 일으켜 군부를 장악하고 '국가보위비상대책위원회'를 만들어 정권을 거머쥐었다. 이는 박정희가 군사혁명위원회에서 그 명칭을 '국가재건최고회의'로 바꿔 삼권을 장악한 것을 모델로 한 것이다. 민주 인사들을 자택 연금하자 1980년 광주에서 민주화운동이 일어났다. 경찰과 군인들을 동원하여 총칼로 죄 없는 어린애들과 시민 학생들까지 무참하게 살육하면서 항쟁을 저지했다. 결국 전두환은 민간에게 정부이양하겠다는 약속을 어기고 '통일주체 국민회의 대의원'에 의한 간선으로 임기 7년의 제11대 대통령에 취임했다. 그리고 뒤를 이어 육군사관학교 동기 노태우가 전두환과 짜고 직선제 개헌을 내건 6 · 29 선언으로 12대 대통령에 취임했다.

정운은 미망의 시절 일어난 사건이라 학교에서도 배우지 못한 정치적 상황들을 밝달학회를 통해서 터득하게 되었다. 그날의 MT는 정운이 세상에 대한 눈을 뜨는 계기가 되었다. '친일파의 행각과 후손들'이라는 주제로 친일파들에 대해 많은 연구로 업적을 쌓은 모 대학 교수가 주제 강연을 했다. 강연 내용은 정운이 현실에 분개하며 역사에 관심을 갖는 계기가 되었다.

"해방이 되자 외국에 도피했던 많은 사람들이 돌아왔어요. 그 중에는 일본에서 대학을 마치고 고향에 돌아와 봉사를 하겠다는 엘리트들도 있었지만 일제 치하에서 부역하던 자들이 미군정 하에서 다시 득세를 했습니다. 기가 찰 노릇이죠. 그들은 기득권을 활용하여 일본이 버리고 간 재산들을 편취한 자도 있었고, 농민들을 착취하여 많은 부를 축적하거나 6 · 25전쟁으로 죽은 사람들의 땅이나 무적지로 남아 있던 땅을 몰래 자신들의 이름으로 등록하여 소유권을 착취한 이들도 많았습니다. 광복이 되자 친일 잔재 청산과 일제에 부역한 친일파들을 응징해서 민족정기를 바로 세워야 한다는 여론이 비등해지자 국회에서는 반민족행위특별조사위원회를 만들었어요. 줄여서 반민특위라 했죠. 반민특위가 친일파들을 조사하기 시작했어요. 헌데 그때 친일파들은 국회, 정부, 군, 경찰, 학계, 문화계 할 것 없이 권력 전반에 군림하고 있었습니다. 그래서 그들은 제헌 국회에서 제정한 반민특위의 활동을 조직적으로 훼방하여 무력화시켰지요. 결국 그들은 미국과 미군정의 보호와 이승만 대통령의 묵인 아래 친일 경찰이 반민특위 사무실 습격하여 활동을 와해시켰습니다. 친일파 처단을 외치는 자들을 도리어 빨갱이로 몰아 린치를 가했지요. 그들의 후손들 또한 선조의 전비에 대한 조금의 부끄러움도 없이 법에 의해 몰수된 조상의 재산을 환수하기 위해 열을 올렸고 친일 부역자에 대한 처분이나 법률제정에 암암리에 영향력을 행사하며 광복 이래 지금도 지배세력으로 군림하고 있습니다."

정운이 시내 고등학교에 갓 입학했을 무렵이었다. 주말에 쌀을 가지러 고향에 가보니 마침 읍내에 살던 외삼촌이 와 계셨다. 그때 외삼촌이 밥상머리에 앉은 정운에게 이런 얘길 한 적이 있었다.

"정운아, 니는 이 다음에 뭐가 되려고 하노?"

"내는 아직 그런 거 생각해 본 적 없습니더."

"그러믄 못 쓴다. 니는 이 집안을 살릴 기둥 아니가? 고등학생이 되었으믄 이제 니 앞길은 네가 알아서 정해야지 않겠나? 느 할배가 우예 죽었는지 아나?"

"그기 독립운동하다가 죽었다고 들었습니더."

"맞다. 그 좋은 재산 독립운동하다가 다 말아먹었제."

옆에서 말없이 밥숟갈을 뜨던 어머니가 외삼촌의 말을 막았다.

"술 취했습니꺼? 와 어린애한테 쓸데없는 소리 합니꺼?"

"고등학생이믄 어린애 아니다. 그게 와 쓸데없는 소리고. 알건 알고 잘못된 것은 바로 잡아야제. 그것 때문 형님도 홧병 나 일찍 가버린 거 아니가?"

"우리가 법을 몰라서 그리 된 걸 이제 와서 우째란 말입니꺼? 이바구했자 속만 상하고 입만 아프지."

"그거 배우지 못해서 그렇다. 무식하니까 아는 놈들이 모르게 해쳐 먹은 거 아니가? 그거 다시 찾아야 한다. 우리 정운이는 똑똑하니까 앞으로 얼마든지 찾는 방법이 있을 거다. 외삼촌은 정운이가 판검사가 되믄 좋겠다."

그때 외삼촌은 우리 집 족보를 다 외며 재산 많았고 뼈대 있는 집안이라는 걸 일깨워 주었다. 조부의 밭을 소작하던 사람이 일본 순사의 끄나풀이 되었는데 독립운동을 돕던 조부를 고자질하여 죽게 만들고 소작지를 차지했다. 어린 부친이 외가에 피신하여 자라다가 고향에 돌아왔으나 집마저도 남의 것이 되어 있었다. 결국 조모는 자기 집 문간방을 세내어 살고 조상으로부터 대대로 물려온 땅을 마름에게 사정하여 소작하는 신세가 되었다. 부친이 성장하여 이 사실을 알고 재산을 되찾으려고 노력했으나 권세가로 변한 그의 자손들은 법 대로를 주장하며 돌려줄 생각을 하지 않았다. 정운은 어려서부터 아버지가 술만 취하면 정 의원 집안하고는 상대도 하지 말라던 이야기를 귀에 못이 박히게 들었다. 그 집안은 운 좋게도 대를 이어 국회의원을 하고 있다. 이런 정운이고 보니 그날의 MT는 눈물이 복받쳐 오르는 적개심을 주체하지 못하는 밤이 되었다.

저수지 건너편 캠프장에서 찬송가 소리가 들려왔다. 바람이 차다고 느껴져서 주머니에 손을 넣는 순간 휴대폰이 울렸다. 유심이었다. 반가움이 앞서 괘씸하다는 생각은 어디론가 사라져버렸다. 정운은 감정을 조절하느라 크게 한번 숨을 내쉬고 휴대폰을 귀로 가져갔다. 그리고 감정이 탈색된 예의 사무적인 말투로 응대했다.

"예, 오정운입니다."

그러자 유심이 낌새를 알아차렸는지 대뜸 애교 섞인 목소리가 들려왔다.

"화났어요? 목소리가 왜 그래요~ㅇ?"

정운은 일부러 목소리에 힘을 실었다.

"누구시죠?"

“어머, 어머. 목소리도 기억 못하세요? 선배니임 왜 그러세요~ㅇ? 아 전화 안 했다고 삐졌구나?”

쪼잔하다고 빈정대는 말로 들렸다. 정운은 얼른 부드럽게 목소리를 바꿨다.

“무척 바쁜 모양이구만. 어디야?”

“그럴 사정이 있었어요. 인사동으로 나오세요. 내가 저녁 살게요.”

정운은 시계를 보며 귀경까지의 시간을 계산했다.

“나 지금 지방 출장 중이거든. 두 시간 쯤 걸릴 거야.”

마음이 가벼워졌다. 정운은 목소리 한 마디가 사람의 감정과 생각을 바꾸게 하는 유용한 화학작용을 한다는 것을 생각하며 자동차 있는 곳으로 향했다.

금요일 인사동의 밤거리는 사람의 숲이었다. 거리마다 서 있는 사람나무들을 피하며 길을 찾아가기가 짜증스러울 정도였다. 정운은 상경하는 차에 밀려 30분 쯤 늦게 약속한 장소에 도착했다. 카페의 문을 여니 아우성치는 재즈의 선율이 한꺼번에 쏟아져 나왔다. 문앞을 지키던 웨이터가 2층으로 올라가라는 신호를 보냈다. 실내가 어두워 계단을 올라가려니 시선을 다른 데로 돌릴 여유가 없었다. 2층 문을 열자 유심이 손을 들어 정운을 맞이했다.

“멀쩡하니 앉아 있기가 무료해 와인 몇 모금 마셨어요.”

전화의 목소리와는 사뭇 다르게 유심은 몹시 피곤한 표정이었다. 술병에 남아 있는 와인을 보니 그리 많이 마신 것도 아니었다. 배가 고팠는지 인사도 제대로 나누기 전에 유심은 웨이터를 불렀다. 유심은 메뉴판을 정운에게 건넸다.

"시장하시죠? 맛있는 걸로 드세요?"

정운은 메뉴판을 받아 한 쪽 구석에 놓으며 말했다.

"그냥 같은 걸로 시켜."

유심은 단골집인 듯 웨이터와 생소한 어휘들을 써 가며 주문을 했다. 웨이터가 걸음을 옮기자 유심은 정운의 잔에 와인을 따르며 말했다.

"저 경황이 없어 연락 못 드렸어요. 시골에 혼자 사시는 어머니가 쓰러졌다는 소식에 다른 생각할 겨를없이 퇴원했구요."

정운은 품이 큰 유리 술잔을 가볍게 부딪고 나서 유심의 표정을 살피며 조심스럽게 물었다.

"그랬구만, 헌데 어떻게 됐어?"

정운은 잔을 시계 반대 방향으로 흔든 후 향을 음미하고서 맛을 보았다. 시큼하지만 향긋한 맛이 피곤한 뇌를 살짝 자극했다. 유심은 장님이 사물을 확인하듯 와인 잔의 변죽을 따라 손가락으로 천천히 더듬으며 말을 이었다.

"다행이 생명은 건졌는데 왼쪽에 마비가 왔어요. 간호할 사람이 없는데도 노인네는 집에만 가겠다는 걸 겨우 설득해서 요양병원에 입원시켰어요. 상황이 그 지경인데 여기저기서 걸려오는 전화 받기가 귀찮아서 아예 전원을 차단했구요."

정운은 안주로 나온 쿠키 조각을 깨물어 씹으면서 코로 큰 숨을 뱉어냈다.

"그런 것도 모르고…."

"회사로 전화했었다는 말 들었어요. 미안해요. 제 고향까지 갔다 오신 거죠?"

"그걸 어떻게…?"

"기자의 촉이죠. 주소까지 물었다기에…."

유심은 정말로 미안해서 그런 건지 아니면 분위기를 전환시키려고 억지로 그런 건지 입가에 미소를 담고자 했으나 그게 어색하게 보였다. 정운은 축 쳐진 유심의 감정을 끌어올려야 한다고 생각했다.

"물가를 따라 산책로가 있고 저수지도 넓어서 참 좋더군."

"정말 다녀오셨군요. 지금은 공사를 해서 수심이 깊지만 어렸을 적엔 유일한 놀이터였어요. 냇가에서 고기도 잡고 수영도 배우고."

"분위기가 아주 데이트 장소로 적격이던데?"

"맞아요. 하지만 실연당한 사람들, 시련을 못 이긴 사람들 시체도 가끔 떠올랐어요."

"난 연락도 없이 중국엘 갔나 했지."

"아무렴 제가 얘기도 없이… 아참."

유심은 무언가 생각난 듯 옆자리에 쳐박아둔 백을 잡아당겨 뒤지더니 책 한 권을 꺼내 내밀었다. '월간 역사저널'이었다.

"이거 한 번 보세요. 최근 나온 거예요. 책 나오면 중국 다녀오려고 항공권도 예매했어요."

정운은 책표지를 물끄러미 쳐다보다 심드렁하게 한 마디 던졌다.

"무슨 단초가 될 만한 것이라도 잡은 거야?"

"전 김 교수님의 말을 믿어요. 현장을 확인했으니까 확신에 찬 말을 했겠죠? 그때 좀 더 확실한 것을 알아두었어야 했는데, 논문이 나오면 현장에 함께 가자는 말도 했었거든요."

10
천상의 음악 소리를 듣다

눈이 내리려면 멀었는데도 여름을 갓 지난 선양의 가을 저녁은 추웠다. 설렘 속에서 누군가를 간절하게 기다려 본 사람들은 안다. 더위 속에서도 한기를 느끼게 됨을. 김 교수는 동네에서 비교적 깨끗하다는 음식점에 앉아 문밖을 응시하며 시계를 바라보는 행동을 반복했다. 약속한 시간은 지났는데도 기다리는 안내인은 오지 않았다. 김주현의 감각은 온통 식당 출입문 쪽에 쏠려 있었다. 마음이 들떠 차려진 음식에도 별 흥미를 느끼지 못했다. 면발 몇 올을 입으로 담던 김주현이 젓가락을 내려놓자 마주 앉아 음식을 먹던 이일석이 걱정스런 표정으로 바라보았다.

"음식이 입에 맞지 않으신가요?"

"아뇨. 그냥 입맛이 없어서요. 괜찮아요. 내 걱정 말고 어서 드세요. 난 준비해온 빵이 있으니 배고플 때 먹으면 돼요."

이일석도 내심 걱정을 하면서도 표정을 숨기려고 시선을 음식 그릇에 고정하고 먹는 일에 집중했다. 식사를 끝낸 이일석은 시계를 보더니 창밖으로 시선을 돌리며 말했다.

"여기 사람들 시간개념이 무뎌요. 하지만 약속은 철저히 잘 지키죠. 더구나 이번 일은 목숨 걸고 하는 일이니까 혹시 따라 붙는 사람이 있을까봐 조심하느라 늦는 걸 거예요."

"어디까지 왔는지 확인 좀 해봐요. 무슨 일이 생긴 건 아닌지."

이일석은 김 교수의 성화에 휴대폰을 꺼내 전화를 걸었다. 중국어로 몇 마디 하더니 휴대폰을 껐다.

"다 왔대요. 나가서 기다리죠."

바깥 공기는 더 차가웠다. 외투의 깃을 세우고 두 손을 주머니에 깊숙이 집어넣고 음식점 모퉁이에서 기다리는데 멀리서 전조등을 켠 지프차가 다가왔다. 시동을 멈춘 차는 낡았지만 자세히 보니 사륜구동 코란도였다. 이일석이 운전자와 중국어로 몇 마디 주고받더니 김 교수를 보며 말했다.

"눈인사만 나누세요. 피차 서로에 대해서 모르는 게 만일의 경우를 대비해서 좋아요."

김주현이 고개를 숙여 인사하자 중국인도 흰 이를 드러내어 웃으며 고개를 까딱했다. 이일석은 안내인에게 돈을 주라고 했다. 김 교수는 이일석이 알려준 대로 미리 준비한 봉투 중 하나를 건넸다. 안내인이 봉투를 열어 확인하고는 함박웃음을 지으며 뒷좌석의 문을 열어주었다.

"어서 가세요. 일을 마치고 여기까지 데려다 주면 다시 봉투 하나를 주세요. 해가 뜨기 전에 모든 일을 끝내야 합니다."

김 교수를 태운 차가 출발하자 이일석은 어둠 속으로 사라질 때까지 손을 흔들며 환송했다. 칠흑 속 비포장도로를 덜컹거리며 달리는데 뭔가 이상한 느낌이 들었다. 김 교수는 암흑 속에서도 간간히 지나치는 이정표를 기억하며 주변을 유심히 살폈는데 차는 지나쳤던 길을 돌아서 다시 그 자리를 달리고 있었다. 안내인이 혼자서 중얼거렸지만 그것은 장소를 은폐하기 위한 수작이라는 것을 간파했다. 김 교수는 시계를 자주 보았다. 차는 어느 순간부터 전조등을 끄고 미등만으로 앞길을 희미하게 비추며 달렸다. 그렇게 돌고 돌아서 산속에 들어섰을 때 차가 멈춰 섰고 안내인은 시동을 껐다. 돌아온 거리를 빼고 계산하니 두 시간 가까운 거리였다. 안내인이 내리라는 신호를 보냈다. 차에서 내렸으나 앞은 바위로 막히고 주변은 간간히 키가 큰 나무들 사이로 잡목들이 우거진 숲이었다. 그믐이 가까웠는지 잘라놓은 손톱 같은 달이 진한 풀냄새에 취한 듯 졸고 있었다. 안내인은 풀숲을 헤치며 앞장서 나갔다. 멀리 산등성이 너머로 희미한 불빛들이 솟구치는 것을 봐서 그곳에 도시가 있는 것 같았다. 김주현은 플래시를 꺼내 비추려고 했으나 안내인이 자지러지게 놀라고는 알아들을 수 없는 중국어를 내뱉으며 만류를 했다. 발목을 잡는 풀들과 실랑이하느라 안내인에 뒤쳐졌으나 실은 일정한 거리를 두고 따라 가려는 의도였다. 혹시 안내인이 변심하여 돈만 빼앗고 달아날 것에 대비해 전기 충격기까지 준비했다. 주머니 속에 잘 있는지 확인하는데 속내를 모르는 안내인이 뒤처지는 김 교수에게 빨리 따라 오라고 채근했다. 길이 없었지만 안내인은 지형지물을 확인해 가며 멈춰 섰다간 걷기를 반복했다. 김 교수는 돌부리에 부딪치고 나무 삭정이에 걸려 자주 넘어지면서도 안내인의 뒤를 부지런히 따라갔다. 달빛에 의존해 야트막한 언덕을 오르고 풀숲을 헤치고 한참을 가다가 안내인이 돌아보며 손짓을 했다. 안내인이 가리키는 곳엔 오래된 커다란 나무가 있었다. 그 나무가 굴 입구 표지인 것 같았다. 안내인의 말을 이해 못했지만 현장에 도착했다는 것임을 짐작했다. '아 드디어 찾았구나' 잡풀들로 우거진 형상을 찬찬히 살펴보니 그것은 언덕을 위장한 봉분이 틀림없었다. 김주현은 맥박이 급하게 뛰는 것을 느끼고는 가방에서 우황청심환을 꺼내 입안에 넣고 씹었다. 그간 왕릉을 찾아 헤매던 과정들이 파노라마처럼 스쳐 지나갔다. 중국인들이 마지못해 내세운 광개토태왕릉은 구조나 현실의 형태, 석비문의 내용 등으로 봐서 그 당시의 것이 아니라고 일찌감치 판단했던 자신이 옳다는 걸 증명하는 역사적 순간인지라 가슴이 벅찼다.

지금까지 공개된 고구려 고분에는 광개토태왕릉이라 비정할 만한 것이 없었다. 그래서 역사의 기록을 샅샅이 뒤졌고 장수왕이 천도했다는 평양성을 찾아내고 랴오양(遼陽) 부근에 대한 탐문을 했으나 찾을 수 없었다. 그러던 중 이창현을 만났고 이일석을 통해 안내인과 연결되었다. 이 장소를 알고 있는 안내인도 아마 도굴에 깊숙이 관계된 공무원인 것으로 짐작했다. 안내인이 위장을 해놓은 나뭇가지와 판자 몇 개를 걷어내자 사람이 겨우 드나들 수 있게 비스듬하게 깎아놓은 작은 굴 입구가 나왔다. 안내인은 몸짓 손짓으로 자신은 망을 보고 있을 테니 확인하고 얼른 나오라는 뜻을 전해왔다. 김 교수는 고개를 끄덕이며 가방에서 플래시를 꺼내 켜고 미끄러지듯이 굴 안으로 들어갔다. 고개를 들 수 없을 정도로 좁다란 통로를 머리를 부딪치며 조금 들어가자 단단한 바위 문이 나왔다. 막혀 있던 입구를 허문 자리에 엉성하게 덧대어 만든 판자 쪼가리가 놓여 있었다. 누군가 여러 번 드나들었다는 것을 직감하며 판자를 제치자 따뜻한 공기가 김 교수를 맞이했다. 안으로 들어서자 잘 정비된 통로가 나왔다. 매끈한 화강암을 정교하게 맞춰 연결된 석실 벽에 손전등 빛이 닿는 순간 깜짝 놀랐다. 몇 천 년을 견딘 현란한 벽화들이 드러났기 때문이다. '여기가 전실이구나' 생각하며 오른쪽 벽을 한눈에 살폈다. 맨 앞에 악대가 길을 열고 그 뒤를 깃발 든 군사와 기마병이 따르고 화려하게 치장된 어가와 왕족들의 가마, 호위 병사들과 신하들, 쌀과 음식재료를 실은 수레 등으로 구성된 행렬도가 그려져 있었다. 김 교수는 심장과 맥박이 요동치는 것을 느끼며 가방에서 카메라를 꺼내 손전등을 입에 물고 셔터를 눌러댔다. 왼쪽 벽에는 광개토태왕이 정복했던 나라들 이름 아래 각 나라가 바치는 조공품들과 그 당시 사람들의 모습이 그려져 있었다. 신라, 백제, 왜, 가야, 숙신, 거란, 후연, 동부여의 글자가 선명하게 보였다. 카메라 셔터를 누르자 플래시가 연신 터졌다. 밖은 추었지만 능 안은 따뜻해서 이마에서 땀이 흘러내렸다. 손수건을 꺼내 안경과 얼굴을 닦는데 천정에도 무언가 어른거렸다. 김 교수는 입을 다물지 못하고 손전등을 비추니 거기엔 고구려의 건국 신화를 그린 그림이 나타났다. 흰 새 무리에 둘러싸인 오룡거를 탄 해모수, 소의 얼굴을 한 하백, 잉어의 모습을 한 유화의 보호를 받으며 황룡을 탄 주몽이 활을 쏘는 모습이 드러났다. 심장이 터질 듯한 감동이 몰려왔다. 김 교수는 두어 번 심호흡을 하고 손전등에 의지하여 현실로 들어갔다. 널따란 공간 가운데 석관이 나왔다. 손전등을 비춰 석관 안을 관찰했으나 안은 텅 비어 있었다. 그 부근에 있어야할 부장품들도 도굴꾼들이 깡그리 훔쳐 갔는지 아무 것도 없었다. 그리고 손전등을 천천히 천정부터 비추었다. 거기엔 천상의 세계가 그려져 있었다. 둥그런 천장은 천상의 세계를 그려놓은 듯 위쪽 태양 속엔 삼족오가 들어 있었고, 아래쪽엔 두꺼비가 앉아 있는 달이 포진하고 있었다. 가운데에 북두칠성과 별자리들이 점점이 박혀 있고 신선들과 음악을 연주하는 천사들의 모습이 그려져 있었다. 어디선가 아늑하면서도 황홀한 음악소리가 들려오는 듯했다. 그 아래엔 단단한 석축이 활처럼 휘게 단을 쌓아 천정을 받들고 있고 석축 아래엔 방위를 따라 사신도가 그려져 있었다. 석관의 앞에는 현무 그림 아래 초상이 그려져 있었는데 글자를 확인하지 않아도 패기 넘치는 모습의 능주인 영락대제임이 분명했다. 오른쪽 벽면을 보는 순간 김 교수는 쾌재를 불렀다. 그리고 혼자 중얼거렸다.

"바로 이것이야. 이거면 그간 일본이 주장했던 광개토태왕비의 왜곡된 해석을 일시에 무너뜨릴 수 있어."

그런데 카메라를 들이대는 순간 가슴이 무너져 내리는 것을 느꼈다. 시작 부분이 텅 비어 있었다.

"아뿔사, 벌써 손을 탔구나."

그림은 광개토태왕의 정복활동을 그림으로 그려놓았고 그 옆에 연대기별로 영락 1년서부터 22년 붕어하기까지를 글자를 써서 설명하고 있었는데 처음 부분이 없었다. 아마도 맛보기로 들고나가서 물건의 시세를 파악한 다음 전부 벗겨낼 계획이었다는 걸 짐작했다. 김 교수는 아쉬움을 달래며 차근차근 카메라 셔터를 눌러댔다. 플래시가 터지면서 사진이 저장되고 있는데 입구

쪽에서 무슨 소리가 들렸다. 촬영을 멈추고 집중했지만 벽면을 타고 들려오는 소리가 반향 되면서 도무지 무슨 소린지 알아들을 수 없었다. 다급하게 소리치는 것으로 봐서 빨리 나오라는 신호인 듯했다. 김 교수의 몸과 마음도 조급해졌다.

노크도 없이 다급하게 방으로 들어오며 이철진이 말했다.

"방금 상황실에서 상자가 이동되고 있다는 연락이 왔습니다."

정운은 보던 서류를 덮어 놓으면서 일어섰다.

"종로 서에 연락해서 감시 차 배치 붙이고, 이동 경로 실시간 보고하도록 해."

"예. 알겠습니다."

정운이 옷걸이에 걸린 점퍼를 입자 돌아서 나가던 이철진이 걱정스러운 듯 묻는다.

"직접 가시게요?"

"그래 주 계장에게 상황실 상황 수시 통보하라 하고 자네는 사무실에서 내 지시를 기다려."

정운이 센서의 이동 경로를 확인하고 차를 몰아 경부고속도로에 막 진입했는데 이철진에게서 전화가 왔다. 차가 인천 쪽으로 방향이 바뀌었다는 것이었다.

"거 눈치 챈 것 아냐? 내가 가고 있으니 감시 차 빼도록 해."

"예, 연락하겠습니다."

"그리고 인천관세청에 연락해서 협조 요청하고 국제부두 쪽으로 가. 난 인천공항으로 가서 연락할게. 손님 모시고 거기서 만나."

지시를 내리고 정운은 인천 쪽으로 방향을 틀었다. 상자를 실은 소형 화물트럭의 최종 목적지는 인천국제공항이었다. 화물역사로 가 일본으로 가는 화물 운송기를 확인하고 화물통관 절차를 살피는데 이철진이 왔다. 관세청에서 나온 직원이 운송장과 문화재 감정서를 가지고 일일이 대조하고 있었다. 이철진은 통관을 기다리는 화물 가운데서 예전의 그 상자를 발견하고는 화주를 찾았다. 화물 수탁인은 심부름센터 직원이라고 했다. 이철진이 수사관 신분증을 보이면서 물었다.

"이 물건 진보사에서 나온 것 맞지?"

직원은 의아하다는 듯이 쳐다봤다.

"그런데요, 뭐 잘못 되었습니까?"

"도난품 신고가 들어와서 확인할 게 있어서 말이야. 화주에게 연락해서 이리 오라고 해. 그렇지 않으면 이 물건 일본으로 갈 수 없어."

직원은 곧장 전화를 걸더니 이철진에게 받아보라며 휴대폰을 내밀었다.

"예. 전화 바꿨습니다. 수원검찰청 이철진 수사관입니다."

이철진이 신원을 밝히자 화가 난 목소리가 들려왔다. 노명현이었다.

"도대체 뭐가 문젭니까? 합법적으로 감정서와 해외반출승인서까지 다 첨부했잖소?"

"절차가 잘못됐다는 게 아니라 내용물에 대한 첩보가 있어서요."

"난 바빠서 거기까지 갈 수 없어요. 거 내 물건도 아니고 잠시 맡아 있다가 심부름한 것뿐이니 확인하고 문제가 있다면 연락 주시오."

통화는 짤막하게 끝났다. 휴대폰을 돌려주며 이철진이 말했다.

"노명현이 자기 물건 아니라고 잡아떼는데요?"

"우선 물건이나 확인해 보자구."

정운은 관세청 직원에게 신분을 밝히고 문제의 상자를 개봉하여 확인할 것을 요청했다. 화주를 대신해서 화물수탁인의 입회하에 상자를 개봉하였다. 상자 속에는 충격을 대비한 듯 완충장치를 한 또 다른 상자가 있었다. 상자를 열자 스티로폼과 여러 겹의 비닐로 포장된 커다란 백자항아리가 나왔다. 벽화 조각이 나오길 기대했던 정운의 눈가에 실망의 빛이 서렸다. 두 자는 넘어 보이는 묵직한 백자 항아리였다.

"좀 도와주세요."

공항에 파견된 문화재 감정관이 흰 장갑을 이철진에게 주며 말했다. 이철진과 직원이 조심스럽게 상자에서 항아리를 꺼내 좌대 위에 올려놓았다. 백자항아리가 좌대에 놓이자 주변에 있던 사람들이 물건이 신기한 듯 모여들었다. 항아리에는 커다란 머리를 가진 용이 다리를 집고 선 모습이 선연히 드러났다. 구경하던 사람들의 눈이 휘둥그레지며 감탄 소리도 나왔다. 문화재 감정관이 제출된 감정서와 물건을 대조하고는 이상이 없다고 했다.

"감정서에 적힌 대로 '백자청자운룡문대호'가 맞습니다. 이런 백자항아리는 가격이 세서 정교하게 만들어진 모조품도 많아요."

정운은 머리를 갸웃했다. 노명현이 가품을 일본으로 매매한다는 것이 이상했다.

“어디 감정서 좀 볼 수 있을까요?”

감정사가 보여준 서류에는 가품임을 증명하는 노명현의 사인이 적혀 있었다.

“이런 물건 시중 유통가격이 얼마나 됩니까?”

“이게 진품이라면 부르는 게 값이죠. 아마 몇 십 억 갈 걸요? 모조품도 기 백만 원대에요.”

“혹시 진품을 보신 적이 있습니까?”

“어디 있다는 소린 들었지만 아직 본 적 없습니다.”

구경을 하던 사람 가운데 돋보기를 가지고 이리 저리 살피던 중절모를 쓴 사람이 앞으로 나서며 말했다.

“이거 진품이 맞습니다.”

순간 주변 사람들이 술렁이며 시선이 한 군데로 모였다.

“이건 지난번 모 박물관에서 도난당한 물건 같습니다. 18세기 궁궐의 용상 옆에 쌍으로 놓였던 국보급 문화재입니다. 이런 물건은 너무 커서 옛날엔 한꺼번에 만들기가 어려웠습니다. 그래서 위와 아래를 따로 만들어 붙였지요. 그래서 위아래가 완전한 대칭이 아니고 어그러졌거나 굴곡진 모습을 보실 수 있습니다. 자세히 보면 붙인 흔적이 보입니다.”

중절모를 쓴 사람의 말에 사람들이 놀라며 눈을 가까이 대고 흔적을 확인하려고 했다. 그러자 이철진이 막아섰다.

“아 이러면 물건이 다칩니다. 나중에 구경할 기회를 드릴 테니 물러서서 이 박사님 설명 마저 들읍시다.”

사람들이 한 발자국씩 물러서자 중절모를 쓴 박사가 말을 이었다.

“이 물건은 일명 오족용준(五足龍樽)이라고 합니다. 아직까지 공개된 것은 11개인데 그 중 하나인 것으로 보입니다. 여기 보시면 용의 발이 다섯 개라 해서 붙은 별칭입니다. 당시에는 다섯 개의 발을 가진 용은 임금을 상징했기 때문에 도공들은 다섯 개의 발을 가진 용을 허가 없이 그리지 못했습니다. 조선시대에 이 항아리는 궁중에서 담은 술을 채우고 과거 시험을 보고 급제한 사람에게 임금이 직접 술을 떠서 하사를 했다는 기록이 있습니다. 평상시에는 용상 옆에서 계절마다 피는 꽃을 담아두는 화병의 역할을 했지요. 자 함부로 볼 수 없는 귀중한 보물이니 질서를 지키어 차례차례로 구경들 하세요.”

박사의 감정이 끝나자 모여 섰던 사람들이 환호하며 박수를 쳤다. 사람들은 줄을 서서 질서를 유지하며 좌대에 놓인 물건에 눈을 가까이 대고 신기한 듯 감상했다. 조금 전까지 옆에 붙어서 설명을 듣던 심부름센터 용역 직원을 찾았으나 보이지 않았다.

“이봐 이 수사관. 저 담당 감정관 임의동행해서 배후를 캐고, 노명현이 출국금지 요청하고 수색영장 청구해.”

전화 벨 소리가 들리자 이정식 부장이 수화기를 들었다. 그러나 시간이 흐를수록 전화를 받는 이 부장의 얼굴이 굳어지면서 이마에 주름살이 선명하게 드러났다.

“아 글쎄, 왜 지시 안 했겠습니까? 거 요즘 젊은 검사들 제 마음에 들지 않으면 상관에게 대들기 일쑵니다. 예전 같지 않아요. 예. 알겠습니다. 신경 써서 처리하겠습니다.”

통화를 마친 부장은 왼손에 전화기를 든 채 인터폰 버튼을 눌렸다.

“거 오정운 검사. 좀 들어오라 그래.”

‘알겠습니다’라는 부속실 직원의 소리가 들렸다.

응접용 소파에 앉아 신문의 타이틀을 훑어보는데 오 검사가 들어왔다. 이 부장은 신문을 접어 한 쪽으로 밀쳐놓으며 말했다.

“그리 앉아. 결재 올라온 것 봤네.”

“급합니다. 그 자식 어디로 튈지 모릅니다.”

“자네 내 지시 무시하는 건가?”

부장의 말에 그제야 정운은 이상한 분위기를 감지했다.

“무시하는 게 아니고, 조사해보니 그냥 넘어갈 사건이 아니라서 말입니다.”

이 부장은 물러서지 않고 다그치듯 말했다.

“왜 허튼 데 힘을 쓰냐 말이야?”

정운은 여기서 밀리면 안 되겠다는 생각이 들었다.

“진품을 가짜로 감정해 국보급 문화재를 해외로 반출시키려는 걸 막는 것이 왜 허튼 일입니까?”

“자네 노명현이 건드려서 득이 될 게 뭐야?”

정운은 부장검사가 정치적인 야심이 있다는 것을 이미 알고 있었다. 며칠 전 써니에서 부장검사를 만났을 때 정치적 커넥션의 일부를 확인도 했다. 그리고 김주현 살인사건을 조용히 덮으라고 했을 때 뒤에서 노명현이 장난치고 있다는 감도 잡았다. 그래서 단도직입적으로 물었다.

“부장님, 혹시 노명현이한테 약점 잡힌 것 있습니까?”

부장이 얼굴을 붉히며 목소리를 높였다.

"상관에게 무슨 말을 그 따위로 해?"

정운은 정곡을 찌르는 말에 부장이 역정을 내는 것으로 보아 상당히 긴밀하게 엮인 사이란 걸 눈치챘다.

"아니면 왜 유독 노명현을 봐주려고 하십니까?"

"이봐. 그건 내 생각이 아니라 상부의 지시야."

정운은 그럴 줄 알았다는 듯이 다그쳐 물었다.

"상부라면 어느 선을 말하는 겁니까?"

정운이 지지 않고 캐묻자 부장은 어이없다는 듯이 썩은 미소를 지으며 차분해졌다.

"자네 사회 공부를 더 해야겠구만. 이봐, 오 검사, 자네 젊은 패기와 정의사회 구현 의지 다 좋아. 하지만 우린 국가 공무원이기 때문 위계질서를 존중해야 하고 그래서 상부의 방침을 수명해야 할 의무도 있는 거야."

"전 그 말에 동의 할 수 없습니다. 공무원에겐 잘못된 명령을 거부할 권리도 있습니다. 검찰은 정의의 최후 수호자라고 생각합니다. 우리가 눈 감으면 세상은 불법자들이 활개를 칠 것이고, 우리를 믿는 국민은 기댈 곳이 없습니다. 검사는 붑법자들로부터 국민의 재산과 생명을 보호할 의무도 있는 것이고…."

정운의 말이 설득조로 변하자 이정식이 말을 잘랐다.

"포청천 나셨구만, 오 검. 자네만 정의의 수호자야? 정의라는 것이 어느 날 아침에 불쑥 생겨난 것이라고 생각해?"

"하지만 국가의 재산을 해외로 빼돌려 자기 배를 채우는 나쁜 놈들. 결코 눈 감아 줄 수 없습니다."

"노명현이 어떤 놈인 줄 아나?"

"압니다. 국가와 민족은 안중에도 없고 제 잇속이나 챙기는 쓰레기 같은 악질이죠. 내 검사직을 걸고라도 그놈 반드시 쳐 넣겠습니다."

정운이 강경하게 나오자 부장은 부드러운 목소리로 설득하려 했다.

"그자를 쉽게 보지 마라. 영장을 청구했다고 그 자가 잡혀 들어갈 것 같애? 설령 잡혀 들어가더라도 금방 풀려나오고 말아. 지금까지 한두 번이 아니란 말야."

"부장님만 믿어주시면 전 자신 있습니다. 김주현 사건 원한관계의 단순한 사건이 아닙니다. 벌써 여러 사람이 죽어나가고 있어요. 우리 민족혼과도 연관 있는 국부 유출사건입니다."

"그걸 어떻게 단정해? 증거 있어?"

"예. 있습니다. 거기에 정문휘가 개입되어 있는 증언도 얻어냈습니다."

정문휘라는 말에 부장의 표정이 굳어졌다.

"이봐, 오 검. 정 의원장은 연루시키지 마라."

"왜요, 직권을 이용해서 사익을 챙긴 놈을 왜 그냥 두란 말입니까?"

오정운의 의지가 확고한 것을 안 이정식도 더 이상 말릴 수 없는 상황이라는 것을 알고 태도를 바꿨다.

"글쎄 확실한 증거를 갖고 하란 말이야. 국회의원 잘못 건드렸다가 곤욕 치르는 게 한두 번 아니야. 그가 심윤수 대표와 각별한 사이라는 거 알지? 심 대표가 대권 잡으면 크게 한 자리 할 사람이라구"

정운은 정문휘가 심윤수의 패거리 일심회 회원이라는 것도 못마땅했다.

"그렇다면 더더욱 안 되죠. 새 정부는 깨끗한 인물로 채워져야 할 것 아닙니까? 이참에 격리해야 합니다."

"헌데 고구려 벽화 확실한 거야?"

"그걸 목격한 사람이 김주현 교숩니다. 증거도 확보했습니다. 이러면 결과는 뻔하잖습니까? 도둑질한 자와 도둑맞아도 발설 못하는 자, 그걸 숨기려는 자와 밝히고자 하는 자, 팔아먹으려는 자와 매입한 자. 그들 간의 쫓고 쫓기는 가운데 김주현 교수와 벽화의 유통에 관계했던 자가 희생된 겁니다."

"좋아. 일단 결재는 하겠지만 영장이 발급된다는 보장은 없어. 하지만 하려면 확실하게 증거를 잡고 해. 노명현이 어디까지 선을 대고 있는지는 나도 몰라."

부장검사실을 나오면서 정운은 세상 살아가는 것이 '선(線)'이라는 걸 실감했다. 다른 말로 끈이고 연(緣)이다. 그래서 정치적 인간들은 혈연, 지연, 학연이라는 것을 목숨 걸고 붙잡으려 하고, 인연이라는 것을 의도적으로 만들려고 줄을 댄다. 그러나 그것이 끈끈하게 맺어진 정이라면 모를까 인연을 돈으로 사려는 자, 권력을 돈으로 쟁취하려는 자들이 항상 문제를 일으켰다. 권력을 쥐려면 돈과는 멀어져야 하는데 권력을 쥔 자들에게는 항상 장사꾼들이 들러붙게 마련인 모양이다. 돈이 있어야 높은 자리에 오르고 높은 자리에 오르면 그 돈 때문에 망신을 당하는 꼴을 국회 인사청문회에서 다 드러나지 않았는가.

임진왜란을 승리로 이끈 조선 선조 때의 정승 유성룡은 기득권자들의 모함을 받아 삭탈관직당해 낙향하는데 먹을 것이 없어 굶을 정도로 청빈했다. 헌데 청문회에 나와 총리, 장관이 되겠다는 대부분의 인사들이 위장전입에 다운계약서 작성, 논문 표절, 병역 기피 등 사익을 위해 온갖 죄악을 서슴지 않고 저질렀다. 그런데 그게 당시의 관행이었다는 그들의 변명이 더 가소로웠다. 관행이라는 게 뭔가? 남들도 도둑질을 했으니 그 까짓 거 범죄도 아니라는 뜻인가? 그렇게 못한 사람이 바보란 말 아닌가? 그런 인사를 적격자라고 추천한 사람이나 옹호하는 국회의원들은 또 어떤가? 털어서 먼지 안 나는 사람 없다고 항변하는 꼴이다.

'명예욕과 금욕은 모든 악의 원천'이라는 독일 속담이 있다. 남 앞에 나서려는 사람은 특히 금욕(金慾)에 있어서 자기 관리가 철저하지 않으면 한 순간에 망신을 당하게 된다는 걸 정운은 검사가 된 후 정치와 연루된 사건을 다루면서 절감했다.

불가에서 속인이 출가를 하려면 모든 것을 내려놓아야 한다. 이를 흔히 방하착(放下着)이라 하는데, 마음속에 있는 집착, 번뇌, 욕망, 원망, 의심 따위를 벗어 던지라는 뜻이다. 여기서 착(着)이란 세상에 나서 얻은 것이지만 저승으로 가지고 갈 수 없는 재물이나, 명예, 권력, 지식에 대한 탐욕이나 오욕칠정을 비롯한 유무형의 가치를 의미한다.

어느 날 한 스님이 탁발을 위해 산길을 내려오는데 비탈 아래서 '사람 살려요'라는 소리를 들었다. 급히 다가서서 보니 한 맹인이 나뭇가지를 붙들고 매달린 채 구원을 요청하는 것 아닌가. 스님은 가만히 상황을 살피고는 잡은 것을 놓으라고 했다. 그 말을 들은 맹인은 살려달라고 했더니 날 죽일 셈이요. 하고 화를 냈다. 그러나 스님은 그 나뭇가지를 놓아야 살 수 있다고 했다. 맹인은 자신을 죽이려한다고 말을 듣지 않고 한참을 매달려 있다가 힘이 부쳐 잡은 것을 놓게 되었는데 천 길 낭떠러진 줄 알았던 아래가 겨우 사람의 키 정도였다. 처음부터 스님의 말을 들었으면 고생도 않고 사뿐하게 착지할 수 있었겠지만 아집 때문에 피가 마르게 스트레스 받고 엉덩방아를 찧고 다치게 된 것이었다. 범부는 한번 잡은 것을 내려놓기가 어렵다. 말고삐를 잡으면 말을 타고 싶고, 말을 타면 하인을 부리고 싶은 게 인간의 욕심이니까. 정치에 나서려는 이정식 부장에게 꼭 들려주고 싶은 말이었다.

11
국강상광개토경평안호태왕비

유심은 선양(沈陽) 공항 입국장에 도착해서 이일석에게 전화를 걸었다. 인천공항을 떠나기 전 통화를 하면서 인터넷으로 예약해 놓은 호텔 커피숍에서 만나기로 약속을 했었다. 헌데 출발이 지연되고 입국 수속이 지체되고 있어서 약속 시간을 다음날 아침으로 바꿨다.

이일석의 말대로 공항의 입국 수속은 매우 더디게 진행되었다. 야간인데도 각국의 비행기가 연이어 도착했고 거기서 쏟아져 나온 사람들로 입국장은 붐볐다. 기내에서도 그랬지만 내국인(內國人) 전용 수속 게이트로 몰려가면서도 중국인들의 대화 소리는 매우 크고 소란스러웠다. 외국에서 온 입국자들은 줄을 지어 차례를 기다리며 불평을 하고 있었지만 군복 유니폼을 입은 공항 직원들은 바쁠 것이 없다는 듯이 저들끼리 깔깔거리면서 근무를 했다. 입국 수속을 마치고 짐을 찾는데도 한참이나 걸렸다. 화물을 옮기는 수레차도 있지만 직접 수동으로 운반한다. 일을 기계가

다 해버리면 넘쳐나는 사람들 일자리가 없어지기 때문이라는 데는 일면 수긍도 갔지만 관광지로서 관광객을 위한 편의제공과는 거리가 멀다.

늦은 시간 호텔에 체크인을 하고나니 자정이 지나 있었다. 따뜻한 물로 샤워를 하니 온갖 촉수가 긴장이 풀렸는지 피곤이 몰려왔다. 방이 좀 춥다고 생각되었지만 유심은 이불을 머리 위까지 올리고 잠을 청했다. 얼마를 잤을까 비몽사몽간에 전화 벨 소리가 들렸다. 눈을 떠보니 닫아놓은 커튼 사이로 햇살이 숨어들고 있었다. 이일석일 거라 생각하고 휴대폰 케이스를 여니 '오 검사'라는 이름이 화면에 떴다. 유심은 얼른 일어나 앉아 헛기침을 내어 목소리를 가다듬고 나서 부드러운 음색으로 전화를 받았다.

"어머, 오 검사님, 이 아침에 어쩐 일이세요?"

"좋은 아침. 식사는 했소?"

유심은 짐짓 경쾌한 목소리로 위장했다.

"그럼요. 지금 몇 신데요. 지금 막 화장 끝내고 방을 나가려던 참이에요."

"이 사장하고 약속 아홉 시 아뇨?"

"그걸 어떻게 아세요?"

"대한민국 검사가 알려고 하면 모를 게 있겠소? 준비 다됐으면 로비로 내려와요. 커피 한 잔하게."

유심은 화들짝 놀라 저도 모르게 침대에서 벌떡 일어섰다. 테이블 시계를 보니 여덟 시가 가까워 오고 있었다.

"지금 중국에 와 계신 거예요?"

"고 기자보다 먼저 도착했지. 커피숍에서 기다리겠소."

"아니요. 잠깐만요. 실은··· 시간 좀 걸려요."

갑자기 정운의 통쾌한 웃음소리가 들렸다.

"내 그럴 줄 알았소, 식당에서 아침 먹으며 한 시간을 기다렸는데 안 보이더군, 아침 먹고 약속 시간 맞춰서 천천히 내려와요."

통화가 끝나자 갑자기 아랫배가 묵직해지며 변의가 몰려왔다.

유심은 간단한 화장품 세트와 카메라를 넣은 가방만 짊어지고 내려왔다. 커피숍은 프런트 맞은편에 있었다. 입구에 들어서니 유리창 옆 좌석에서 정운과 이일석이 이야기를 나누고 있는 모습이 보였다. 정운은 무엇이 우스운지 얼굴 가득 미소를 띠고 다가서는 유심을 향해 손을 흔들었다. 앞에 앉은 사람이 일어나 인사를 했다. 검은색 양복 차림으로 짧게 깎은 머리에 무스까지 바른 깔끔한 인상이었다.

"고 부장님 맞으시죠? 이일석이라고 합니다."

일석은 윗주머니에서 명함을 꺼내 건넸다. 유심은 악수를 하면서 명함을 바라보았다. 중국전문여행사 '니하오 선양지사장'이라고 박힌 글자가 눈에 들어왔다.

"어서 와요. 우린 커피 마셨어요. 마실 것 한 잔 시켜요."

정운이 능글맞게 웃으며 말했다. 유심은 그런 정운이 얄미워 눈을 살짝 흘겼다.

"순 엉터리."

"엉터리라니. 내가 하는 일을 당신한테 다 보고 할 이유는 없지 않소?"

"그래도 여기 온다는 귀띔은 했어야죠."

“이래야 더 반가운 거 아닌가?”

말을 마치고 정운은 재미있다는 듯이 깔깔거렸다. 허나 그 웃음이 밉지만은 않았다. 샤워를 하고 화장을 하는 내내 그와 함께하게 될 시간들에 대한 기대감에 가슴이 콩닥거렸었다. 그러나 유심은 짐짓 고개를 창가로 돌리며 중얼거렸다.

“흥, 얄미워.”

분위기가 이상해짐을 눈치 챈 일석이 끼어들었다.

“차 안 하세요?”

“아뇨, 아침 먹으면서 했어요.”

“그럼 본론으로 들어가죠. 전화로 말씀 드렸다시피 김 교수님이 방문했던 곳은 아무도 모릅니다. 그 당시 안내했던 중국인은 당국에 발각되었는지 연락이 안 되구요. 저도 그 일 때문 한동안 숨어 지냈습니다. 지난 번 삼실총 도굴 사건 때도 네 명을 사형시키고 얼른 일을 종결하고 쉬쉬 했었는데, 새로운 무덤에서 도굴이 발생하자 공안부에서 난리가 났습니다. 다행히 외부로 알려지지 않은 채 일이 종결되어 다행입니다만 분명히 김 교수님에게도 사전 위험한 일이라고 말씀드렸거든요. 헌데 열정이 워낙 대단하셔서… 설마가 사람 잡은 꼴이 되었군요. 정말 안 되었습니다.”

정운이 깊게 한숨을 쉬고 나서 입을 열었다.

“그런데 비밀스럽게 행한 일이 어떻게 공안에서 알게 되었소?”

“다 주변에서 시기해서 찌른 거지요. 갑자기 큰돈이 생기면 거들먹거리며 씀씀이가 헤퍼지잖아요. 누군가 신고해버린 겁니다. 그런데 김 교수님의 인적 사항은 아무도 모르는데 어떻게 공안에 의해 살해되었는지 이해가 안 갑니다."

"요즘 한국에선 개인 신상 터는 것쯤 아무 것도 아닙니다. 이해관계 있는 사람이 손 안대고 코 풀려고 공안에 정보를 제공했겠지요."

"그럼 노명현이?"

유심의 말에 정운은 고개를 저으며 추리를 계속해 나갔다.

"아니, 개인의 첩보보다 중국과 긴밀히 통하는 정보라인이 움직였을 가능성이 커요."

"그게 누구에요?"

"아직은 속단할 수 없소. 벽화의 행방을 좇으면 다 밝혀지겠지. 헌데 김 교수가 보았다던 왕릉의 대략적 위치 정보도 알 수 없습니까?"

"제가 알았다면 살려 뒀겠습니까? 끝까지 추격해서 근거를 없앴겠지요."

두 사람은 서로를 바라보며 허탈해 했다. 그러자 일석은 고개를 돌려 주변을 살피고 나서 목소리를 낮춰 말을 이었다.

"소문에 의하면 알려지지 않은 고대 무덤이 많대요. 거기서 도굴된 벽화들도 중국 당국에서 비밀리에 수거해 어딘가 보관하고 있답니다. 그게 중국의 고대사와 연관 있는 민감한 문제기 때문 이런 이야길 하는 것조차 금기시 하고 있어요. 사방에 끄나풀들이 쫙 깔려 있어서 벽화에 관심을 가진 사람을 고발하면 상금도 주고 그런답니다."

유심과 정운이 동시에 주변을 살폈으나 손님이라고는 멀리 떨어진 테이블에 신혼부부 한 쌍이 앉아서 다정스레 커피를 마시며 담소하고 있을 뿐이었다. 그것을 동시에 보고 있는 자신들이 이상했던지 두 사람은 눈을 마주치고는 눈웃음을 지었다.

"그렇다고 여기까지 왔는데 그냥 돌아갈 수도 없고 어떡하죠?"

유심이 걱정스런 표정으로 정운을 바라보는데 일석에게 물었다.

"혹시 경비행기 빌릴 수 있소?"

유심은 의아한 시선으로 오정운의 입만 바라봤다.

"돈만 있으면 안 될 것 있나요? 어디까지 가실 건데요?"

"서안 상공을 봤으면 해요. 거긴 외국인 출입금지 구역이라는데 항공여행은 가능하겠죠?"

"알아보겠습니다. 잠깐만요."

일석은 자리를 옮겨 전화를 걸었다. 유심은 서안이라는 말에 호기심이 당겼다.

"서안에는 왜요?"

"나도 역사 공부 좀 했소. 비행기 타고 오랜만에 데이트도 할 겸."

데이트라는 말에 유심이 고개를 돌리며 배시시 미소를 지었다. 통화를 끝낸 이일석이 돌아왔다.

"회사에 연락해서 가능한 될 수 있는 쪽으로 알아보라 했습니다."

이일석은 두 사람을 지프차에 태우고 지안(集安)으로 향했다. 헌데 지안으로 가는 과정에 문제가 생겼다. 구절양장처럼 펼쳐진 산길인데 며칠 전 관광버스가 낭떠러지로 추락해 많은 사상자를 내서 보수 공사 때문 통행이 금지됐다는 것이다. 할 수 없이 먼 길로 돌아가야 해서 오후 늦게야 지안에 도착했다.

"고구려 2대 유리왕은 기원전 3년 도읍지를 졸본성에서 국내성으로 옮겼는데, 여기 지안이 국내성입니다. 남쪽으로는 압록강, 서쪽으로는 통구하(通溝河)까지 산으로 둘러싸인 동서 10km, 남북으로 5km에 달하는 분지입니다."

일석이 달달 숙지된 내용을 풀어놓는데 유심이 중간에 끼어들었다.

"졸본성과 국내성의 위치에 대해서는 이론이 많아요. 기원전 37년에 추모왕, 우리에겐 동명성왕으로 알려졌죠. 그 추모왕이 세운 졸본성 또는 홀본성이 환인의 오녀산성이라고 하는데 문헌에 의하면 하북성 진황도시 노룡(盧龍)에 있었다고 주장하는 학자도 있어요, 국내성의 위치도 지안이 아니라 창려(昌黎)로 비정하기도 하고요. 여하튼 이 집안에 왕과 귀족 묘들이 많은 것으로 보아서 고구려 시대 도읍지였던 것만은 확실해요."

"제가 괜히 번데기 앞에서 주름잡았군요."

이일석이 머쓱해 하며 발길을 재촉했다. 주차장에서 조금 걸으니 누각이 나타났고 사진에서 보았던 소위 광개토태왕비가 그 안에 있었다. 유심이 카메라를 꺼내자 누각을 지키고 있던 안내원이 촬영금지라며 만류했다. 정운은 높다란 비석의 위용을 보고 감탄했다.

"대단한데. 이게 1600년을 굳건하게 견뎌온 비문이란 말이지?"

"일본이 역사를 왜곡하려 해서 수난을 받은 비석이죠."

"어떻게 그런 짓을. 그게 가능이나 한 얘긴가?"

유심은 역사학자답게 알고 있는 지식을 자근자근 풀어놓았다.

"일본은 조선 침략의 구실을 만들기 위해 한반도가 옛날 자신들이 통치하던 나라라고 주장했는데 근거가 없었죠. 사실 3세기 후반(266)부터 5세기 초(413)까지 신뢰할 만한 중국 사서에서도 왜에 대한 역사적 기록이 일체 없다는 것은 일본 학자들도 인정하고 있어요. 그 당시는 일본 호족들 간에 각축 상태였기에 조공이나 국제관계를 맺을 수 없었으니 당연히 중국문헌에 남지 않은 것이죠. 일정한 틀을 갖춘 고대국가가 없었다는 말이지요. 그런데 만주를 점령하던 1882년에 광개토태왕비가 발견된 겁니다. 거기에 왜(倭)라는 글자가 나오는데 그것을 일본이라 해석한 건데 이도 확실치 않아요. 왜는 가야 지역에 살던 백제 또는 가야의 재건을 위해 활약했던 유민들을 지칭하는 말이라는 학설도 있어요. 하여간 일본은 4세기에서 7세기까지 기록이 없으므로 고분으로 역사를 추적하는 고분시대로 칭하는데, 마침 광개토태왕비에 왜(倭)라는 글자가 새겨졌음을 발견하고서 이 비문에 석회를 발라 조작했죠."

장수왕이 광개토대왕 사후 15년만인 427년 도읍지를 평양(遼陽, 랴오양)으로 옮기면서 지안(集安)은 함부로 드나들 수 없는 금봉(禁封)의 땅이 되었다. 그래서 고구려의 후손들도 1500여 년 동안 거기에 비가 있었다는 사실마저 잊었다.

비석은 세월의 무상함을 고스란히 간직한 채 풀과 이끼에 묻혀서 형체를 알아볼 수 없는 형태로 변해 갔다. 그렇게 방치되었던 비석이 1882년 그곳을 지나던 중국인 문사 왕언장(王彦莊)이라는 사람에 의해 발견되었는데 그도 처음 보는 글자여서 도저히 해석하기가 어려웠다. 그래서 그는 알고 지내던 만주 출신 문사 영희조봉(榮禧篠峰)에 비석을 보여주었고 그가 풀과 이끼를 벗겨내고 탁공 시켜 찍어낸 탁본문을 해독한 결과 광개토태왕비임을 확인했다. 영희조봉은 이 사실을 당시 만주를 점령하고 있던 일본군 정보참모 사코이 가게야키(酒匂景信) 소좌에게 알렸고 그는 비를 불질러 잡초를 제거하고 탁본문을 확보했으나 역시 해독이 불가했다. 하지만 영희조봉을 매수하여 개요를 알게 된 사코이 소좌는 깜짝 놀랐다. 비문에 왜구가 등장하는데 일본의 고대역사를 기록한 『일본서기』의 임나일본부설이 허구임이 드러났기 때문이다. 그래서 사코이 소좌는 비 전면 일부 글자에 석회를 발라 변조하였고 쌍구가묵본(*비에 한지를 붙이고 붓으로 글자의 테두리 그려내고 공간에 먹을 칠하는 방법으로 탁본과는 근본적으로 다르다)을 만들어 일본으로 가져갔다.

그리하여 일본은 석비문을 자기들에게 유리하게 해석한 후 1889년 5월 3일 아세아협회가 발행하는 『회여록(會餘錄)』 제5집에 요코이 다다나오(横井忠直)라는 사람이 광개토태왕비석문을 처음 발견했다고 발표했다. 이를 통하여 그들이 말하는 소위 임나일본부설, 즉 일본이 5세기경부터 한반도를 지배했다는 사실을 확정지으려 했고, 이에 매수당한 중국학자들이 일본 학술대회에서 일본 해석문을 지지한다고 발표했다.

한편 진실을 알고 있는 영희조봉은 비문이 조작된 사실을 알리려고 했다. 하지만 일본은 만주 침탈을 합법화하기 위하여 석비문은 전서, 예서, 고체, 변체 등 혼용했기 때문 누구도 해석할 수 없다고 주장했다. 일본은 영희조봉을 미친 사람이라고 매도했고 그가 제시한 근거를 소설 쓰고 있다고 호도하는 한편 간첩 누명을 씌워 중국 학계에서 매장했다. 결국 영희조봉은 실의에 빠진 나날을 지내다가 1908년 쓸쓸히 죽음을 맞이했다.

대한제국 홍문관은 1903년 일본 정보원의 제공으로 이 자료를 입수했다. 이를 검토한 결과 탁공들의 조작으로 오류와 탈자가 생기는 등 이상스런 부분이 많았다. 특히 백제와 신라가 고구려 속국으로 설명되어 있었고 석비를 고씨 부족의 유물로 처리된 게 이상했다. 찬집위원들과 홍문관 사관들이 이를 확인하기 위해 현지 파견을 요청했으나 책임자인 법무대신 박용대는 이를 묵살했다. 철저하게 친일하여 법무대신까지 오른 박용대(*그는 한일병합늑약 뒤 남작 지위를 받았다)가 이를 승인해 줄 리 만무했다. 이에 격분한 홍문관 사관이던 김택영이 사직서를 내고 중국으로 건너갔다. 김택영은 영희조봉을 만나 석비문 자료를 수집하고 본격적으로 연구한 결과 『회여록(會餘綠)』에 실린 자료가 위작임을 알았다. 현장의 석비를 확인한 결과 발라놓은 시멘트가 떨어지는 것을 발견했다. 김택영은 훼손되기 전 석비문을 완전 해독하여 기술한 『한국역대소사』를 1922년 발간하여 대한제국에 보냈다. 그러나 이를 받아본 조선총독부는 이를 불온도서로 분류하여 사고에 보관하고 공개하지 않았다. 현재 광개토태왕의 석비문 탁본집은 북경대학에 8질이 있으며 그중 정탁본은 3점으로 알려지고 있다.

중국은 1904년 러 · 일 전쟁 후 회인(懷仁)에 주둔한 일본 병참

감 오겐(大原) 소좌에게 비문 해독문을 기증했고 1908년 일본 박물관에서 태왕석비문 해독 귀중본을 해석문과 함께 대량 인쇄하여 배포함으로써 한국 지식인들도 비로소 비문의 존재를 확인하게 됐다. 당시 환인 지역 동창학교 교사였던 신채호는 이 소식을 늦게 듣고 1914년 지안시의 유적을 답사하여 『조선상고사』에 기록을 남겼다.

조작된 석비 해독문을 근거로 일본 학자들은 일본 고대사에 고칠 게 없다고 말했다. 그러나 일본이 비문을 훼손하여 왜곡한 부분을 보면 그들의 주장이 얼마나 허황된 것인지를 알 수 있다.

크게 문제가 된 부분은 신묘년 기사(辛卯年記事)와 경자년 기사(更子年記事)의 해석이다.

百殘新羅 舊是屬民 由來朝貢 而倭以辛卯年來渡海 破百殘 隨破新羅 以爲臣民

백잔신라 구시속민 유래조공 이왜이신묘년래도해 파백잔 수파신라 이의신민

이 문장을 일본은 '백잔(백제)과 신라는 예부터 속민으로서 조공을 바쳐왔다. 그런데 왜가 신묘년(391)에 바다를 건너와 백잔(백제)과 신라를 파하고 신민으로 삼았다'고 해석했다. 신묘년은 부친인 고국양왕이 죽고 영락대왕(광개토태왕)이 왕위에 오른 해이다. 이에 대해 선문대 이형구 교수는 '지금 일본이 '제1의 국보'로 최고의 사료로 여기는 광개토태왕릉비의 쌍구가묵본(*동경국립박물관 소장)의 비문의 문자는 서법이나 서예의 운기(韻氣)가 하나도 없는 모두 인공적인 도안문자(圖案文字)이며, 이 인위적인 문자 뒤에 역사 왜곡이 도사리고 있다'고 반박했다.

이른바 신묘년 기사(辛卯年記事)와 경자년 기사(更子年記事)의 해석을 예로 들면서 일본의 어용학자들이 광개토태왕의 업적을 고의로 왜곡해 역사에도 없는 사건들을 허위로 만들어 왜의 전공(戰功)인 것처럼 의도적으로 조작한 것이다.

신묘년 기사의 서법(書法)에 대해 논증한 결과 '이왜(而倭)'의 '왜(倭)'는 '이후(以後)의 후(後)자를 왜(倭)자'로 조작한 것이고, '래도해(來渡海)'는 '불공인(不貢因)'을 바꿔 놓은 것이다. 때문에 신묘년 기사는 '백잔(백제)과 신라는 예로부터 (고구려의) 속민으로서 조공을 바쳐왔는데, 그후 신묘년(391)부터 조공을 바치지 않으므로 (광개토대왕은) 백잔(백제) · (왜구) · 신라를 파하여 이를 신민으로 삼았다'로 해석해야 한다고 했다.

백잔(百殘)은 '새벽의 별무리'라는 뜻으로 작은 조선을 뜻한다. 헌데 백제를 왜 백잔이라고 낮추어 불렀을까? 이는 당시의 고구려와 백제의 관계를 이해하면 쉽게 알 수 있다. 광개토태왕의 조부는 고국원왕이다. 고국원왕 때 후연은 고구려를 공격하여 승리하자 그의 부친인 미천왕의 무덤을 파헤쳐 시신을 가져갔다. 그게 후연과의 악연이 되었고 광개토태왕은 후연(현 북경지역)을 수차례 공격하여 정벌하게 된다. 그리고 후연이 멸망하고 북연이 들어서는데 고구려의 후손인 고운이 왕이 됨으로 건국을 축하하며 사이가 좋아졌다. 한편 백제와도 여러 번 전투를 벌이게 되는데 이 싸움 중에 고국원왕이 죽었기 때문에 불구대천지 원수가 되어 백제를 정벌하여 속국으로 만들었다. 그래서 백제를 백잔이라고 불렀다. 또한 신라(新羅)라는 명칭도 '새 터에 조상을 기린다'는 의미이고, 고구려(高句麗)라는 국명도 '조상의 얼을 빛낸다'

는 뜻을 담고 있다. 여기서 속민(屬民)은 귀속된 백성이 아니라 '권속과 동족구민'이라는 뜻이다. 이를 훼손되기 전 원문대로 해석하면 다음과 같다.

'백잔과 신라는 예전부터 이곳에 살았던 권속과 동족이니 조공하는 풍습을 지켜왔으며 왜는 신묘년부터 해마다 조공을 가지고 바다를 건너왔다.'

연래도해(年來渡海)까지가 조공편이고 파백잔(破百殘) 다음은 백잔토벌편의 각각 독립된 문단의 문장인데 일본에서 하나의 문장으로 조작했다.

조공편의 글자 99자 중 마지막 21자가 백제, 신라와 왜가 고구려에 조공하는 관계를 확실하게 매듭지은 문장이다. 광개토태왕은 즉위한 지 5년(乙未)째 해에 옛 조선 땅을 무단 점령하고 조공을 하지 않는 거란의 비려왕(碑麗王)을 죽이고 부족을 복속시켰으며 옛 조선지역을 두루 평정하고 돌아왔다는 조공편 문장의 말미에 6년 전의 일을 추기(追記)했다. 즉 신묘년 3월에 고국양왕이 죽고 광개토태왕이 즉위한 원년에 백잔과 신라, 고구려는 같은 권속끼리 지켜온 풍습대로 조공관계를 유지하고 있음을 문장에서 확실하게 표현했다. 이때에 때마침 왜도 조공을 가지고 왔으므로 신임이 두터워지고 평화로웠다는 회상의 문장이다.

광개토태왕은 백잔을 토벌하기 위해 6년 전 삼국관계를 설명한 것이며 그때에 이미 왜가 조공을 하였음을 상기시켰다. '신묘년으로부터 6년이 지난 그래서(以) (8년 째인) 병신년(丙申年)에 (대왕은 몸소) 수군을 몸소 인솔하여 잔국을 토벌하여 (모두) 이롭게 했다.'는 뜻이다.

그런데 일본 학자가 파(破)자를 도해(渡海) 다음에 붙여 신묘년에 (태왕이 왜와 연합하여) 백잔을 파하고 신라를 신민으로 삼았다고 달리 해석했다.(辛卯年 來渡海破百殘 新羅安羅以爲臣民 以六年丙申王躬率水軍討利殘國) 태왕이 무엇이 부족하여 무기도 군대도 없는 왜와 연합하여 백제와 신라를 치겠는가? 이육년(以六年)에서 이(以)는 부터, 써, 그래서 등으로 쓰이는 지시형 부사인데, 일본 학자가 일부러 오독을 한 것이다.

그래서 일본은 '백잔과 신라는 옛날부터 (고구려의) 속국민이라서 조공을 바쳤고 왜가 신묘년에 바다를 건너가서 백잔을 파하고 신라를 신민으로 삼았다. 재위 6년 병신년에 대왕은 수군을 끌고 와서 잔군을 정벌하여 승리했다.'라고 해석했는데 여기에는 신묘년에 왜가 파하여 없어진 백잔을 병신년에 태왕이 또 백잔을 파하고 승리한다는 모순이 있다.

그 당시 일본은 전쟁을 일으킬 무기도 군대도 없었다는 것을 양식 있는 일본 학자들은 인정하고 있다. 이는 이후 태왕릉에서 나왔다는 방울에 새겨진 '신묘년'을 가지고 석비문을 해석하려 했기 때문 생긴 오류다. 중국에 건너가 실제 비문을 목도하고 그것을 해석하여 『한국역대소사』를 발간했던 김택영도 속민과 신묘년이라는 덫에 걸려 문구를 맞춘 래도해파(來渡海破)에 속았고 백잔을 백제의 잔적으로 혼돈했다. 이 신묘년 기사가 중요한 것은 백제와 신라가 과거 일본의 속국이었으므로 일본제국이 대륙과 한반도 침탈의 타당한 근거로 삼았기 때문이다.

또 이른바 경자년(400) 기사에는 '왜가 신라성을 궤멸시켰다(倭滿倭潰)'고 해석했으나, 석회가 떨어져나간 후인 1981년에 찍은 탁본에는 '신라에 침입한 왜구를 크게 궤멸시켰다(倭寇大潰)' 라고 나와 있다. 일본이 역사의 흔적을 바꾸려 광개토대왕릉비에 인위적인 칼질을 자행했다 것은 그들도 자인한 사실이다.

비석을 자세히 살피며 유심이 설명하는데 이일석이 해가 곧 떨어진다고 채근했다. 일행은 조성된 길을 따라 태왕릉으로 걸음을 옮겼다. 앞장서 태왕릉에 접근하던 정운이 놀라 뒤를 돌아보며 분개했다.

"세상에 아니 이럴 수가 있나? 이것 좀 보라고. 어떻게 무너져 내리는 것을 그냥 방치하고 있어?"

내부를 채웠던 주먹만 한 돌덩이들이 마치 파열되어 흘러내린 짐승의 내장 파편들처럼 기단 주변에 제멋대로 뒹굴도록 방치하고 있었다. 정운이 혀를 차며 안타까워하자 이일석이 맞장구쳤다.

"이곳을 찾은 많은 한국 관광객들이 이구동성으로 분개하지만 중국은 귀를 막아버렸어요. 그들은 유네스코 문화유산이라 함부로 건드릴 수 없다는 핑계를 대고 있지만 붕괴되어 사라져 없어지길 바라고 있는지도 모르죠. 아마 우리 정부에서 왕릉 재정비 비용을 대겠다고 해도 거부할 걸요."

정운은 언젠가 영화에서 본 장면이 생각났다. 인간의 만행으로 인해 상처투성이가 되어 처연하게 누워서 숨 넘어 가길 기다리는 공룡의 모습이 떠올랐다. 정운은 저도 모르게 쌍욕을 하면서 돌덩이들을 살폈다. 유심은 카메라로 여기저기를 촬영하다가 정운의 분개하는 모습을 보고서 곁으로 와 태왕릉의 역사에 대해 설명했다.

"태왕릉의 원래 높이는 25m였어요. 헌데 규모가 너무 큰 것을 시기한 누군가 한국인의 자부심을 죽이려고 상단의 돌을 빼내고 일부러 훼손한 거죠. 현재는 15m의 높이에 밑변길이 64m나 돼요. 이것을 처음에 중국에서는 장수왕 묘, 또는 광개토태왕 묘로 불러왔으나 호태왕릉비가 발견되면서 그 근처 태왕릉을 광개토태왕릉으로 비정했어요. 그러나 김 교수님은 이도 석비일 뿐 능에 대한 기록이 담긴 능비는 발견되지 않았고 당시의 고분의 구성으로 보아 광개토태왕릉이라고 단정하기에 의문이 많다고 믿고선 진짜 왕릉을 찾아 나선 거죠."

정운이 분노와 안타까움에 멍하니 왕릉을 쳐다보고 있는데 이일석이 장군총으로 가자고 재촉했다. 차를 타고서 유적을 관리하는 중국의 태도를 성토하는데 이일석이 주차장에 차를 세우고 엔진을 껐다. 매표를 하고 장군총의 위용에 감탄하며 현장으로 들어서는데 한 무리의 관광여행객들이 먼저 도착해 사진을 찍고 있었다. 아웃도어 옷차림으로 봐서 한국 사람들이었다. 그런데 정운 일행이 장군총에 막 다가서는데 그들끼리 실랑이가 벌어졌다. 일행이 단체 사진을 찍으려고 모여서고 가장자리에 섰던 한 사람이 한쪽 귀퉁이에 태극기가 그려진 현수막을 펼치는데 가이드인 듯한 여자가 기겁을 하며 제지했다.

"안 된다고 했잖아요? 수백만 원 벌금 무실 거예요? 저 끌려가 모가지 날아가도 좋아요?"

일행 중 한 명이 거세게 항의했지만 가이드는 현수막을 접으면서 '죄송합니다'란 말만 연발했다. 관광객들은 투덜대면서도 현수막 없이 사진을 찍었다. 그 광경을 보던 이일석이 배시시 웃으며 돌아서서 설명했다.

"보셨죠? 여북하면 저러겠어요. 저게 다 동북공정 탓이에요."

태왕릉과 비교해 원형을 그대로 보존하고 있는 장군총은 백전노장처럼 기품 있게 앉아 있었다. 정운이 놀라운 표정으로 장군총을 바라보는데 이일석이 자근자근 설명했다.

"이 장군총은 여기선 장군묘라 불러요. 예로부터 중국 사람들은 '동방의 금자탑'이라 했죠. 허나 학자에 따라 주몽의 묘, 고국원왕릉, 광개토태왕릉, 장수왕릉 등으로 이론이 분분해요. 이 지역 역사책에는 장군총을 동명성왕묘라 기록해 놓았어요."

지안의 역사를 기술한 '집안현지(集安縣志)'에 동명성왕묘를 속칭 장군분(在城北十五里山勢莊嚴可觀前有東明聖王墓俗稱將軍墳)으로 기록해 놓은 것을 말하는 것이었다. 신기한 듯 바라보던 정운이 탄성을 질렀다.

"와 이건 피라미드 아냐?"

정운의 놀라움에 카메라 셔터를 눌러대던 유심이 다가섰다.

"고구려 고분의 특징 중 하나가 돌을 쌓아 만든 적석총이죠. 그런데 이게 언제 만들어졌느냐에 대해선 이견이 많아요. 이집트 기자피라미드와 장군총, 태왕릉은 같은 양식이에요. 5세기까지만 해도 고분 안에 벽화나 유물이 있었지만 여긴 없거든요. 그래서 이 장군총은 고구려 시대 이전부터 있었던 것으로 추정하기도 해요. 혹자는 장군총을 광개토태왕의 조부인 고구려 16대 고국원왕의 능으로 보기도 하죠. 동쪽에서 차례로 장군총, 무명총, 임강총, 태왕릉, 천추총이 있는데 고구려 시대는 위계질서가 뚜렷

했기 때문 조상의 묘를 차례로 썼다는 것이죠. 그래서 무명총은 17대 소수림왕, 임강총은 18대 고국양왕, 태왕릉은 19대 광개토태왕, 천추총은 20대 장수왕의 묘라고 주장하는 학자도 있어요."

원래 동이족은 바이칼 주변의 환국(바이칼리안 BC 7199-3898)에서 내려와 환웅의 나라 배달국(BC 3898-2333)을 만들고 밝달임금(단군)의 나라 고조선(BC 2333-238)을 건국했다. 한편 시베리아와 만주의 고대 한국인들이 아메리카로 건너가서 인디언이 되었는데 이는 일리노이주 커오키아에 있는 인디언의 피라미드가 증거물이다. 그리고 인디언의 일부가 중앙으로 내려가서 마야의 피라미드에서 볼 수 있듯이 마야 문명을 만들었는데 이들 서안, 이집트, 마야의 피라미드 배치가 오리온별자리(삼태성)라는 점에서 공통점이 있다. 그리고 바다 속에 잠겨 있는 오키나와의 피라미드도 일만 년 전에 만들어진 것으로 추정되고 있다.

장군총은 이집트 대 피라미드(기자피라미드)와 모양이 비슷하고 석관이 있었고 벽화가 없다는 공통점도 있다. 장군총의 천장돌은 무게가 백 톤이 넘는 통돌이다. 이는 이집트보다 더 크다. 장군총의 구조는 피라미드와 흡사하고 이를 더 크게 만들면 이집트 대 피라미드와 같다. 그리고 장군총은 다른 고구려 고분들과 달리 유물도 없고 벽화도 없다. 이는 태왕릉과 같이 장군총은 고구려 이전의 동이족 먼 조상의 무덤이라는 증좌다. 이후 고구려 고분에 벽화가 생기면서 이집트 피라미드에 벽화가 생겼다. 이는 고대에 이미 문명발상지인 이집트와 상당한 교류가 있었음을 보여주는데 그 당시 역사적으로 동이족이 이집트로 갔다는 기록이 있다는 점에서 홍산문명(紅山文明)이 이집트로 건너갔다는 추정도 가능하다.

"와! 노을이 아름다워요. 저기 보이는 게 용산인가요?"

유심이 카메라를 들고 연신 촬영하면서 물었다.

"그건 우산(禹山)이고요, 저기 동북쪽에 있는 게 용산(龍山)입니다. 그 자락이 여기까지 연결된 셈이죠."

이일석이 손가락으로 가리키는 곳을 바라보던 유심이 깜짝 놀란 듯이 말했다.

"저게 용산이라면 이 장군총이나 태왕릉은 왕릉이 아닐 수 있다는 이론이 맞군요.

이규보(李奎報)가 쓴 『동국이상국집(東國李相國集)』의 동명왕편에 따르면 해모수는 오룡거를 타고 다니면서 정치를 했다고 기록되어 있거든요. 주몽은 황룡(黃龍)으로 표현되었는데, 살아 있을 때는 기린굴(麒麟窟)을 통해서 하늘을 오갔으며, 죽을 때는 옥채찍(玉鞭) 하나만 남긴 채 하늘로 올라가 그것을 용산에 장사지냈다고 했어요. 광개토태왕비문에는 운명 시의 상황을 '하늘은 황룡을 아래로 보내 왕을 맞이했다. 왕께서는 홀본 동쪽 언덕에서 용머리를 딛고 하늘로 오르시었다'라고 묘사하고 있어요. 『삼국사기』에서는 대왕 3년에 홀령에 황룡이 나타났으며, 40세에 돌아가셔서 용산에 장사지냈다고 기록해놓았지요. 이 때문에 평양성 근처에 신축한 동명왕묘도 용산 아래에 있었던 것이고, 첫 수도로 알려진 환인의 오녀산성도 용산(龍山)으로 불렸어요. 그런데 장군총의 뒷산이 바로 용산이라니 놀랄 수밖에요."

그러자 정운이 의아해 물었다.

"이게 왕릉이 아니라면 뭐란 말이요?"

"올라가 보면 알겠지만 여긴 고구려의 시조를 모시던 제단이라는 거죠. 고대역사서에 보면 고조선을 계승한 고구려인들은 천도를 할 때마다 자신들의 뿌리 즉 시조 묘를 성스러운 곳에다 만들었어요. 그게 용산 아래라는 거죠. 이게 선조들의 무덤이라면 그 무덤을 밟고 드나드는 행위를 금했겠죠. 헌데 자 이리 와서 보세요."

유심은 기단을 짓누르며 비스듬히 서 있는 커다란 정개석이 있는 곳으로 정운을 안내했다. 그리고 어른 주먹이 들어갈 만한 구멍을 가리키며 이야기했다.

"저게 난간의 흔적이에요. 지상에서 저 꼭대기까지 올라갈 수 있도록 난간을 만들었는데 그게 세월의 변화에 의해 썩어 없어진 것이라 추측해 볼 수 있죠."

"그럼 저 꼭대기까지 제단이 있었다는 거요?"

정운이 의아한 듯 물었다.

"그럼요. 최근에도 각층의 사이에서 기와나 와당, 전돌 등이 발견되는 것을 볼 때에 꼭대기에는 목조로 된 건축물이 있었다는 방증이 되지요. 중국은 2003년에 광개토태왕릉에 대한 조사를 마치고 장군총을 예로 들면서 적석무덤 9층에는 기와를 덮은 목조 건물이 있었다고 발표를 했거든요."

"그럼 제단의 의미는 뭐요? 단순히 하늘에 제사를 위한 거라면 굳이 시조묘를 안 만들어도 높은 산 위에 올라가 지내면 될 거 아니겠소?"

"그건 신화와 연관이 있어서 그래요. 단군신화나 주몽신화가 비슷해요. 즉 여길 하늘신과 지모신(地母神)이 만나는 곳으로 설정해 놓은 것이죠. 고구려는 해와 달, 별, 조상, 귀신 등을 모시는 다신교였어요. 헌데 중심을 이루는 종족은 해와 하늘로 상징되는 북부여의 왕이었던 해모수 세력과 물과 혈(穴)로 상징되는 지모신 유화(柳花) 세력이 결합하여 주몽을 탄생시키고 새로운 나라 고구려를 열었지요. 그래서 왕권을 쥔 세력이 시조묘를 중심으로 10월에 동맹(東盟)이라는 국중대회를 열어 하늘에 제사 지내고 국력을 하나로 모으려고 한 거예요. 즉 하늘에서 내려온 빛이 유화 부인으로 대변되는 어둠을 만나 합일을 이루는 곳, 하늘도 땅도 아닌 곳이 제단이었죠. 그래서 제사의 의미는 하늘의 뜻, 천탁(天託)을 받는 의식이었어요."

장군총이 세워진 시대는 고구려가 질적으로 성장했지만 내부적으로는 다양성에 의한 갈등이 표출되는 시기였다. 갈등을 줄이면서 고구려를 발전시키려면 지식인들은 통합의 논리와 강한 자의식을 창출하고, 이를 세상에 선언해야만 했다. 이를 위해 만들어진 것이 장군총이다. 장군총은 특히 3이라는 숫자로 상징된 합일(合一)의 논리를 담고 있다. 장군총은 해모수와 유화부인 그리고 동명성왕의 혼이 살아 있는 고구려의 성소였다. 층의 맨 아래 계단을 상대석으로 보면 장군총은 3계단 7층의 성수(聖數)로 만들어진 구조다. 고조선과 고구려에는 3과 7이 큰 의미를 갖고 있고 '21'에도 남다른 의미가 있다. 단군신화를 보면 환웅은 곰에게 쑥 한 줌과 마늘 20톨을 주며 이것을 먹으면서 백일(100일) 동안 해를 보지 않으면 인간의 몸을 얻을 것(便得人形)이라고 했다.

곰은 묘하게도 '세이레(三·七日)' 만에 여인이 됐다. 100과 의미가 같은 3·7은 쑥과 마늘을 합친 21이란 수와 같다. 우리 민속에서 어린애를 낳으면 '삼칠일'을 지나야 외부인을 만나게 했으니 '21'일은 생명을 시작하는 기간이다.

그제야 이해한다는 듯 정운이 고개를 끄덕이며 한마디 거들었다.

"밝달의 해가 바로 그 해라는 말이군."

"해모수의 해는 순 우리말 해를 한자로 써 놓은 것이죠. 실제로 고구려 왕들의 성씨를 보면 해씨가 많이 등장해요. 부여나 조선이라는 말도 그렇고 우리 민족이 태양숭배사상을 가지고 있다는 건 다 알잖아요? 그런데 유화부인을 모신 제사도 있었다고 해요. 삼국지 동이전에 보면 나라 동쪽에 큰 굴이 있는데 이를 수혈(水穴)이라 했어요. 10월에 국중대회를 여는데 수신(水神)을 나라 동쪽으로 모시고 제사지낸다는 구절이 나와요. 여기서 수혈에 사는 수신은 바로 유화부인을 말하는 거죠. 고구려 때 혼인을 앞둔 처녀는 집 뒤의 작은 집에서 일정 기간 동안 햇빛을 보지 않고 혼자 지내는 풍습이 있었다고 하는데 이는 유화가 수태를 기다리는 과정에서 온 것이라 해요."

그러자 이번에는 이일석이 맞장구를 치며 끼어들었다.

"맞아요, 지안에도 동쪽에 국동대혈(國東大穴)이라는 굴이 있어요."

"그게 여기에만 있는 게 아니고 고구려의 도읍지였던 오녀산성이나 평양에도 기린굴이 있다고 해요. 그리고 여기 기다랗게 세워놓은 것을 정개석이라 하는데 이건 제단의 뒤틀림을 방지하기 위한 것이지요. 원래는 한 변에 세 개 씩 12개가 있었는데 하나를 누군가 의도적으로 훼손한 것 같아요. 조금 후대에 만들어진 김유신 묘와 일본의 아스카(飛鳥) 키토라 고분 벽화에서 볼 수 있듯이 12지신 상을 새겨 넣었을 것이라 추정할 수 있어요."

고유심의 설명을 넋 나간 듯 바라보던 이일석이 말이 끊긴 틈을 타 한 마디 했다.

"역사학자라 역시 다르시네요. 저도 한 수 배웠습니다."

12
쌉싸름 달콤한 선양의 달밤

경비행기가 푸른 하늘을 가르며 서안 상공을 날고 있다. 이일석이 조종사 옆에 앉아 중국어로 대화를 하더니 뒤를 돌아보며 소리 지르듯 말했다.

"여긴 비행금지 구역이라 얼른 보고 여길 빠져나가야 한대요."

나무가 울창한 산을 몇 개 넘자 평야지대가 나타났다. 밑을 내려다보며 탄성을 지르던 유심이 대단한 것을 발견했는지 손가락질을 하며 호들갑스럽게 소리쳤다.

"어머 저기 봐요. 저기!"

유심이 가리키는 곳을 자세히 보니 돌을 차곡차곡 쌓아 만든 크고 작은 피라미드식 무덤이 무더기 핀 꽃처럼 널려 있었다. 아래를 내려다보던 정운이 '야호'하고 감탄사를 내뱉더니 웃음을 띠며 유심과 눈을 마주쳤다.

"바로 저거야. 소문에 듣던 피라미드 맞지?"

"맞아요. 저기도 우리 밝달민족의 영지였나 봐요."

유심이 황급히 가방에서 카메라를 꺼내 셔터를 누르는데, 고개를 돌려 이야기를 듣던 이일석이 물었다.

"우리 조상 무덤이란 걸 어떻게 알아요?"

"중국의 무덤들은 모두 흙으로 만든 산 모양의 봉분들이죠. 헌데 우리 옛 조상들은 돌을 차곡차곡 쌓아 적석묘를 만들었거든요."

아래 펼쳐지는 풍경에 넋을 잃고 바라보던 정운이 시선도 돌리지 않은 채 물었다.

"그럼 저게 홍산문명의 일부란 말인가?"

"맞아요, 중국이 동아시아 문명의 주류라고 자랑해 왔던 황하문명보다 더 오래된 피라미드죠. 서안과 함양 지방에 널리 분포되어 있어요. 헌데 중국은 출입마저 금지시킨 채 공개를 꺼려하고 있어요. 그 이유가 4천 기백 년 전의 황하문명보다 훨씬 앞선 12,500여 년 전의 동이족 문명이 발견되었기 때문이죠."

"와 대단한 발견이네."

일행들이 관심을 보이자 유심은 신난 듯 말을 이었다.

"중국 신화통신은 2001년 7월 '5천 년 전 피라미드를 내몽골에서 발견했다'라는 제목으로 뉴스를 전했어요. 중국 고고학자들이 중국 북부의 내몽골 자치구 지역에서 5천 년 이상 된 피라미드 모양으로 된 건물을 발견했어요. 중국은 이를 진시황 무덤으로 추정하고 1963년 발굴했는데 탄소연대 측정을 해보니 그 보다 수천 년 전 것으로 밝혀졌어요. 이때부터 고조선, 고구려 역사를 중국 역사라 왜곡하기 시작했고 급기야 동북공정 프로젝트를 진행하게 된 거죠."

이 피라미드가 최초로 알려진 것은 1945년 미군 수송기 조종사의 사진 촬영과 보고서에 의해서다. 처음엔 산인 줄 알았는데 피라미드로 확인되었다. 이를 알게 된 독일의 고고학자 하우스돌프 씨는 친구 피터 크라샤와 함께 여행객을 가장하여 외국인 출입금지 구역으로 묶여 있던 북중국 만주 일대 피라미드를 촬영 발표했다. 하지만 중국에서는 다 조작된 것이라 발뺌했다. 만주와 한반도에 널려 있는 피라미드와 똑같은 형태와 모양. 들여쌓기 공법은 중국이나 일본에서는 볼 수 없는 고구려 고유의 공법이며 이는 이 지역에 고조선이 있었다는 걸 증명하는 유물이다.

이 피라미드는 3층의 돌로 된 것이고, 밑바닥은 30미터가 넘고 폭이 15미터 이상 되었다. 랴오닝(遼寧) 고고학 연구소 소속 고고학자 구오다쉰은 이 피라미드는 5천~6천 년 전의 홍산문화에 속한다고 했다. 유적의 많은 부분이 홍산 지역에서 처음으로 발견되었으므로 홍산문화라고 했다. 그는 홍산문화에서 그 당시의 매장풍습, 종교와 제사 그리고 당시 사회 구조를 이해하는데 중요한 의미가 있다고 했다. 또한 피라미드의 발견은 중국 문명의 원류를 밝혀내는 중요한 것이라고 의미부여를 했다. 신석기 시대에 속하는 '홍산문명'은 요녕성(요동, 요서)이 허베이(河北)성과 만나는 지역 안에 주로 분포되어 있다.

서양문명의 원류를 수메르 문명으로 보고 있는데 수메르 문명이 기원전 4500년경 이루어진 것으로 보아 홍산문명 역시 비슷한 시기에 이루어진 것으로 추정한다. 1908년 일본의 인류학자 도리이류조(鳥居龍藏)는 이 지역을 조사하고서 기원전 4700년~기원전 2900년 경으로 추정했다. 중국은 1980년대부터 본격적인 발굴을 했다. 그런데 유물을 통하여 홍산문화가 발견되면서 황화문명이 최고(最古)라고 믿었고 동방문명의 종주국임을 자처해온 중국은 당황스럽고 곤혹스러웠다. 황화문명의 중심지인 중원(中原)보다 1000년~1500년이나 앞선 고대국가의 성립요소를 갖춘 문명이 동이족의 활동무대였던 요녕성에 존재했다는 사실, 즉 황화문명보다 홍산문명이 먼저 이루어졌다는 걸 인정하기 싫었다. 그래서 홍산문명이 동이족의 유산임을 감추고 '중국요하문명'이라 명하면서 동북공정과 함께 2003년부터 '중화문명탐원공정(中華文明探源工程)'이란 프로젝트를 진행해 왔다. 홍산문명이 황하문명과는 이질적인 것임에도 그것을 중화문명의 시발점으로 하여 북방 고대민족의 역사까지도 중국의 고대사로 편입하려는 의도다.

홍산문명 유적지에서 옥기 장식물이나 가면 등에 곰의 형상이 새겨진 유물들이 다수 나오는데 이는 곰을 토템으로 하던 웅족(熊族, 맥족)의 생활근거지였기 때문이다. 이는 홍산문명은 동이 밝달문화였고 그것이 청동기시대 단군조선의 생활문화로 이어졌다는 걸 중국은 부정하고 싶은 것이다. 그래서 요하일대의 신석기 문화를 문화의 단계를 넘어 세계의 새로운 문명으로 보아 홍산문명 대신 '요하문명(遼河文明)'으로 명명(命名)하였으니 이는 다른 민족의 문명을 왜곡하는 저의를 숨기려고 눈 가리고 아웅 하는 꼴이다.

"중국의 야욕은 끝이 없어요. 2010년부터 '국사수정공정(國史修訂工程)'을 시작해 2013년에 마무리했어요. 우리의 홍산문명도 고조선, 고구려 역사도 중국의 역사에 편입했어요. 중국 학자들 사이에선 이제 자국의 역사교과서를 재편하고 세계에 선전하기 위해 '중화문명선전공정(中華文明宣傳工程)'을 펼쳐야 한다는 주장이 나오고 있어요. 헌데 우리는 아무런 대책도 세우지 못하고…."

유심은 몹시 분개해서 말끝을 잇지 못하고 손수건을 꺼내 눈가를 닦았다.

창밖을 통해 펼쳐지는 지상의 이색적 풍경에 연신 탄성을 지르며 셔터를 누르는데 갑자기 소음처럼 전파음이 수신되더니 조종사가 소리쳤다. 이일석이 조종사와 몇 마디 나누더니 심각한 표정으로 고개를 들어 상공을 살폈다. 잠시 후 멀리서 전투기 두 대가 나타났다.

"중국 공군기가 떴어요. 공항으로 돌아가야 한대요."

그 와중에서도 유심은 부지런히 카메라 셔터를 눌렀다.

전투기의 안내를 받은 비행기는 공군비행대가 있는 활주로에 착륙했다. 비행기에서 내리자 무장한 군인들이 기다리고 있었다.

"어머, 우리한테 총을 겨누고 있어요."

유심이 불안스런 표정으로 이일석을 바라보았다. 정운도 긴장하며 미간을 찡그렸다.

"괜찮을 거예요. 엄포 놓는 거예요."

비행기에서 내리자 군인들은 총구를 겨누며 조종사를 체포해 갔다. 일행은 군 비행장 안 유치장에 구금되었다. 당황해 하는 유심을 안심시키고 정운은 한국으로 전화를 걸어 구원을 요청했다. 이일석도 어디론가 전화하며 상황의 급박함을 알렸다. 잠시 후 군인 두 명이 위압적인 모습으로 유치장 안으로 들어왔다. 휴대품을 전부 꺼내라고 하더니 여권, 휴대폰, 카메라를 들고 온 플라스틱 바구니에 넣어 가져가려 했다.

"아니 아무리 사회주의 국가라지만 외국인에게 이런 법이 어디 있소?"

이일석이 통역을 하며 항의했지만 그들은 총 부리를 들이댔다.

"상부의 지시라는군요."

전체주의 국가에서 명령은 곧 법이라는 걸 모르는 바가 아니어서 그들이 하라는 대로 따를 수밖에 없었다. 카메라를 빼앗기는 게 무척 아쉬운 듯 유심은 넋두리처럼 중얼거렸다.

"이럴 줄 알았다면 어제 찍은 사진들은 따로 저장해 두고 오는 건데…."

이런 경험이 한두 번이 아닌 듯 이일석이 나가려는 군인들을 불러 세우고 몇 마디 주고받더니 밝은 표정으로 돌아섰다.

"혹시 달러 가진 것 있어요?"

두 사람은 의도를 알겠다는 듯 지갑과 주머니에 있는 달러를 꺼내 주었다. 일석은 전해 받은 달러 액수를 확인하고 미소를 지었다.

"이거면 될 것 같습니다. 다녀올 테니 안심하시고 기다리세요."

군인들은 수거한 물품을 들고 일석을 데리고 밖으로 나갔다.

유치장 안에는 두 사람만 남았다. 차단된 공간에 둘만 있는 상황이 어색해서 정운은 창살 밖을 통하여 바깥 풍경에 시선을 두었다. 통로 벽에 난 유리창으로 햇빛이 스며들 뿐 아무 것도 보이지 않았다. 대여섯 걸음 앞 합판으로 경계를 한 책상에 분명 행정

병이 앉아 있을 것인데 앞가림이 높아서 보이지 않았다. 헌데 뭔가 공기가 이상하다싶어 뒤를 돌아보았더니 유심이 벽을 향해 서서 어깨를 들썩이고 있었다. 정운은 당황했다. '매우 강한 여자인 줄 알았는데 이런 상황에 눈물을…?' 정운은 말없이 다가가 유심의 어깨에 손을 얹었다.

"너무 걱정 말아요. 상황을 알렸으니 우리 기관에서 잘 처리해 줄 거요."

그러자 유심이 눈물 그렁그렁한 얼굴로 돌아섰다.

"너무 억울하고 분통 터지잖아요. 애쓰게 비용들이며 출장을 왔는데 다 허사가 되었으니…."

다시금 유심이 눈물을 쏟아냈다. 정운은 그런 유심을 살포시 감싸 안았다.

"무슨 방법이 있지 않겠소. 사진이야 다시 찍으면 되고…."

정운은 유심의 등을 도닥였다. 기댄 유심의 머리에서 진한 장미 향내가 났다. 오랜만에 후각을 통해 들어온 여인의 체취에 뇌가 적응하지 못하는 듯 아찔했다. 장미 향기는 과거 데이트하던 시절을 연상케 했다. 살포시 눈을 감고 아련한 감정에 사로잡혔는데 유심이 정운의 가슴을 살짝 밀치며 풀려 나갔다.

"죄송해요."

정운은 자신의 속마음을 들킨 것이 당황스러워 사래가 들린 것처럼 억지로 마른 헛기침을 뱉어내며 멀찌감치 떨어진 의자에 가 앉았다. 어색한 침묵이 흘렀다. 정운은 이런 분위기에 익숙지 못해 불편을 느끼면서 무슨 말을 해야 할지 생각하다가 그냥 눈을 감아버렸다. 그렇게 무겁게 흐르던 공기를 흩으려 놓은 건 유심이었다.

“김 교수님이 일본으로 가또 박사를 만나러 가기 전 뵈온 적이 있어요. 거기서 벽화의 실체를 확인하고서 논문을 완성하신다고 했어요.”

점심시간이 지난 후라 교수회관 식당은 한가했다. 식당 한쪽 테이블에서 김주현 교수가 점심을 먹는데 유심이 식판을 들고 찾아와 앞자리에 앉았다.

“안녕하세요? 점심이 늦으셨네요?”

“응, 어서 와. 강의가 늦게 끝나는 바람에… 오늘 수업 있는 날인가?”

“예. 오후에 이학범 교수님 동양사상사 강의 있어요.”

“그래? 어서 먹어. 국물이 진한 게 맛있군.”

탕 그릇을 들고 국물까지 들이켜고 나서 김 교수가 불현듯 생각난 듯이 말을 했다.

“참. 나 내일 일본에 가.”

“일본에는 무슨 일로요?”

“가또 박사를 만나 보려고. 가또 박사 잘 알지?”

“평양 동산동 고분벽화 공동조사에 참여했던 분 말씀이죠?”

“암, 북한에서 2009년 아파트 공사를 하다가 우연히 고구려 시대 고분이 발견됐지. 땅 속에서 말이야. 그건 태왕릉의 실존 문제에 시사하는 바가 많아. 더구나 그의 부친은 1990년 태왕릉 발굴에도 참여했던 사람이야. 그의 부친이 살아있다면 정말 호태왕릉에서 위패를 보았는지 확인해 볼 생각이야. 상식적으로 납득이 안 가는 문제잖아?”

수저로 몇 술갈 뜨던 유심이 잠시 탕 그릇에 수저를 걸치더니 왼손에 들고 있던 휴지로 입가를 닦고 나서 대답했다.

“그렇죠. 위패를 동이나 쇠로 만들었으면 모를까. 그걸 보았다면서 어떻게 처리를 했는지에 대한 설명도 없어요. 누가 봐도 허구인 게 분명해요. 헌데 왜 태왕릉에서 위패를 봤다고 했을까요?”

“그건 아주 심각한 문제야. 호태왕 방울과 기명전이 발견된 것은 해석을 달리 할 수 있다고 해도 위패를 봤다는 건 그 능을 태왕릉이라고 확정하려는 의도라고 볼 수 있지.”

“고구려 등 삼국 이전의 우리나라 역사를 인정하지 않으려는 속셈 말이죠?”

“중국은 고구려뿐만 아니라 고조선, 부여 등 동이족의 역사를 자기들 역사에 편입하려고 혈안이 되고 있는 거 알잖아? 거기에 일본이 동조를 하고 나선 거야.”

“그래야 자신들의 한반도와 만주 침탈을 정당화하게 되니 말이죠?”

“암. 가또의 부친이 일본의 역사왜곡에 앞장서 왔지. 헌데 광개토태왕릉이 다른 곳에 존재한다면 그들이 주장해온 역사 왜곡이 들통나는 셈이지. 그래서 만약에 광개토태왕릉의 벽화가 나타났다면 그걸 부정하고 숨기고 싶은 사람이 누구겠어?”

“결국 그걸 증명할 벽화의 실체를 확인하러 가시는 군요.”

김 교수는 고개를 끄덕이며 말을 이었다.

“분명 도굴이 되었다면 가또가 일본 밀반입에 개입해서 소장자에게 넘겼을 거야. 어렵겠지만 가또를 설득해서 벽화의 실체를 확인한 연후라야 논문을 완성할 수 있거든."

"가또가 지한파라곤 하지만 세미나 논문 발제문을 보면 여전히 식민사관의 입장에서 벗어나지 못하고 있어요."

"지한파는 무슨 지가 언제 한국의 편에 섰다고? 다 주류사학이 만들어놓은 방패막이야. 북 치면 장구 치는 한 통속들이지."

"저도 함께 가면 안 될까요?"

김 교수는 표정을 바꾸며 고개를 저었다.

"지극히 보안을 요구하는 일이라서 다녀오고 나서 자세히 설명해 줄게."

유심은 탕 그릇에 걸쳐 두었던 수저를 탁자에 내려놓으며 아쉬운듯 중얼거렸다.

"어쩌면 역사를 바꿀 특종감인데…."

일본의 하늘도 한국과 다르지 않았다는 걸 새삼 느꼈다. 가까운 이웃이지만 너무도 먼 나라란 생각에 김주현은 혼자 실소를 날렸다. 가또의 집에 들어서면서 오래된 적송과 파란 잔디, 대리석으로 둘러쌓은 연못과 화려한 꽃들로 치장된 정원이 참 아름답다고 생각했다. 현관으로 가는 길에 곁눈으로 본 야트막한 동산에는 한국의 동자석이 무더기를 이루고 있었다.

창이 넓은 현대식 응접실 소파에 앉은 가또는 한결 여유 있는 모습이었다. 유리창 너머 잘 가꾸어진 정원을 바라보던 김주현에게 가또 박사가 차를 따르며 입을 열었다.

"김 박사가 왜 여기 왔는지 잘 알아요. 나도 소문에 들었지만 광개토태왕 벽화라니 그런 허황된 이야길 믿다니? 광개토태왕릉엔 아무 것도 없다는 걸 잘 아시면서."

"그건 광개토태왕릉이 아니죠. 조작해서라도 그렇게 믿고 싶은 게 일본과 중국 입장일 뿐이죠. 저는 이미 다른 곳에 비밀리에 만들어진 광개토태왕릉을 확인했습니다. 사라진 벽화 조각 찾아내는 일만 남았습니다. 그것이 모든 것을 증명할 겁니다."

현장을 확인했다는 말에 가또는 고개를 가로 저으며 부정했다.

"그렇다면 일 · 중 · 한 고대사에 상당히 획기적인 일이 될 거요. 허나 그것이 다른 곳에 존재한다 한들 누가 그걸 믿어주겠소? 중국은 이미 조치를 취해 놓았고 아무도 그곳에 다시 접근하진 못할 것이오. 당신이 만약 그곳을 다녀왔다면 목숨을 보중해야 할 거요."

"당신도 이미 그 존재를 알고 있군요? 그래서 숨기고 싶은 거죠? 왜곡된 역사의 진실이 드러날까 봐 두려운 거죠? 그 벽화가 당신들이 주장하던 논리들을 깡그리 무너뜨릴 테니까요. 그래서 도굴된 벽화를 손에 넣어 증거를 인멸하려고 일본 반입에 앞장선 것, 가또 박사 당신 아니십니까? 그 물건 운반한 사람 내가 알고 있습니다."

김주현의 넘겨 집는 말에 가또의 표정이 굳어졌다.

"누가 그런 소리 했소? 노명현이 그 사람 거 순 사기꾼이요. 그 사람 애국심은커녕 양심도 없는 사람이야. 돈이 된다면 조상 묘도 팔아먹을 악덕 업자요. 그 사람 말 믿지 마시오."

김주현은 속으로 쾌재를 불렀다. 가또의 입에서 노명현이라는 이름이 불쑥 나왔기 때문이다. 가또는 얼굴을 붉히며 다기 옆에 있는 수건으로 송송 솟구친 땀을 닦았다.

"그러지 말고 물건 좀 보여주세요."

가또가 여유를 되찾은 듯 미소를 지으며 말했다.

"참 어리석기는. 만약에 말이오. 입장을 바꿔서 생각해 봅시다. 그런 물건이 있다면 당신은 '옛다 여기 있소' 하고 보여 주겠소?"

"물론 벌써 넘겼을지도 모르겠군요. 물건의 가치로 생각하면 어마어마한 액수일 테니 그걸 없애진 못했을 거고 충분히 재력 있는 고미술품 소장가에게 넘겼겠지요? 하지만 두고 봅시다. 당신의 표정과 언사에서 벽화의 존재를 확인했으니 됐습니다. 다음 세미나에서 1천 6백년이나 숨겨져 온 광개토태왕릉 실체를 공개하지요."

가또는 마음이 편치 않은지 자리에서 일어났다.

"마음대로 해 보시구려. 이왕 우리 집까지 오셨으니 내 소장품이나 구경하시겠소?"

자기에게 그런 물건이 없다는 것을 확인이라도 시키려고 했는지 가또는 김주현을 전시관이 마련된 방으로 데리고 가서 진열된 골동품을 보여주었다. 진열된 물건은 대부분 한국의 능이나 묘에서 도굴된 것이었다. 김주현은 가또의 비위를 맞추려고 일부러 과장되게 놀란 듯이 말했다.

"와우. 이거 다 국보급들인데요? 노 회장한테서 구입한 겁니까?"

"오래 전부터 거래해 왔는데 그거 속고 산 것도 많아요. 중국산과 북한산이 대부분이요. 김 교수도 알다시피 학자가 무슨 돈이 있겠소? 값이 될 만한 물건들은 부자들이 가지고 있지요."

"혹시 부친님이 가지고 계신 건 아닙니까?"

"부친은 오래 전에 돌아가시었소. 그 중엔 희귀한 물건들도 많았지만 모두 동경대학에 기증해버려 물려받은 건 없소."

"이게 다는 아니실 테죠? 값나가는 물건은 은행이나 비밀 수장고에 보관하잖습니까?"

"그건 알아서 생각하시오. 으흐흐흐"

들킨 게 부끄러웠는지 가또는 웃음으로 넘겼다.

다음날 아침 가또는 청소부의 긴급한 소리를 듣고 지하로 내려갔다.

"아침, 청소를 하는데 지하로 통하는 문이 열려 있더라고요. 혹시나 해서 들여다봤는데 수장고가 이처럼 열려 있지 뭡니까? 뭐 없어진 거 없습니까?"

반쯤 열린 수장고를 여는 순간 가또는 넋이 나간 듯 얼굴이 노래졌다가 붉어졌다. 황급히 안을 살폈으나 보관했던 벽화조각 트렁크가 사라졌다.

"아니 이럴 수가? 집안에 도둑이 들었는데 도대체 뭣들 한 거야?"

가또는 황급히 문을 닫고 위층으로 올라갔다. 계단을 오르는데 숨이 가빠지며 다리가 후들거려 하마터면 넘어질 뻔했다. 소리를 지르며 집안에 있는 사람들을 불러 모았다. 도난 사실에 대해 아는 사람은 아무도 없었다. 청소부는 마치 자신이 잘못 한 것처럼 안절부절 못했다.

"경찰에 알릴까요?"

"아니야, 감잡히는 놈이 있어. CCTV 확인이나 해."

가또는 응접실에 들어가 어제 김주현이 주고 간 명함을 찾아내곤 전화를 걸었다. 관부선 페리호를 타고 귀국하던 김주현이 전화를 받았다.

"뭐라고요?"

"당신이 오기 전에 확인했던 물건이 당신이 가고난 뒤 없어졌으면 뻔한 거 아냐? 도둑놈 같으니라고. 당장 내 물건 가지고 돌아오지 못해?"

"무슨 말씀을 하시는 겁니까? 보여주시지도 않은 물건을 제가 어쨌다고 이 난립니까?"

"그거 가지고 가서 무사할 줄 알어? 내 무슨 수를 써서라도 되찾아올 테니까 기다려."

"도난당했다면 신고를 하세요. 저도 당당히 나가 조사를 받겠습니다."

"이 뻔뻔스런 날강도 같은 놈. 어디 두고 봐."

휴대폰을 닫으며 김주현은 생각했다. '도난 신고를 하지 못할 정도의 물건이라면 장물일 테고 그럼 벽화? 그런데 왜 지금 날 의심하는 거지?'

가또는 노명현에게 전화를 했다. 분통 터진 가또가 상황을 설명했다. 노명현은 의미심장한 미소를 띠우면서도 차분하게 가또를 진정시키려 했다.

"가또 상. 진정하시고… 그럴 리가 있겠습니까? 그 벽화 쪼가리가 분명합니까?"

"어제도 꺼내 물주와 흥정 다 끝냈소. 헌데 그 작자 다녀간 후 없어졌단 말이요."

"그렇다면 김주현이가 틀림없네요. 도둑질하러 일본까지 원정 가다니. 그놈 잡아서 족쳐야 합니다."

잠시 후 군인들이 들어오더니 정운과 유심을 조사실로 데리고 갔다. 조사실 문을 여니 붉은 천이 덮인 커다란 탁자 앞 의자에 앉아있던 이일석이 일어서며 엄지를 세웠다.

"돈은 잘 전달했지만 사안이 워낙 민감해서 시간이 좀 걸릴 것 같아요."

두 사람은 걱정스런 표정을 감추며 이일석 옆에 나란히 앉아 사방을 살폈다. 구호 같은 문구가 적힌 붉은 종이가 붙은 벽면 아래 여러 개의 사진이 걸려 있었고 그 앞에 오성기를 비롯한 몇 개의 기가 세워져 있었다. 잠시 후 절도 있는 동작으로 장교 제복을 입은 사람 셋이 들어오더니 맞은편 자리에 착석을 했다. 가운데 앉은 조사관이 계급이 제일 높은 것 같았다. 조사관이 질문하면 왼쪽에 앉은 군인이 한국어로 통역을 했고 오른쪽에 앉은 여자 군인은 노트북 컴퓨터에 기록을 했다. 인적 사항을 확인한 후 비행 금지 구역 안에 왜 들어갔는지 물었다. 유심은 야무지게 답변했다.

"후손들이 선조들의 무덤을 찾는 것도 죄가 되나요?"

통역을 들은 조사관이 어이없다는 듯이 헛웃음을 날리고는 통역에게 몇 마디 했다.

"고구려가 당신들 나라 맞소? 설령 그랬다 칩시다. 2천 년 전에 우리 땅에서 나라를 세웠다고 해서 지금 와서 뭘 어쩌겠다는 거요? 독립운동이라도 하겠다는 겁니까?"

통역의 말을 들은 유심이 어처구니가 없어 피식 웃고 나서 따지려하자 정운이 유심의 옆구리를 쿡 지르며 만류했다.

"소용없어요. 그냥 순순히 구는 게 유리해요."

정운을 힐끔 쳐다본 유심은 아랑곳없이 눈길을 정면으로 돌리고 항변했다.

"진실을 숨기고 왜곡하는 건 당신들이지 않습니까? 남의 나라 역사 편입하려고 숱하게 남아있는 역사자료까지 해체시키고 불태워 없앨 겁니까?"

그 말을 통역관으로부터 전해 듣자 조사관의 얼굴에서 웃음기가 사라졌다.

"그래서 뭐 어쩌겠다는 거요? 아니면 흙이라도 파내가겠다는 거요? 지금은 엄연히 중국 땅이고 우리의 역사라는 걸 모르시오?"

힘의 논리였다. 대국이 하는 일을 너희들이 무슨 간섭이냐는 투였다. 통역관은 조소하듯 낄낄 웃고 있었다. 정운은 유심의 귀에 대고 말했다.

"벽 보고 얘기하는 꼴이야. 이미 세뇌교육으로 무장되었어."

허나 유심은 분을 못 이기는지 한마디 더 했다.

"조상을 욕보이는 치사한 놈들. 노자, 공자가 지하에서 통곡하겠다."

통역관은 일행을 간첩행위로 구속하겠다고 엄포하고 정식 재판까지 일행을 다시 유치장에 감금할 것을 명령했다. 통역관은 일행을 비웃기라도 하듯 기분 나쁜 미소를 계속 흘리며 퇴장했다. 유치장으로 돌아온 일행은 한동안 각자 말없이 앉아 앞으로 닥칠 상황을 상상했다.

"정말 우리 여기서 징역 사는 거 아니에요?"

유심이 걱정스런 표정으로 돌아보자 이일석이 난감한 표정으로 말했다.

"너무 걱정 마세요. 손을 썼으니 응답이 있을 겁니다."

정운은 벽을 보고 앉은 채 눈을 감고 명상에 잠겼다. 뇌물의 효과는 그리 오래 걸리지 않고 나타났다. 군화 발자국 다가오는 소리가 유난히 크게 들리더니 물건을 수거해 갔던 군인이 유치장 자물쇠를 열었다. 일행은 서로를 바라보며 안도의 한숨을 내쉬었다. 군인은 바구니를 내려놓으며 차려 자세를 하고 구금 해제라고 했다. 이일석이 몇 마디 물어보고 나서 설명했다.

"한국에서 연락이 왔답니다. 그래도 기름을 좀 쳤으니 빨리 풀어 준 겁니다. 이 사람들 상부의 지시가 있어도 제 마음에 차지 않으면 늦장부리거든요."

여권과 휴대폰은 돌려받았지만 카메라는 들고 오지도 않았다. 유심은 내심 불안했다.

"카메라는?"

이일석이 군인과 얘기하더니 낙담한 표정으로 돌아섰다.

"압수한대요. 금지된 것을 촬영했다고."

유심은 두 눈을 감고 짧은 탄식을 내뱉더니 주저앉았다. 사진 자료 없이 기사를 써야 한다는 사실이 막막했다. 보다 못한 정운이 나섰다.

"저장 칩은 압수하더라도 카메라는 돌려 줘야 할 게 아니요."

군인은 끝내 고개를 흔들고는 돌아서 나갔다. 휴대폰을 받고 이리저리 살피던 이일석이 욕지거리를 내뱉었다.

"이 자식들, 사진과 연락처까지 모든 기록들을 다 삭제했어요."

그 소리에 정운과 유심이 서로 휴대폰을 열어 확인했다. 그들 얼굴 표정도 일그러지기 시작했다.

호텔 입구에서 이일석과 작별의 인사를 나누고 멀어지는 차를 배웅하는데 유심이 하늘을 쳐다보고 소리쳤다.

"저게 뭐지요? 아까부터 우리를 따라 오고 있어요."

머리 위에 자그만 모형비행기가 떠 있었다.

"아니 이 자식들이."

정운은 화단에서 돌멩이를 주어 비행물체 향해 힘껏 던졌다. 공격당하고 있음을 인지한 드론은 곧 방향을 바꾸어 날아가더니 이내 시야에서 사라졌다.

"놈들이 드론을 통해 우릴 감시하고 있는 모양이요. 중국 떠날 때까지 우릴 미행하고 통제할 테니 조심해요. 그리고 무슨 일이 생기면 503호로 연락하고."

정운은 엘리베이터 안에서 유심과 헤어지고 객실로 들어왔으나 낮에 당한 일들이 마음에 남아 찝찝했다. 그래도 상공에서 피라미드 고분을 목격한 것은 큰 행운이라 생각됐다. 행장을 정리하고 나서 샤워를 하는데 갑자기 다급하게 문 두드리는 소리가 들렸다. 급한 대로 넓은 목욕 수건을 꺼내 하체를 가리고 문 앞으로 다가갔다.

"누구세요?"

"저에요."

문을 빼죽하게 열고 밖을 보니 유심이 심각한 얼굴로 서 있었다.

"무슨 일이요?"

유심은 주변을 살피더니 문을 밀치며 들어왔다.

"누군가 방에 침입했던 것 같아요. 트렁크 속 물건들이 다 헝클어지고…."

유심은 다급하게 말 하고선 그제야 정운의 발가벗은 몸을 발견하곤 돌아섰다.

"어머, 죄송해요."

"뭐 잃어버린 건 없소?"

"두고 간 지갑이 그대로 있는 걸로 봐서 좀도둑은 아닌 것 같아요."

"여긴 괜찮아요. 거기 좀 앉아 커피 한 잔 하고 있어요. 하던 일 금방 마칠 테니."

정운이 다시 샤워실로 들어가자 유심은 간이 냉장고에서 생수병을 꺼내 물을 따라 마셨다. 창밖에는 이미 땅거미가 밀려들었고 멀리 있는 호텔의 네온 불빛이 반짝거렸다. 끄느름한 하늘에선 금방이라도 비가 쏟아질 듯했다. 멀리 진을 친 높은 산들의 시커먼 형체가 위압적으로 다가왔다. 그렇게 마음을 진정시키면서 탁자 위에 있는 호텔 홍보 책자를 보는데 정운이 가운을 입은 채 머리의 물기를 털며 나왔다.

"많이 놀랐죠? 이놈들 투숙객 알아내는 건 일도 아닐 거요. 가만있어요. 내가 프런트 모니터 확인해서 어떤 놈인지 확인하고 올 테니까?"

그러자 유심이 대수롭지 않은 듯 말했다.

"놔두세요. 침입자를 알아낸들 잡을 방법도 없고 호텔도 한 통속일 테니 오리발 내밀 게 뻔하잖아요."

"정 불안하면 짐을 여기로 옮겨요. 난 바닥에서 잘 테니까."

"그래도 괜찮겠어요?"

의외로 유심은 은근 바란 듯이 정운의 제안을 흔쾌히 받아들이며 일어섰다.

"잠깐 기다려요. 옷 갈아입고 내가 옮겨 줄게."

"아녜요. 캐리어 하나예요."

유심은 급하게 나갔다. 옷을 갈아입고 생수병의 물을 커피 보트에 부어 끓이는데 유심이 커다란 여행용 캐리어를 끌고 들어왔다. 짐을 받아 한쪽에 놓은 후 자그만 탁자를 사이에 두고 마주 앉았다. 생각지도 못한 상황 발생으로 합방을 하게 되었지만 막상 폐쇄된 공간에 내외해야 할 남녀 둘만 있다고 생각하니 어색했다. 저 혼자 소리 내며 앓다 막 숨이 끊긴 커피보트의 손잡이를 쥐고 정운은 유심을 쳐다봤다.

"커피?"

"커피는 나중에 하고 우리 나가서 한 잔 해요. 신세 지게 됐으니 제가 쏠게요. 지하에 바가 있던데 먼저 가 계세요. 옷 좀 갈아입고 내려 갈 게요."

엘리베이터 안에서 시계를 보며 정운은 로비에 내렸다. 프런트로 가서 컴퓨터를 조작하고 있는 아가씨한테 사정을 이야기하고 모니터 검색을 요구했으나 영어를 알아듣지 못 하는지 지배인을 불렀다. 지배인도 영어가 서툴러 바디 랭귀지를 섞어가며 설명했다. 지배인은 웃음기를 담은 표정으로 고개를 흔들며 고객들의 사생활 보호 상 안 된다고 했다. 정운은 이곳이 중국이라는 것을 깨닫고는 발길을 돌려 지하로 내려갔다. 금방 내려온다던 유심은 병맥주 3병을 비우고 나서도 나타나지 않았다. 은은하게 퍼지는 피아노의 선율도 정운의 귀에는 들리지 않았다. 휴대폰으로 인터넷 검색을 하면서도 입구 쪽으로 향하는 시선은 잦아졌다. 지하라고 내려왔는데 통으로 된 유리창엔 가로등 불빛을 받은 빗방울이 치렁치렁 부서지고 있었다. 정운은 맥박이 빠르게 진동하는 것이 알콜 탓이겠지 생각하며 맥주를 들이켰지만 옭은 긴장을 해소시켜 주진 못했다. '혹시 무슨 일 당한 건 아닐까?' '전화를 해볼까?' '아니 남자가 느긋하게 기다려야지.' 머리는 의식을 통제했지만 심장의 고동과 맥박을 제어하진 못했다. 시간이 흐를수록 설렘은 불안감으로 바뀌었다. 한 시간 가까이 흐르자 정운은 전화를 걸기로 작정하고 휴대폰을 열었다. 하지만 주소록엔 아무것도 남아 있지 않다는 것을 확인하고서 혀를 찼다. 근래에 자주 연락했던 유심의 번호가 기억에 없었다. 카운터에서 객실로 전화를 걸었지만 받지 않았다. 정운은 혈압이 오르는 것을 느끼며 전화기를 내려놓는데 출입문이 열리며 여인이 나타났다. 순간 정운은 심장이 쫄깃해지며 눈이 휘둥그레졌다. 그녀는 예쁘게 화장을 하고 물방울 무늬가 박힌 화사한 유채꽃 빛깔의 원피스를 입고 있어서 자세히 살피지 않았으면 못 알아볼 뻔 했다. 화장한 모습은 처음이었다.

"많이 늦었죠?"

"우와 감동적인데?"

자리에 앉으며 살짝 눈웃음을 짓는 그녀에게서 처음 보는 사람처럼 외경심이 느껴졌다.

"뭐가요?"

"처음 봐. 화장하고 치마 입은 모습."

"이제야 여자로 보인다는 말씀이죠?"

홀 안엔 흐느끼는 듯한 파두의 선율이 흐르고 있었다. 유심은 정운의 반응을 즐기는 듯 애써 눈길을 외면하며 태연하게 의자에 앉았다.

"잠깐 이 노래 아세요. 오늘 분위기와 잘 어울리는 파두네요."

유심은 친숙한 음악인 듯 몇 소절 흥얼거렸다. 정운도 감각을 집중시키고 음악을 들었다. 내용은 알 수 없었지만 애잔하면서도 가슴을 파고드는 가락이었다.

"포르투갈 민중음악인데 이 노래 제목이 Chuva에요. '비'라는 뜻이죠. 이 노래를 부르는 가수는 마리자라고 포르투갈 부친과 모잠비크 엄마 사이에 태어난 혼혈아 인데 매우 매력적인 얼굴과 음성을 가졌어요."

유심이 음악에 관심이 많다는 것은 오늘 처음 알았다.

"노래 괜찮은데?"

"전 가끔 혼자 있을 땐 파두를 들어요. 파두는 포르투갈 인의 정서가 가득 담긴 음악이죠. 사우다드라는 정서가 우리와도 맞는다고 생각해요."

"사우다드?"

"음. 우리의 한(恨) 같은 것이에요. 멀리 떨어져 있는 것에 대한 그리움이기도 하고, 좋아하고 사랑하지만 다시 만날 수 없는 것에 대한 갈망 같은 것이죠."

"노스텔지아 말이야?"

"맞아요. 도달할 수 없는 것에 대한 동경 같은 것. 우리가 광개토태왕릉을 찾아 여기까지 온 것도 알고 보면 사우다드 때문이죠."

그렇게 말하면서 유심은 지그시 눈을 감으며 음악에 빠져들었다. 그런 유심의 모습을 바라보면서 정운의 마음은 봄눈 녹듯 허물어졌다. 감미로운 음악과 아름다운 여인, 그녀가 풍기는 암컷 고유의 향기가 향수 냄새와 어울려 정운의 감각을 마비시켰다. 참을 수 없는 모욕감과 배신감에 떨며 숱한 밤을 뜬 눈으로 지새우게 했던 여자 아닌가? 이렇게 쉽게 마음을 열어서는 안 된다고 머리는 그렇게 판단하지만 마음은 유심이 나타나는 순간 이미 통제 불능 상태가 되었고 심장은 주책없이 텅텅 방아까지 찧었다. 알콜이 잠시 이성을 마비시켰다고 생각했지만 시간이 흐를수록 감성은 이성을 지배했다. 말투가 자연스럽게 반말로 변했다는 것은 심리적 거리가 그만큼 가까워졌음이다. 직장과 일에 대한 이야기로 술잔이 몇 차례 돌아가고 웨이터가 세 번째 맥주를 가져올 때 쯤 유심이 갑자기 '선배' 하고 불렀다. 그 말에 정운이 정색을 하며 바라보았다. 그런 표정이 재미있다는 듯 유심은 까르르 웃었다.

"왜 놀래요? 다시 옛날로 돌아가자고 할까 봐서요?"

그녀의 속마음을 이해할 수 없었지만 그냥 너그러운 체 했다.

"아니, 갑자기 선배라는 소리가 너무 정겹게 들려서."

“난 돌아가고 싶다면 풋풋한 대학 시절로 가고 싶어요. 하얀 도화지에 꿈을 그리던 그때가 좋았어요.”

정운은 그 말이 다시 시작하고 싶다는 말로 들렸다.

“난 방황하며 괴로워했던 시절은 싫어. 열심히 할 수 있는 일이 있는 지금이 좋거든.”

갑자기 유심의 표정이 어두워지더니 정운의 얼굴을 빤히 쳐다보았다.

“미안해요. 선배. 나 너무 염치없죠? 무시하고 상대 안 할 줄 알았어요. 마음이 많이 아팠다는 걸 알지만… 용서해 줘요.”

유심은 진심을 보이려는 듯 눈가에 그렁그렁 눈물까지 매달았다. 여자의 눈물을 조심하라 했지만 그것은 이성이 마비되기 전의 일이다. 눈물은 사내의 마음을 흔들어놓았다. 정운은 자리를 옮겨 앉아 그녀의 손을 잡았다.

“다 지난 일인 걸. 아픔은 사람을 단단하게 만들었고 그 덕에 난 이 자리에 있게 되었으니 보상을 받고도 남았지.”

“고마워요.”

유심은 정운의 어깨에 머리를 살짝 기댔다. 정운은 자연스럽게 유심의 어깨를 안았다. 향기로운 냄새가 후각을 자극하며 심장을 고동치게 했다. 엘리베이터 안에서 유심은 정운의 팔짱을 끼고 지그시 바라보며 말했다.

“이렇게 둘이 외국에 함께 있다는 사실이 꿈만 같아요.”

정운은 대답대신 유심의 고개를 받쳐 들고 입술을 포갰다. 맥주 향기가 섞인 묘한 맛이 말초신경을 자극했다. 유심은 부르르 몸을 떨며 눈물을 흘렸다. 정운은 그 눈물을 가볍게 입술로 찍었다. 그러자 유심은 격렬하게 껴안으며 정운의 입술을 찾아 얕은 신음소리를 내뱉었다. 밀월 같은 꽃밤이 짧게 느껴지도록 선양의 밤은 황홀했다. 그들은 창밖을 볼 여유가 없었지만 내리던 비도 그치고 선양의 달빛은 푸르게 그들의 밤을 밝혔다.

다음날 아침 정운이 프런트에서 체크아웃을 하는데 지배인이 말을 걸어왔다. 어제 CCTV 녹화 비디오를 여러 번 확인해 봤는데 고유심의 방에 침입한 사람은 없었다는 것이다.

13
여우와 늑대의 시간

중국에서 돌아와 보니 수배 중이던 가네야마가 수감되어 있었다. 특수 유리창 너머 취조실에 그가 앉아 있다. 짧게 깎은 머리와 날카로운 눈매, 떡 벌어진 어깨와 팔에 그려진 용 문신이 한눈에도 혐오감을 느낄 만한 체구다. 오 검사가 들어서자 기다리던 이철진이 창 너머를 가리키며 말했다.

"부산 국제항을 통해 나가려던 놈을 붙잡아 왔습니다."

"틀이 좋구만. 그래, 뭘 좀 알아냈어?"

"저 녀석, 재일동포 3세라는데 묵비권을 행사하고 있습니다."

"저놈들 그게 조직에 대한 의리라고 생각하는 거지."

오 검사가 취조실로 들어서자 가네야마가 불만이 가득 찬 눈으로 쳐다봤다. 오 검사는 부드럽게 웃으며 그와 마주 앉았다.

"아무 잘못도 없는데 잡혀 와서 억울하단 말이지?"

"……."

"너 한국말 몰라? 나 오 검사야. 잘못이 없으면 여기 앉아 있을 필요가 없지. 넌 김주현을 죽이지 않았어. 죽이러 가보니 이미 그는 죽어 있었지? 사실대로만 말해. 확인해보고 틀림이 없으면 풀어줄게. 너를 한국에 보낸 게 누구야?"

"……."

"너 이창현이 알지? 네가 죽이려 했던 사람 말야?"

"……."

"그가 죽었다. 입 다물고 있으면 네가 뒤집어쓰게 돼. 오랫동안 콩밥 먹어야 한다는 거 몰라?"

"……."

"의리 때문 말 못하겠다 이거지? 좋아. 맘대로 해봐. 너 우리 대한민국 검찰 우습게 아는 모양인데 여기서 너 빼내 줄 사람 아무도 없어. 네가 말 안 해도 죽은 네 동료 뒷조사해 보면 다 나오게 돼 있어. 그리고 청부한 사람이 가만 놔둘 것 같애? 네가 잡혀 있다는 사실 다 알고 있고, 비밀을 지키기 위해서라도 널 살려두지 않을 걸. 그러니 곱게 살아서 돌아가고 싶으면 말을 해. 우리가 무사히 일본으로 가도록 도와줄 테니까."

그렇게 회유해도 가네야마는 분노 띤 얼굴로 오 검사를 바라볼 뿐 입을 굳게 다물었다.

"알았어. 생각할 시간을 주지. 마음이 바뀌면 나를 불러."

조폭들은 단박에 자기 죄를 털어 놓지 않는다. 앞뒤 통밥을 다 재고 나서 자신에게 유리한 쪽을 택한다. 오 검사는 말미를 주고 나오면서 그가 자신을 찾을 것이라는 것을 확신하며 미소를 지었다.

소파에 앉아 신문을 보던 유 국장이 '나쁜 놈들'하고 혼자 중얼거리더니 무언가 생각난 듯 일어서서 사무실로 통하는 문을 열어재꼈다. 그리고는 도수 높은 안경을 벗어 왼손으로 내려 쥐고 편집실 상황을 살피더니 유심을 불렀다.

"어이 고 부장, 잠깐 들어와 차나 한 잔 해."

유 국장이 손수 내린 커피를 잔에 따라 테이블 위에 놓는데 유심이 들어왔다.

"무슨 일 있어요?"

"응, 거기 앉아. 다음달 기획특집에 대해 의논 좀 하려구. 우선 차나 들라구."

유심은 푹신한 소파에 엉덩이를 묻으며 커피 잔을 들었다.

"번번이 고맙습니다. 손수 커피까지 내려 주시고."

그 말에 흡족한지 유 국장은 습관처럼 벗겨진 이마를 손바닥으로 슬쩍 한 번 쓸면서 사람 좋은 미소를 지었다.

"고맙긴? 커피야 내가 많이 얻어 마시잖아?"

"특집 생각해 두신 거 있으세요?"

"참, 신문 보니 독도영유권 문제에 대해 일본 문부상이란 자가 망언을 했던데 일본이 독도를 시네마현에 편입시킨 게 언제야?"

"그게 러 · 일 전쟁을 앞둔 무렵이니까 1904년이죠."

"그런데 독도가 무주물이기 때문에 편입했다고 우기는데, 우리 기록은 없어?"

"날도둑놈들이죠. 왜 없어요. 일본인들이 울릉도를 불법 침입해 산림벌채와 불법어로를 자행하는 것을 고종황제가 보고받고 울릉도와 독도를 지방행정구역상 독립된 군으로 승격시켰죠. 그리고 '울릉도와 죽도 및 석도(독도)를 관할한다'는 내용을 1900년 10월 25일 황제칙령으로 발포하고 관보에 게재까지 했어요."

유 국장이 맞장구를 쳤다.

"그래, 나도 들은 기억이 나. 그런데도 부끄럼을 모르고 억지를 부리니 날강도 맞구먼."

"뻔뻔스러운 것이 한두 가지에요? 영토에 관해 욕심 부리는 건 국제사회에서의 실력행사에 자신이 있기 때문이에요. 자꾸 문제를 일으켜 국제적 분규로 만들어 국제사법재판소까지 끌고 가면 자신 있다는 논리죠. 러시아 하고는 쿠릴열도, 중국하고는 센카쿠 열도 등 아직도 침략주의 근성에서 벗어나지 못하고 있어요."

"그러면서 뻔뻔스럽게도 강제 동원된 탄부들이 지하 갱도에서 많이 죽었다는 사실은 은폐한 채 군함도를 세계근대문화유산으로 등재하겠다니 나 원 참."

유 국장은 말을 하면서 머그잔을 들고 투명한 갈색 커피가 다소곳이 내려앉아 있는 유리 포트가 있는 곳으로 걸음을 옮겼다.

"참, 백제유적이 세계문화유산으로 등재된다는 기사 보셨어요?"

"응."

"내년이 일본과 국교수립 50년이 되는 해인데 그걸 특집으로 했으면 해요."

보충한 커피를 한 모금 마시면서 유 국장이 자리로 돌아왔다.

"좋은 생각이야. 어떤 방향으로 할 건데?"

"고대 일본 형성사를 다루었으면 해요, 일본의 건국 신화가 우리나라에서 시작된다는 사실, 부여와 백제, 가야 백성들이 일본으로 이주한 과정과 문화적으로 끼친 영향, 그리고 현재 일본에 남아 있는 유적을 중심으로 일본과 한국은 같은 핏줄이라는 걸 확인시켰으면 해요."

"일선동조(日鮮同祖)는 일본의 조선 침략 명분 아냐?"

"그러니까 일본은 부여와 백제계가 세운 나라임에 방점을 찍어야죠."

"좋았어. 좋긴 한데 일본이 싫어하지 않을까?"

"일본의 양식 있는 학자들도 이미 인정한 거예요."

"50주년인데 뭐 화해무드 조성할 수 있는 것도 찾아봐. 전공이 그쪽이니까 원고는 고 부장이 직접 쓰는 거지?"

"기자들과 나눠서 할게요."

"그래, 오늘 바쁘지 않다면 저녁이나 함께 할까?"

그 말에 유심은 반사적으로 시계를 보면서 일어섰다.

"아차, 오늘 세미나 있는데 늦었네요."

"무슨 세미난데?"

"동북아역사재단이 주최하는 한일고대사 세미나요. 일본 고대사의 권위자 가또 박사가 왔어요. 미리 인터뷰 신청도 해놨거든요. 다녀 올 게요. 커피 잘 마셨어요."

대답도 듣기 전에 국장실을 나가며 오 검사에게 전화를 걸었다. 가또 박사를 만나기로 약속했다는 말에 오정운도 흔쾌히 동석하겠다며 세미나장 앞에서 만나기로 했다.

중국에 다녀 온 후로 그들은 대학 시절처럼 가까워졌다. 하루가 멀다 하고 만났다. 직장의 일이 바쁘면 영상으로 대면을 해야 잠이 드는 수면제 같은 사이가 됐다. 약속 시간이 30분이나 지났는데도 정운은 나타나지 않았다. 먼저 와서 기다리나 하고 세미나가 한참 진행 중인 강당의 문을 열고 참석자들을 찬찬히 살폈지만 오 검사는 없었다. 문을 닫고 다시 밖으로 나오는데 휴대폰 진동소리가 들렸다. 갑자기 일이 생겨 늦을 것 같으니 먼저 들어가라는 문자였다. 유심은 일부러 사람들이 드문 자리를 찾아 앉았다. 세미나가 상당히 진행되어 가또 박사의 주제발표의 끝 무렵에야 정운은 도착했다.

"많이 늦었지?"

유심은 발표자를 턱으로 가리키며 작은 소리로 말했다.

"저 분이 가또 박사에요. 부친은 제국시대부터 황국사관을 신봉했었고, 대를 이어 일본의 상고학계를 주무르고 있는 분이죠."

"어떻게 만나기로 했는데?"

"세미나 끝나고 호텔에서 뵙기로 했어요."

가또는 「일본의 고대 야마토(大和) 정권과 임나일본부」라는 주제로 발표하고 있었다. 정운은 발표 내용엔 별 관심이 없는 듯 유심 앞에 놓인 자료집을 당겨 넘기며 가또의 주제 발표 내용을 대충 훑었다.

그는 『일본서기』 543년의 기록을 바탕으로 일본이 임나를 지배했고 그 임나를 지배하기 위한 기구로 '임나일본부'를 설치했다는 예전의 주장이 옳다고 했다. 543년 기록에 일본 천황이 '쯔모리노무라지(津守連)를 보내어 백제에 이르기를 임나의 하한(下韓)에 있는, 백제의 군령, 성주를 일본부(日本府)에 귀속하라 했다'는 내용을 근거로, '임나일본부'는 '일본'이라는 말이 들어가 있는 것으로 보아서 일본의 기구가 분명하다는 것이다. 그리고 '일본부'가 일본의 기구가 분명하다면 그것은 일본이 임나를 지배하기 위해서 설치한 기구가 분명하며 그러므로 '일본부'라는 기록이야말로 일본이 임나를 지배한 확실한 증거라는 것이었다.

가또 박사의 발표가 끝나자 토론이 이어졌다. 백제대 김석철 교수가 반론을 폈다.

"일본이라는 어휘가 태양의 뿌리라는 뜻인데, 당신의 나라에서 그걸 알 수 있습니까? 적어도 백제나 가야에서 해가 떠오르는 곳이란 뜻으로 열도부여를 일본(日本)이라 부른 것입니다. 그리고 애초에 일본부도 아니었어요. 509년에는 ○○현읍이었는데 720년 『일본서기』를 편찬하면서 가필한 것 아닙니까? 그렇지 않다면 712년에 편찬된 『고사기』에는 일본이란 단어가 왜 없습니까? 그때 기록상에 나타난 당신들의 나라 이름은 '왜' 아닙니까? 그 당시에 일본은 없었어요. 일본이란 국호는 670년 백제 의자왕의 아들 부여풍장이 사이메이 천왕의 뒤를 이어 일본 천왕이 되었고 중국에 조공하면서 얻은 것 아닙니까? 그리고 '임나'의 뜻이 뭡니까? '임의 나라' 아닙니까? 나라를 잃고 일본으로 건너 간 백제, 가야 사람들이 고국을 부르는 말입니다. 결국 한국과 일본은 부여계의 동족이고 하나의 민족이란 말입니다. 정확히 말해 백제의 사람들이 건너가서 세운 나라지요. 그런데…."

그러자 가또가 격노해서 참을 수 없다는 듯 책상을 치며 반박했다.

"그런 망발이 어디 있소? 일본은 2600년의 역사를 가지고 있는 나라입니다. 부여, 백제, 고구려보다 먼저 건국되었단 말이오."

김 교수가 질 수 없다는 듯이 재반론을 폈다.

"그것의 근거가 뭐요? 가또 박사는 『일본서기』를 근거로 들고 있는데 그 책은 누가 만든 겁니까? 그건 멸망한 백제인들이 일본으로 건너가 백제의 역사를 기술한 것 아닙니까? 그때 일본에 글자를 아는 사람들이 있었던가요? 그러므로 『일본서기』는 위서입니다. 위서를 가지고 주장을 하는 것은 논문으로서의 가치가 없습니다."

말이 끝나기도 전에 가또 박사가 격분해서 일어섰다.

"사회자 이거 뭐하는 짓입니까? 나를 초청해 놓고 망신 주자는 겁니까? 『일본서기』가 위서라니요?"

그제야 상황이 흘러가는 것에 재미를 느끼며 지켜보던 사회자가 중재를 시도했다.

"자, 가또 박사님 흥분하지 마시고 차분하게 이야기를 들어 봅시다. 지금은 토론시간이기 때문에 토론자의 반론을 경청하시고 재반박의 시간을 드리겠습니다. 토론자도 발표자의 주장에 이견을 말할 때에는 예의를 갖추고 확실한 근거를 가지고 얘기하시기 바랍니다."

그러자 김 교수가 다시 마이크를 당기며 목소리를 높였다.

"일본 학자들이 경전처럼 받드는 『일본서기』가 위서라는 확실한 근거를 대지요. 우선 예로부터 전해오는 역사책들은 편찬자가 있고 서문이 있는데 『일본서기』엔 없습니다. 그것뿐만이 아니라 다른 책에는 있는 연표와 열전 그리고 발문도 없습니다. 그리고 일본국 시조에서 9대까지의 왕의 본기에는 세자 책봉과 왕의 즉위와 사망만 기록되어 있지 역사적 사실이나 주요 인물에 대한 내용이 전혀 없습니다. 왕의 명칭도 중국의 시호를 도용하고 있습니다. 더욱이 『일본서기』가 만들어진 720년에는 일본어가 없었습니다. 그래서 후대에 사마천의 『사기』를 모델로 위작한 것입니다. 1백80만 세가 흘러 신무천왕이 나온다는 게 말이 됩니까? 야마토 정권 당시 일본은 부족국가 수준의 연맹왕국으로서 의례적 통치를 했을 뿐 국가의 체제를 갖추지도 못했다는 건 인정하십니까? 그런 정권이 가야와 신라를 정복해서 임나일본부를 만든다는 건 언어도단 아닙니까?"

가또 박사는 도무지 참을 수 없다는 듯 일본어로 욕을 하며 자리를 박차고 일어섰다. 그러자 돌아서는 가또 박사를 향해 김석철 교수가 물었다.

"가또 박사, 비겁하게 도망가지 말고 인정할 건 인정하세요. 구다라(百濟)가 무슨 뜻이오? 큰나라 아닙니까? 그것도 인정 못하겠다면 난도쿠 왕릉을 공동 발굴합시다."

가또는 가던 발을 멈추고 멀뚱하게 듣다가 김 교수에게 삿대질과 욕을 하면서 세미나장을 나갔다. 사회자가 만류했지만 이미 세미나는 파장이 났다. 투덜대며 밖으로 사라지는 사람들의 틈에 끼어 유심과 정운도 밖으로 나왔다. 잠자코 땅만 보고 걷던 정운이 뒤돌아보며 물었다.

"난도쿠 왕릉은 뭐야?"

한 걸음 뒤에 따라오던 유심이 미소를 지으며 잰 걸음으로 다가와 설명했다.

"이야기 하자면 좀 길어요. 백제 개로왕의 아들 곤지 왕자가 일본에 건너가 오진(應神)왕이 되었어요. 그때에 오진은 모국인 백제에 왕자들을 교육시키기 위해 학자를 보내 줄 것을 요청했고, 젊은 학자 왕인이 일본에 가게 됩니다. 그런데 오진이 죽자 후계가 필요했죠. 왕자들의 품성을 잘 알고 있는 왕인 박사가 넷째 아들 오사자키노미코토를 왕으로 추천하였지요. 그가 난토쿠(仁德) 왕인데 왕릉이 지금 오사카에 있어요. 헌데 1872년 오사카에 산사태가 났는데 난토쿠 왕릉도 무너져 내려 일부 유물들이 노출되었어요. 그런데 놀라운 것은 이 유물이 백제 왕릉에서 발굴되는 것과 같은 것이었어요. 당시 백제의 문화권에 있었으니 당연한 결과죠. 환두대두라고 큰칼은 무령왕릉에서 출토된 백제큰칼과 유사했고, 동경(銅鏡)은 백제 무령왕릉에서 출토된 동경과 크기가 일치할 뿐 아니라 디자인도 복사판이나 같아요. 그런 거울은 중국에서는 출토되지 않았어요. 동경에는 태양의 중심에 산다는 삼족오(三足烏)가 분명하게 조각되어 있고, 그 주위에는 북방민족의 수호신들인 청룡, 백호, 주작, 현무 등이 호위하고 있어 고대 북방 한국인들의 특성을 드러냈어요. 이는 그 동경이 한반도에서 일본으로 유입된 것을 의미하는 것이죠. 그러자 당황한 일본은 쉬쉬하면서 황급히 왕릉 발굴을 중지했어요. 이후 어떤 경로인지 몰라도 이 유물들의 일부가 미국 보스턴 대학에 있는 거예요. 거기에는 난도쿠 릉에서 출토된 손거울(手帶鏡)과 칼자루(環頭柄)가 전시되어 있는데, 이 유물들은 20세기 초 메이지 시대에 미국으로 유출된 것으로 추정하고 있어요."

유심은 호텔 로비에서 가또 박사에게 전화를 걸었다. 커피숍에서 보자고 했다. 로비 옆에 있는 커피숍은 한산했다. 커피를 주문해 마시고 세미나 자료를 뒤적거리는데 중절모를 쓰고 외투와 가방을 든 가또가 나타났다. 유심이 문가로 가서 가또를 맞이했다.

"안녕하세요. 전화 드린 고유심입니다."

유심이 명함을 건네자 가또가 어험스러운 표정으로 손을 내밀었다.

"목소리와 다르게 미인이시네."

유심은 악수를 하면서 배시시 웃었다. 아닌 게 아니라 중국 여행 후 유심의 얼굴은 무척 화사하게 빛났다. 그게 호르몬 작용 때문이란 생각에 미치자 정운의 얼굴에도 미소가 번졌다.

"농담이라도 듣기 좋은데요. 호호호."

웃으며 바라보았으나 정운은 짐짓 눈을 크게 뜨고 양손을 펴며 동의할 수 없다는 표정을 지었다. 그런 정운이 야지랑스러운 듯 팔로 툭 건드렸다.

"아참, 인사하세요. 이쪽은 수원검찰청의 오정운 검사님이세요."

정운은 명함을 꺼내며 악수를 청했다. 가또 박사는 검사라는 말이 껄끄러운 듯 굳어진 얼굴로 손을 맞잡았다.

"검사? 검사가 날 만날 이유가 있소?"

정운은 대답대신 웃으며 가또를 칭찬했다.

"일본인이신데 한국어를 참 잘 하십니다."

"할머니한테 배웠지요. 조모가 한국 분이시죠."

고유심이 놀란 표정으로 말했다.

"그래요? 처음 듣는 얘긴데요? 그래서 한국통이라 하는구나?"

괜히 얘기했다 싶었는지 가또는 의자에 앉으며 왼팔 소매를 걷어 시계를 보았다. 불편한 자리에 괜히 왔다는 귀찮음이 역력한 표정이었다.

"우선 차 한잔 하시지요?"

"차는 방에서 마시고 왔소. 시간이 없으니 요점만 간단히 합시다."

커피를 한 모금 마시고 오 검사가 운을 뗐다.

"그럼 단도직입적으로 여쭙겠습니다. 혹시 김주현 박사를 만난 적 있습니까?"

가또는 김 교수 말이 나올 줄 안 것처럼 능갈맞게 미소까지 흘렸다.

"아, 김 교수? 김 교수야 세미나에서 자주 만났지요. 헌데 변고가 생겼다면서요?"

"예. 그래서 제가 수사를 지휘하고 있습니다."

"거 그 사람, 아직 젊은데 안 됐어요. 세미나에선 아옹다옹 다퉜지만 부음을 듣고 얼마나 애석한 생각이 들던지…."

"혹시 일본에서 만난 적 없습니까?"

순간 가또 박사의 얼굴에 웃음기가 사라지는 것이 보였다.

"날 의심하는 거요?"

분위기가 이상하게 흐르는 것을 감지한 유심이 끼어들었다.

"박사님을 의심하는 게 아니라 가또 박사님 만나러 일본 가신다는 말을 제가 직접 들었거든요."

"그래 만났어요. 집으로 찾아왔습디다."

"그때 혹시 벽화 얘기 없었습니까?"

가또의 표정이 잠시 일그러졌다. 그러나 속마음을 숨기려고 그랬는지, 생각을 정리하려고 그랬는지 잠시 뜸을 들이면서 물잔을 들어 목을 축였다.

"광개토대왕릉에 대해 이상한 이야긴 했습니다만 벽화 얘긴 들은 기억 없소."

"벽화가 일본을 거쳐 한국에 다시 들어왔다는 첩보가 있어서 말입니다."

그 말에 성질이 급한 가또는 일어서며 외투와 가방을 챙겼다.

"난 모르는 일이고 벽화엔 관심도 없습니다."

뒤돌아 나가려는 가또를 향해 정운은 황급히 물었다.

"혹시, 가네야마준과 신타로유란 사람 아십니까? 신타로는 죽었고 가네야마는 잡혀 있습니다."

가또 박사는 감잡힌 듯 잠시 서서 뒷머리로 듣다가 그냥 걸어 나갔다.

"난 그런 사람들 모릅니다. 바빠서 이만."

가또의 허둥대는 모습에서 무언가 숨기는 것이 있다는 걸 포착했다. 가또 박사는 흥분을 참느라고 그랬는지 커피숍 입구에서 발걸음이 뒤엉키며 휘청거리다가 중심을 잡더니 문을 열고 사라졌다.

14
범 부여제국 건설을 위하여

유심은 집에서 가져온 관련 서적들을 읽으며 메모해둔 노트를 펼쳐놓고 일본의 역사를 신화부분부터 쓰기 시작했다. 일본의 가장 오래된 역사서 『고사기』(712년)와 『일본서기』(720년)에는 2개의 건국신화가 전한다.

이즈모(出雲)계 신화의 주인공은 태양의 신 아마데라스 오미카미(天照大神)인데 그녀는 신들이 모여 사는 고천원(高天原, 다카마노하라)에 살았다. 아마데라스에게는 남동생이 있었는데 그의 이름은 스사노였다. 그는 심술궂고 성질이 그악해 어린 시절부터 살인과 방화를 일삼는 골치덩이였다. 누이라고 봐 주는 법이 없었다. 아마데라스가 씨를 뿌린 밭에 씨앗을 한 번 더 뿌려 농사를 망치게 하는가 하면, 가을엔 망아지를 밭에 몰아넣어 곡식을 뜯어먹게 했다. 아마데라스의 방에 들어가서 대소변을 보기도 하고, 베를 짜고 있는 누나에게 피가 뚝뚝 흐르는 망아지 껍질을 던져 베틀에서 떨어져 다치게도 했다. 격분한 아마데라스는 스사노를 두 번 다시 보지 않겠다면서 천석굴(天石窟 아마노이와야)에 들어가 돌문을 굳게 닫아버렸다. 태양의 신이 사라지자 세상은 캄캄해져 낮인지 밤인지 구별할 수 없게 되었다. 고천원의 신들은 큰일났다며 강가에 모여 아마데라스가 굴에서 나오게 할 수 있는 방안을 의논한 끝에 계책을 세웠다. 많은 사람의 소리는 하늘도 어쩌지 못할 것이라는 생각에 굴 밖에서 시끌벅적한 굿판을 벌였다.(*이는 신라의 향가 「구지가」, 「해가」에서 변용한 것 같다) 밖이 소란해지자 궁금해진 아마데라스는 돌문을 삐죽 열고 밖을 내다보았다. 이때 힘이 센 신(神) 하나가 숨어 있다가 얼른 아마데라스의 손을 잡고 당겨 굴로부터 끌어내었다. '태양의 신'이 굴에서 나옴으로써 세상은 다시 밝아졌고 사람들은 모두 기뻐했다.

그러나 아마데라스는 스사노와는 함께 살 수 없다고 했다. 신들은 다시 회의를 열어 스사노의 추방을 결정했다. 스사노가 떠나야 하는 날은 비바람이 치고 있었다. 스사노는 '비바람이 심해 소시모리(曾尸茂梨, 쇠머리산, 우두봉)에 가기 어려우니 오늘밤만은 이곳에 머물게 해 달라'고 애원했지만 거절당했다. 그는 도롱이를 만들어 입고 밤새도록 걸어 우두봉(牛頭峰) 밑에 갔다.(*일본 츠크바(筑波)대학 마부치가즈오(馬淵和夫) 교수는 이 고천원을 대가야의 중심 도시였던 경상북도 고령으로 비정했다. 고령 근처 가야산국립공원 안에 있는 가야산의 정상이 우두봉이다) 그곳에서 그는 농사를 지으며 한동안 살았다.

우두봉으로 추방되어 그곳에서 농사를 짓던 스사노는 그의 아들과 함께 배를 만들어 타고 동해 바다를 건너 일본 시마네현(島根縣) 이즈모(出雲)로 갔다.(*이즈모란 명칭도 우리나라에서 보았을 때 '구

름이 피어나오는 곳'이라는 뜻이다)

헌데 고천원에서 악신이었던 스사노는 이즈모에서는 착한 신으로 변신했다. 그는 머리와 꼬리가 각각 8개나 되는 큰뱀(八岐大蛇, 야마다노오로치)을 퇴치하여 백성을 고통으로부터 해방시켜 추앙을 받았다.

일본 초대 천왕 진무(神武)의 할아버지는 니니기노미코토(瓊瓊杵尊)인데 아마데라스의 손자다. 즉 아마데라스의 아들과 다카미무스히(高皇產靈神)의 딸이 결혼하여 낳은 아들이다. 반로국(고천원)을 떠나는 손자 니니기에게 아마데라스는 거울 · 곡옥 · 검 등 소위 '3종의 신기'를 주면서 '아시하라(葦原)의 땅은 나의 자손이 왕이 되어야 할 땅이다. 나의 자손이여, 어서 가서 잘 다스려라. 그곳의 운은 하늘과 땅이 붙을 때까지 융성할 것이다'라고 격려했다. 니니기 일행은 남부 규수 아다나가야(吾田長屋)에 상륙했다. 그리고 배에서 내리면서 '이곳은 가라구니(韓國)와 마주보고, 가사사(笠沙)의 뱊족한 곳이 바로 보이며, 아침 해가 직자(直刺)하고, 저녁 해가 끝까지 비추는 곳이어서 매우 좋은 곳이다'라고 했다. 『고사기』에 적힌 말이다. 그 자손이 오늘까지 이어지는 일본의 황족이다.

일본은 왕을 천황이라 하며 일본 천황들의 이름을 나열하나 1대 진무덴노(神武天皇 BC 660~585)에서~14대 츄우아이(仲哀)까지는 가공(架空)의 천황이다. 이에 대해 와세다 대학(早稻田大學) 미즈노 유(水野祐) 교수는 일본의 역사는 978년을 조작했다고 양심적으로 말했다. 그러면서 일본의 천황은 제10대 스진(崇神) 천왕, 제16대 난도쿠(仁德) 천왕, 제26대 게이타이(繼體) 천왕으로 세 번에 걸쳐 왕조가 교체되었다고 주장했으며 게이타이 천왕을 현재 일본 천황의 시조로 보고 있다.

일본의 역사서 『고사기』와 『일본서기』를 편찬한 것은 백제 지식인들로 이들은 반(反)신라적인 사람들이다. 이미 망해버린 조국, 백제의 역사를 일본의 역사로 차용하고 왜곡했다.

『일본서기』의 원 자료인 이른바 『백제기』 『백제본기』 『백제신찬』 등 백제 삼서가 현재 전하고 있지 않으나 일본황실도서관에 필사본이 남아 있을 것으로 추정되지만 일본은 숨겨야 할 무엇이 있는지 모르쇠로 일관하고 있다.

그러니 일본의 역사왜곡 내지 날조의 행태는 1300여 년간 계속되고 있는 것이다.

일본은 조선을 침략하면서 총독부에 '조선사편수회'를 만들어 일본 교토대학(京都大學)의 이마니시 류(今西龍)로 하여금 1만 년의 한국 역사를 4250여 년의 역사로 축소하게 했다. 그리고 실제 실존 인물인 단군은 '곰의 자식'이므로 이는 가공된 신화라고 왜곡하여 단정해버렸다.

역사를 날조한 일본은 그들의 역사를 2600년이라 하나 일본이 국가 형태를 갖추기 시작한 것은 백제 근초고왕(近肖古王, 346~375 제위)의 왕손으로 실존인물인 오진(應神 *백제 개로왕과 왜 진구 황후의 둘째 아들 곤지, 일설에는 개로왕의 동생이며, 무령왕의 숙부라고도 한다) 때이며 그가 왜왕(倭王) 1대 시조이다. 허나 그가 국가 형태의 요소를 갖추었다고 했지만 이 시기에 국가 건립은 허구라는 것을 일본의 양식 있는 학자들도 인정하고 있다. 왜냐하면 이 시기는 아주 미개했던 원주민들의 부족 시대였기 때문이다.

'부여'라는 국호는 불(火)여에서 왔다. 이는 '태양'을 지칭하며 천손(天孫)임을 뜻하는 말이다. 부여계는 요동 · 만주 지역에서 세 차례 남하했다.

백제의 시조는 부여왕 울구태(蔚仇台, 우태)다. 즉 백제의 건국은 한반도에서 시작된 것이 아니라 요동 만주 지역에서 강력한 새로운 국가를 준비했다. 백제가 처음으로 그 나라를 대방의 옛 땅에 세웠다는 기록은 『북사(北史)』와 『수서(隋書)』에도 나온다. 여기서 말하는 대방은 황해 지역이 아니라 요동 · 만주 지역이다. 그러나 고구려 건국기에 주몽의 세력에 밀린 부여 일부 소수 세력(*소서노와 그 아들 비류와 온조 세력)이 대방에서 남하하여 한강 유역에 정착했다. 이들이 소국 백제(伯濟)이다.

두 번째는 위 나라의 요동정벌이라는 국가적 위기를 맞아 남쪽으로 내려와 당시 한강에 선착해 있던 부여계와 합류했다.

4세기 초 동호계 선비(鮮卑)가 강성해지면서 큰 핍박을 받은 근초고왕(재위 346-375) 시기에는 만주에서 백제의 활동이 사라졌고 전라도, 낙동강, 황해도에서 왕성한 정복 활동 전개했다는 기록이 남아있다. 4세기 부여가 멸망한 후 그 일부는 한반도로 남하해 가야에 영향을 미치고 일부는 배에 말과 무기를 싣고 왜(일본)로 진출했다. 이어 부여 기마족은 369년 왜의 야마토를 정벌하고 6세기 초까지 일본의 왕권을 장악했다.

식민사관을 계승한 학자들은 백제의 건국이 지금의 인천과 광주(廣州) 지역에서 이루어졌다고 주장하는데 '교과서 중등 역사상'에는 다음과 같이 기록되어 있다.

'주몽이 북부여에서 졸본부여로 도망왔을 때 그곳의 왕은 아들이 없고 딸만 셋이 있었다. 부여의 왕은 주몽이 보통 인물이 아님을 알고 둘째 딸(*소서노, 그녀는 울구태(우태)와 결혼하였으나 울구태가 죽자 과부로 있었다)을 아내로 삼게 했는데, 얼마 뒤 왕이 죽고 주몽이 왕위에 올랐다. 이들 사이에는 아들이 둘이 있었는데 큰 아들이 비류, 둘째 아들이 온조였다. 뒤에 주몽이 북부여에 있을 때 낳은 아들인 유리가 찾아와 태자가 되자, 비류와 온조는 백성을 이끌고 남하했다. 비류는 미추홀(*인천)에 정착하고, 온조는 위례성(*남한산성, 광주)에 도읍을 정하고 국호를 십제라고 했다. 비류는 미추홀의 땅이 습하고 물이 짜 정착에 실패하고 죽었는데, 그를 따르던 사람들이 온조의 위례성에 합쳐진 후 국호를 백제로 고쳤다. 『삼국사기』 백제전 별전에는 주몽이 온조의 의부이며, 백제의 건국자는 온조의 형인 비류라고 되어 있고(*신채호는 「조선상고사」에서 백제의 시조는 소서노라고 했으며 소서노가 죽자 온조가 왕이 됐다고 주장했다. 김부식은 신라가 적통임을 드러내기 위해 백제의 건국시기를 일부러 신라 건국 이후로 잡았기 때문 소서노의 존재를 무시했다) 비류와 온조를 낳은 이는 우태로 되어 있다.'

고대 백제인들은 약 2000년 전인 야요이 시대(BC 3~ AD 3)부터 기타큐수(北九州) 땅으로 처음 떼지어 건너 왔다. 기타규슈(北九

州)는 남해안에서 가장 가까운 일본 최남단의 큰 섬이다. 기타규수를 장악한 백제인들의 제2 진출지는 일본 열도의 안쪽 깊숙이 구석진 바닷가 구다라스(百濟州) 벌판이었다. 백제인들은 기타규슈로부터 대형 선박들을 띄워 동진했다. 오늘의 세도나이카이(瀨戶內海)라는 일본 열도의 안쪽 바다이다. 백제인들은 그후 4세기경부터 마침내 난바 나루터 일대를 교두보로 하여 구다라스 땅을 백제인들의 새로운 개척지로 만들었다. 오사카시립대학 나오키 코지로(直木孝次郎) 교수는 '시텐노지(四天王寺)가 있는 우에마치(上町) 내지(內地) 일대가 난바(나니와 難破) 땅이다'라고 하며 이 터전에 고대 백제인들이 새로운 보금자리를 틀었다고 밝혔다. 백제의 강역이 만주에서 한반도를 거쳐 일본까지 광대했다는 것을 말한다.

그런데 일본 사학자들은 『일본서기』 진구(神功) 황후 49년 조에 나오는 문장을 근거로 '근초고왕 24년(369)에 일본의 야마토(大和) 정부가 신라와 가야를 정복하고 미마나(任那)라는 식민지를 경영하기 시작했다'고 주장했다. 진구 왕후가 근초고왕에게 명해 한반도 남부 지역을 공략했다는 것은 언어도단이다. 진구 왕후는 실존 인물도 아니고 이 시기의 야마토 왕조도 실체가 없다. 이 시기 한반도 남부 및 열도를 장악한 사람은 근초고왕(부여영 夫餘暎) 또는 근구수왕이라고 보아야 한다는 논리가 설득력을 갖는다.

『일본서기』 긴메이 천황 조에 이른바 임나일본부 관련 기사들이 집중적으로 나오는데 일부 학자는 긴메이 천황은 백제의 성왕과 동일 인물로 추정한다. 즉 성왕은 백제에 본거지를 두고 일본을 직할 통치했다는 말이다. 그래서 성왕 때에 가야에 임나일본부를 설치하였고, 성왕 이후에는 없어졌다. 야마토 정권이 임나일본부에 직접적인 의사를 전달한 예는 전혀 없고 다만 백제를 통해서 의사를 표시한 예는 네 차례나 확인된다. 이런 것으로 보면 임나일본부는 야마토의 직속기관이 아니라 백제의 직속기관임을 알 수 있다. 이때에 성왕이 일본에 일본계 관료들을 많이 보냈다는 것은 무엇을 의미하는가? 백제와 가야, 일본은 같은 통치구조 지배 아래 있었다는 말이다. 이는 범부여 제국의 건설을 꿈꿨던 성왕의 의지 표현이라 볼 수 있다. 백제는 신라에 가야를 빼앗겼다는 『송서』의 기록도 있다. 결국 임나일본부는 백제의 지배영역에 속하는 기구였고 긴메이 천황은 죽는 날까지 임나의 부흥을 꿈꾸었다. 긴메이 천황은 32년에 황태자의 손을 잡으며 '그대는 신라를 쳐서 임나를 세워라. 옛날처럼 두 나라가 친하면 죽어서도 한이 없을 것이다' 라는 유언을 남겼다.

다음과 같은 『일본서기』의 기록으로도 긴메이 천황이 백제의 성왕임을 알 수 있다.

'왕이 말하길 과거 우리의 선조 근초고왕, 근구수왕께서 가야에 계신 여러분들과 처음으로 서로 사신을 보내고 이후 많은 답례들이 오고가 관계가 친밀해져서 마치 부자나 형제와 같은 관계를 맺었습니다. 우리는 마치 형제처럼 가까우니 우리는 그대들을 아들이나 아우로 생각하므로 그대들도 우리를 아버지나 형처럼 대하세요.'

북만주 지방에 남아있던 부여족은 410년 영락대제(광개토태왕)

의 침략을 받아 멸망했다. 그리고 475년 다시 고구려가 위례(광주廣州)에 있던 백제를 침입하여 개로왕을 죽임으로써 백제는 사실상 멸망했다. 허나 「백제기」에서는 이를 백제의 멸망이 아니라 위례국(慰禮國)의 멸망으로 기록했다. 이때 백제 21대 개로왕의 아들 곤지는 수도를 웅진(熊津, 공주)으로 옮기고 백제의 재건과 바다를 건너 일본으로 가 범 부여 제국의 건설에 매진했다.

5세기에 나니와(難破津. 현 오사카)로 건너온 곤지 왕자는 당시 주민 90%가 백제계인 나니와의 왜 왕실을 지배하여 초대 천황(應神, 오진)이 된다. 오진은 왕이 되자 왕자들을 교육시키기 위하여 백제로부터 유능한 젊은 학자 왕인 박사를 초청했다. 왕인은 논어와 천자문을 들고 일본으로 갔고 일본의 글자인 가나문자를 만들었다. 일본이 자랑하는 역사서 『고사기』와 『일본서기』에는 왕인을 '서수(書首)와 문수(文首)의 시조'라고 적고 있다. 책(書)과 글(文)의 태두라는 뜻이다.

오진왕의 첫째 아들은 백제의 동성왕(479-501)이 되었고, 오진왕이 돌아가자 넷째 왕자 오사자키노미코토가 그 당시 왕실 교육장관(西文首)인 왕인 박사의 천거로 난도쿠(仁德)왕으로 등극했다. 이후 왜와 백제 두 나라는 긴밀해져서 백제인들을 일본으로 이주시키는 대규모 식민 정책을 펴기 시작했는데 이것이 5세기경에 백제인들이 대거 일본으로 도래하게 된 이유다. 한편 백제의 성왕(523-554 재위)은 538년 수도를 웅진(공주)에서 사비(부여)로 옮기고 국호도 '남부여'로 바꿨다.

그 후 가야와 백제, 고구려의 잇단 멸망으로 십 수 만 명에 달하는 지배층과 지식인들이 일본에 유입되면서 8세기까지 일본은 한반도에서 건너간 한국인들의 선진문화에 힘입어 발전하게 된다.

1천 년 동안의 도래인 인구는 약 150만 명이며, 7세기 초에 일본 원주민 조몬계(*아이누족 동남아 인도네시아, 폴리네시아 지역 등의 남쪽 바다 지역에서 난류(흑조)를 타고 표류해 온 체구가 왜소한 키 작은 고대 동남아시아인)와 도래계의 비율은 1대 8.6이나 된다. 즉 원주민이 10명이라면 도래인은 86명으로 압도적으로 많았다. 당시 조몬인은 동굴 생활과 원시적인 채집 생활로 열매를 따먹거나 조개 따위를 캐먹는 미개한 삶을 이어왔다. 이에 선박술이 발달한 백제인들이 벼농사 기술이며 채광과 철공기술, 건축기술, 배틀 등 복식 기술과 문자며 불교 등 종교를 가지고 건너가서 미개한 일본 각 지역 주민들을 계도하며 지배하게 되었다. 고대의 미개한 일본을 개발해 준 선진국 백제를 구다라(큰 나라)로 찬양하게 되었는데 이런 사실을 부정하는 일본 학자는 없다.

키가 작고 왜소한 조몬인들이 살고 있던 서일본 지역민에 당시 평균 신장 163센티의 키가 큰 도래인들의 피를 받아 비로소 야요이인이 생겼다. 일본은 부인하고 싶겠지만 요시다 아키라 교수는 야요이 문화라는 것은 분명히 한국으로부터 들어온 것이라고 했다.

『삼국사기』에서 왜(倭)라는 말은 6세기 이후 사라졌다. 이 시기는 가야가 신라에 병합되었던 시기였다. 532년 일명 임나라고 불렸던 금관가야가 멸망했고, 554년 백제, 가야 연합군이 관산성에서 신라에 대패한 후 대부분의 가야의 소국들은 신라에 병합됐다. 그리고 562년 후기 가야의 맹주였던 대가야도 신라의 침입으로 멸망함으로써 가야는 사라졌다.

500년 이전에 신라를 줄기차게 공격한 왜는 일본이 아니라 경남 해안 지방의 가야인들이었다. 왜구도 일본인이 아니라 한반도 남해안 지방에 광범위하게 거주하며 가야국의 재건을 이루고자 했던 가야인들이라 추정해 볼 수 있다.

백제 성왕의 숙부인 게이타이 천왕은 527년(게이타이 21년) 가야를 구원하기 위해 군대를 파병했지만 신라의 사주를 받은 이와이(磐井)의 반란으로 실패했다. 이 시기 게이타이 및 그의 직계 자손들이 멸족했고, 금관가야의 김구해 왕이 532년 왕자 2명을 데리고 신라에 항복했다.

6세기 이후에도 백제 왕가와 왜국 천황가는 친척 관계여서 식민정책을 계속할 수 있었다.

당시 왜왕은 사이메이(齊明天皇 · 655~661 재위)였는데 여왕은 백제와 가까운 후쿠오카로 직접 가서 구원군을 준비시키고 오사카로 가서는 무기를 준비시켰다. 그러나 예순을 넘긴 나이인데도 동분서주하니 몸에 무리가 올 수밖에 없었다. 여왕은 661년 1월 6일 오사카 항을 출발해 여러 곳을 돌며 군사를 모으다 7월 24일 갑자기 세상을 떠났다. 의자왕의 아들인 부여풍장(夫餘豊璋)(*일설에는 사이메이의 아들이라 하나 풍장이 20년을 일본에 살았으니 양아들이 되었을 수도 있겠다) 이 사이메이의 뒤를 이어 덴지(天智)왕이 되었고 660년 사비성 전투에서 패전한 백제를 구출하기 위해 663년 국가 멸망을 무릅쓰고 나당연합군과 싸웠다. 이것이 그 유명한 백강전투다. 이때 왜 왕실은 백제인 7,000명과 구원군을 백제로 보냈으나 패퇴했다. 덴지왕(天智 661-671 재위) 당시 모국 백제 구원

차 파견된 백제인과 왜인의 숫자는 모두 42,000명이었다. 663년 나라를 완전히 잃은 백제인들은 왜로 향하는 배에 올랐다. 3년 전 사비성이 멸망할 때부터 이때를 전후로 대략 20만 명의 백제인이 일본으로 건너간 것으로 추산된다. 덴지왕은 670년에 당(唐)에 조공했고 제후국의 승인을 얻어 이때부터 일본(日本)이라는 국호(國號)를 갖게 된 것이다.

일본의 고분시대는 크게 3기로 나뉘는데 전기는 3세기 후반~5세기 전반으로 소국연맹체이고, 5세기 후반부터~7세기 말까지는 초기 고대국가로 보고 있다. 부여계가 여러 호족들과 연합하고 대립 항쟁하면서 열도에 뿌리를 내려가는 과정이 야마토(大和) 왕조의 역사라 할 수 있다. 4세기 후반 가야 지역의 유적과 유물들 가운데 김해 대성동 13호분과 2호분의 것은 상대적으로 그 규모가 크고 수준이 높으며, 여기에서 출토된 왜계 유물들은 일본과의 교류를 보여주는 증표다. 즉 전방후원분(前方後圓墳: 앞쪽은 각이 지고 뒤는 둥그런 형태의 고분)을 공유하는 연합정권이 오사카, 나라 중심으로 성립되었음을 말한다. 천관우 교수는 가야사를 검토하면서 '왜가 한반도 남부를 지배한 근거가 되는 내용들은 하나같이 백제의 역사가 일본 야마토 왕조의 역사로 개변된 것'이라고 지적했다.

오사카 동북쪽 교토(京都)는 백제계의 간무(桓武 781-806 재위)왕이 794년 개창한 고대 왕도다. 이곳에 왕실 사당인 히라노신사(平野神社)가 있는데 원래의 명칭은 구다라노(百濟野)신사였다. 이는 역대 일본 왕이 고스란히 한국인이라는 것을 말해 준다.

히라노신사에 모셔져 있는 제신들의 주신은 백제 26대 성왕이며 다른 이들도 모두 백제왕과 왕족이다. 역대 일본 왕들도 히라노신사에 참배했다. 이 사당 후면에 일본에서 두 번째로 웅대한 길이 415m의 오진왕릉이 있다. 이는 그의 아들 난도쿠왕릉(486m)과 더불어 구다라노 들판에 남긴 백제 후손들의 막강한 통치력의 발자취이다.

그러나 침략기에 일본은 백제의 자취를 없애고자 했다. 일본 왕실 사당인 오사카 곤지왕신사(昆支王神社)는 아스카베신사(飛鳥戶神社)로, 구다라노(百濟野)를 히라노(平野)로, 백제사(百濟寺)를 샤리손쇼지(舍利尊勝寺)로 그 이름들을 바꾸면서 백제 후손들에 의한 일본 지배의 흔적을 없애려 했다.

이런 사실은 8세기에 저술된 일본의 역사서 『고사기』와 『일본서기』에 나타나고 있으며 우리나라와 일본에 남아있는 토기와 칼, 말 갑옷, 말 장식, 금관, 4세기부터 7세기 초까지 일본에서 이전과 달리 대규모 고분들이 출현한 것으로도 알 수 있다.

이렇듯 곤지왕의 아들들이 백제와 일본의 왕이 되었고 일본 황실이 백제계임이 다 밝혀진 사실을 일본의 양식 있는 학자들은 인정하지만 주류학자들은 인정하지 않는다. 허나 2001년 12월 23일 아키히토(明仁) 일왕은 68세 생일을 맞아 기자회견을 갖는 자리에서 아주 중대한 발언을 했다.

"나 자신으로서는 간무 천황(50대, 781~806년 재위)의 생모(生母)가 무령왕(백제)의 자손이라고 『속일본기(續日本紀)』에 기록돼 있어 한국과의 인연을 느끼고 있습니다."

그의 말은 '2002 한 · 일월드컵' 공동 개최를 앞두고 한국과 일본이 더 가까워졌으면 좋겠다는 취지에서 한 것이었지만 일본 내에서 금기로 통하던 천황 가(家)의 백제 유래설을 천황 스스로가 꺼냈다는 점에서 큰 파문을 일으켰다.

15
앰베서더 호텔 피트니스 클럽

진척이 더디자 오 검사는 탐문 수사에 직접 나서기로 했다. 그 대상으로 엄선이를 선정했다. 그녀가 고객들을 접대하면서 많은 정보를 갖고 있을 것으로 판단했기 때문이다. 물론 그녀가 노명현의 여자이기 때문 쉽게 입을 열지 않을 것이라 생각하지만 일단 부딪혀 보자는 심사로 그녀를 수배했다. 그녀가 앰베서더 호텔 피트니스 클럽에 있다는 정보가 들어왔다. 정운은 복도 유리창을 통하여 각종 기구들이 놓여 있는 근력단련실, 워킹머신과 사이클 등이 놓여 있는 체력단련실, 필라테스실 등을 살폈지만 엄선이는 보이지 않았다. 헌데 어디선가 음악소리가 들렸다. 소리 나는 곳을 찾아보니 에어로빅실이었다. 엄선이는 몸에 찰싹 달라붙어 윤곽이 드러나는 짧은 하의와 보라색 탱크탑 브라 차림으로 음악에 맞춰 혼자 몸을 풀고 있었다. 운동으로 다져진 그녀의 몸매는 육감적이었고 율동은 관능적이었다. 많은 남자들이 침을 흘릴 만하다는 생각이 들었다. 조용히 문을 열고 들어선 오정운은 입구에 서서 그녀의 몸놀림을 넋이 빠진 듯 바라보았다. 엄선이는 거울을 통해 낯선 남자의 입장 사실을 알게 되자 히프와 가슴을 전후좌우로 흔들며 더욱 유혹적인 몸짓을 했다. 음악이 멈추면서 율동도 끝났다. 엄선이는 눈가에 웃음을 담고 살짝 흘기며 다가왔다.

"영감님 나빠요, 법을 집행하시는 분은 허락도 없이 훔쳐봐도 되나요?"

정운은 객쩍음을 눈웃음으로 모면하고자 했다.

"훔쳐보다니요. 방해될까 봐 운동 끝나길 기다린 거지요."

수건으로 땀을 닦다 말고 엄선이가 갑자기 교태스러운 포즈를 취했다.

"어때요. 이만하면 봐줄만 한가요?"

"아주 잘 가꾸셨네요. 엑설런트해요."

정운이 엄지를 세우며 추켜세우자 엄선이는 만족한 웃음을 담고 가까이 다가섰다.

"어디 봐요. 눈."

정운의 눈을 잠시 살피더니 살짝 윙크하며 물러서서 큰소리로 웃었다.

"거짓말은 아니군요. 눈빛이 참 정열적이네요."

"그렇게 보여요?"

"좀더 보았다간 빨려 들어가겠어요. 호호호. 헌데 여긴 웬일이세요?"

"마담을 만나러 왔죠. 수배해 보니까 여기 있다고 해서…."

"어머, 촌스럽게 마담이 뭐에요? 그냥 써니라고 부르세요."

써니라는 말이 낯간지럽게 들렸다. 그것은 그녀에게 수작을 걸고픈 사람이나 부르는 천한 애칭이라는 생각이 들었다.

"몇 가지 들어볼 말이 있는데, 혹시 가게에 미성년자 고용하고 있소?"

거울을 보며 얼굴을 살피던 엄선이가 갑자기 표정을 바꾸었다.

"무슨 말씀을 그렇게 하세요?"

'아차 너무 빨리 들이댔나?' 정운이 당황해 하는 표정이 재미있는지 다시 까르르 웃었다.

"어머, 표정이 왜 그래요? 지금 씻구 미용실 가야하니까 이따 저녁에 저희 가게로 와서 확인하세요. 정보를 얻으려면 투자도 하셔야죠. 그럼 이따 봐요?"

그녀는 살짝 윙크하면서 왼손을 흔들고 나갔다. 오정운이 쓴 입맛을 다시며 출입구를 찾아 발을 옮겼다. 그때 뒤에서 부르는 소리가 들렸다. 돌아보니 예전에 장례식장에서 만났던 김영권이었다.

"오 검사님. 오셨으면 저를 찾으셔야죠?"

김영권이 손을 내밀어 악수를 청하며 반가운 표정을 지었다. 정운은 나쁜 짓 하다 들킨 것처럼 겸연쩍어 하며 손을 마주 잡았다.

"오랜 만이군요. 바쁘신 줄 알고… 사람 좀 만날 일이 있어서요."

"일은 다 보셨어요?"

"예, 그런대로."

"이왕 오셨으니 제 방에 가서 차나 한 잔 하고 가세요."

"아닙니다. 바빠서요."

"모처럼 오셨는데 이런 법이 어디 있습니까? 그렇잖아도 김주현 교수 건 때문에 드릴 말씀도 있고 잠시 들렀다 가세요"

정운은 김 교수 건이라는 말에 김영권을 따라 갔다. 김영권이 차를 마련하는 동안 정운은 실내를 구경했다. 사무실은 주인의 성격만큼이나 깔끔하게 장식되어 있었다. 벽 장식장에는 각종 대회에서 따온 메달과 트로피, 태권도계 인사들과 찍은 사진과 유단자 공인증 등이 진열되어 있었다. 김영권이 커피를 만들어 들고 왔다.

"태권도를 하신 분이 어떻게 피트니스 클럽을 다하시고?"

"처음부터 작정한 건 아니에요. 태권도장을 물색하다가 캐나다 이민 가는 친구가 있어서 우연찮게 떠맡게 되었어요. 이것도 해보니 재미있더라고요. 다양한 계통의 사람들도 알고…."

"저도 어렸을 때 태권도장을 다닌 적이 있어요. 하도 날 괴롭히는 놈이 있어서 그놈 패줄 생각으로요."

"그럼 유단자시겠네요?"

"될 뻔하다 그만 두었죠. 고등학교에 입학하면서 그놈 볼일이 없어졌으니까요. 허허허."

정운은 쑥스러움을 웃음으로 넘겼다.

"그래서 튼튼하시군요. 역시 운동은 성장기에 해야 되는 거 맞아요. 자, 우리 태권인끼리 부딪쳐 보죠."

김영권이 커피 잔을 들어 건배를 권하자 정운도 잔을 들어 가볍게 부딪혔다. 한 모금을 마셔 목으로 넘긴 후 여운을 남긴 이야기가 궁금해서 정운이 운을 떼었다.

“김주현 교수에 관한 이야기라는 게 뭡니까?”

“참. 제가 몇 달 전에 와이프랑 일본 관광을 다녀 온 일이 있었어요. 헌데 페리호 안에서 우연히 김 교수님을 만났어요. 그것도 소란 때문에 말이죠.”

“소란이라니요?”

“김 교수님 사건이 혹시 그 일과 관련 있는 게 아닌가 하는 생각이 들어서요. 장례 후에 집사람과 여행 얘기를 하던 중 퍼뜩 떠오르더라고요.”

“배 안에서 무슨 일이 있었죠?”

김주현은 귀국 중 페리호 선상에서 가또의 전화를 받고 기분이 몹시 상했다. 바람이나 쏘일 양으로 갑판에 나왔다. 바람이 차서인지 한적했다. 거기서 모자를 눌러 쓰고 담배 피우는 낯익은 사람을 보았다. 분명 어디서 보았던 사람인데 제자는 아닌 것 같고 얼른 생각이 나지 않았다. 곰곰이 생각해보니 그는 노명현을 그림자처럼 수행하던 똘만이 짱구라는 걸 알아냈다. ‘저놈이 왜 여기 있지?’ 순간 김주현은 저 녀석이 자기 뒤를 미행했다는 것을 직감했다. 확인하려고 고개를 돌렸는데 그가 보이지 않았다. 김주현은 그가 가또의 분노와 관련이 있을 것이라는 것에 생각이 미쳤다. 그를 찾아 객실을 뒤지기 시작했다. 한참을 찾아다녔는데 2등 객실 구석에서 그를 발견했다. 그의 곁에는 커다란 트렁크가 있었다. 순간 그것이 가또의 집에서 훔쳐온 물건이라는 확신이 들었다. ‘아니 이건 또 무슨 시추에이션이지? 팔아놓고 또 훔쳐냈다는 말인가?’ 김주현은 트렁크 안의 물건을 확인하고 싶어 몸이 달았다. 그가 자리 비우기를 몰래 숨어서 한참을 기다렸다. 트렁크 옆에 앉아서 꾸벅꾸벅 졸던 그가 마침내 기지개를 켜고 일어서더니 밖으로 나왔다. 화장실로 간 것을 확인한 김주현은 얼른 객실로 들어가 트렁크를 열어보려고 했지만 자물쇠가 채워져 있었다. 트렁크를 들어보니 그렇게 무겁지 않았다. 순간 그것이 벽화조각일 것이라 확신했다. 그가 오기 전에 트렁크를 옮겨야 한다고 생각했다. '어차피 도둑질 해온 물건이라면 그도 소유권을 강하게 주장하진 못하겠지.' 생각하며 트렁크를 가까운 객실로 옮겼다. 헌데 거기서 같은 아파트에 사는 김영권 부부를 만났다.

"아니 김 교수님. 여기서 뵙는 군요?"

"아이구. 이웃사촌을 여기서 만나다니. 안녕하시죠?"

김 교수는 원군을 만난 것처럼 반가워하며 악수를 했다.

"저희들 결혼 5주년이에요. 기념여행으로 벳부를 다녀오는 길입니다."

"그러세요? 아이고 축하합니다."

악수를 청하자 그의 아내는 수줍은 표정을 하며 김주현의 손을 마주 잡았다.

"헌데 김 교수님은 어쩐 일이십니까? 배를 다 타시고?"

"아, 교토에 볼일이 좀 있었는데 배 여행 하고 싶어서요."

"아, 그러시군요."

그렇게 마음을 진정시키는데 짱구가 들어와서는 다짜고짜 김주현의 옆구리를 걷어찼다. 불의의 일격을 당한 김주현이 옆으로 쓰러졌다. 순식간에 당한 일이라 김영권도 당황했고 주변 사람들은 놀라서 웅성거렸다.

"이 도둑놈아, 왜 남의 물건을 훔쳐!"

짱구는 트렁크를 들고 나가려 했다. 그러자 김주현이 일어서며 막아섰다.

"이놈아, 그게 어찌 네 물건이냐? 도둑놈은 네놈이지."

"이 자식이 어디서 죽을라고…."

짱구가 다시 발길질을 하는데 김영권이 발을 들어 그걸 막았다.

"넌 뭐야, 이 새끼야."

짱구는 넘어졌다 다시 일어서며 김영권에게 주먹을 날렸다. 잽싸게 피한 김영권이 오른 발로 그의 얼굴을 가격했다. 짱구는 쓰러졌다 일어서며 주머니에서 재크나이프를 꺼냈다. 방안에서 구경하던 사람들이 비명을 질렀다. 김영권은 침착하게 사람들에게 말했다.

"다들 밖으로 나가요. 얼른."

사람들이 비명을 지르며 밖으로 나갔다. 김주현도 김영권 와이프를 데리고 밖으로 피했다. 김영권이 와이프에게 안심하라는 신호를 보내는 순간 짱구가 칼을 휘둘렀다. 김영권이 잽싸게 피하며 막았지만 팔뚝에서 피가 흘렀다. 김영권은 달려가며 이단옆차기로 짱구를 무너뜨렸다. 재크나이프가 떨어졌고 짱구가 다시 집으려 하자 김영권의 발이 짱구의 손을 찼다. 재크나이프는 저만치 날아가 떨어졌다. 짱구가 발로 공격하다 안 되자 머리를 디밀고 들어왔다. 김영권은 벽으로 밀리며 부딪혔다. 짱구가 주먹으로 공격했다. 그것을 피하면서 무릎으로 명치를 공격했다. 짱구가 휘청거리는 사이 오른 발 돌려차기로 제압했다. 쓰러진 짱구가 일어서려 하자 김영권이 다시 그의 복부를 걷어찼다. 짱구는 입가에서 피를 흘리며 신음할 뿐 일어나지 못했다. 그제야 제복을 입은 보안요원 둘이 달려왔다.

오 검사는 그의 인상착의를 들은 후 사무실로 돌아와 해양경찰에 확인했다. 그가 자신과 유심에게 상해를 입힌 최창구라는 사실을 알았다. 노명현의 사주를 받고 김주현의 뒤를 밟아 일본으로 갔을 것이라는 추리가 명확해졌다. 헌데 증거가 없으니 어떻게 엮어 맬 방법이 없었다. 고심을 하고 있는 중에 이철진이 들어왔다.

"검사님 서에서 연락 왔는데 가네야마가 자해를 했다는데요?"

일이 꼬여간다고 생각한 정운이 버럭 역정을 냈다.

"도대체 무엇들 하는 거야? 상태는?"

"젓가락으로 목을 찔렀는데 생명에는 지장이 없답니다."

"독한 놈. 그걸 의리라고… 짱구는 어찌됐어?"

"아직. 수배 중입니다. 금방 잡힐 겁니다."

"그깐 양아치새끼 하나 잡아들이지 못하면서 무슨 수사관이야?"

"그놈들 일 저지르고 잠수 타면 시간 좀 걸립니다."

"그놈 잡아서 회유하고 설득하는 방법밖에 없어."

"예. 최선 다하겠습니다."

이철진이 돌아서 나가는데 탁상 위 전화벨이 울리면서 김양의 소리가 들렸다.

"검사님 전화 왔습니다."

"누구래?"

"친구라는 데요. 유성남이라고."

유성남은 고등학교 때 단짝 친구였다. 고향에서 유일하게 그와 둘만 읍내 일반계 고등학교에 입학했었다. 헌데 그렇게 친하던 친구였는데도 대학교에 진학하고서 딱 한 번 서울에서 만났던 기억이 났다. 친구가 먼저 저녁 식사하자고 제안했다. 반갑기도 하고 저녁에 써니에 뻘쭘하게 혼자 가기도 그런데 잘 됐다는 생각이 들었다.

그는 반도체를 생산하는 중소기업에 다닌다고 했다. 학창시절의 이런 저런 얘기를 하며 저녁을 먹고 자리를 일어섰는데 유성남이 앞장서 가서 계산을 했다. 정운은 오랜 만에 기분 좋게 취기가 오름을 느끼면서 2차를 사겠다고 했다.

"야 인마, 평검사가 무슨 돈이 있어? 같은 봉급쟁이지만 난 그래도 과장이라고. 잘나가는 회사 과장은 판공비도 빵빵해. 걱정 말고 물 좋은 집 알고 있으니까 가자."

유성남은 자신의 단골집으로 가자고 했지만 정운은 만나야 할 사람이 있다고 우겨서 써니로 데리고 갔다. 써니에는 여느 때처럼 감미로운 음악이 흐르고 있었다. 은은한 조명을 받으며 손님을 맞이하는 엄선이가 오늘따라 화사하고 우아하게 보였다. 그녀는 은근하면서 강렬한 눈빛으로 정운을 바라보았다. 유성남 눈에도 예쁘게 보였는지 엄선이가 잠시 자리를 비운 틈을 타 농담을 했다.

"여기 오자는 이유를 알겠군. 이거지? 아주 깔색 좋은데."

유성남이 새끼손가락을 세우며 말했다.

“인마 그런 사이 아냐.”

“아니긴? 저 여자 밤일 끝내 주겠는데? 난 여자의 목소리만 들어도 섹스를 잘하는지 못하는지 알거든. 저런 목소리를 가진 여자는 교성도 아주 죽여주거든? 내말 맞지?”

“헛다리 집지 마라. 기둥서방 따로 있어.”

“야, 속된 말로 골키퍼 있다고 골 안 들어 가냐? 서로 바라보는 눈빛, 귀신을 속여라.”

잠시 후, 술이 들어왔다. 아가씨가 필요 없다는 오 검사의 의사를 존중해 엄선이는 아가씨 한 명을 유성남 옆에 앉히고는 다른 손님이 있다며 자리를 떴다. 유성남은 평소 접대를 자주해서 그런지 룸 안의 분위기를 휘어잡았다. 술이 몇 순배 돌자 키보드를 끌고 색소폰 연주자가 들어왔다. 유성남이 노래 솜씨를 발휘하는데 들어보지도 못한 신세대 노래였다. 몇 곡을 연달아 부르던 성남이 마이크를 넘겼지만 정운은 아는 노래도 없고 이런 분위기에 익숙지 못해 사양했다. 이렇게 티격태격하는데 테이블 위에 놓였던 유성남의 휴대폰에서 불빛이 번쩍였다. 발신자를 확인한 성남이 황급하게 휴대폰을 들고 밖으로 나갔다. 아가씨가 멀뚱하게 서 있는 밴드 마스터에게 술잔을 전해주고 나서 건배를 청했다. 독한 위스키를 목으로 넘기자 아가씨가 집어주는 안주를 받아들었는데 유성남이 들어왔다. 그는 조용히 할 애기 있다고 서둘러 밴드와 아가씨까지 밖으로 내보냈다.

“오 검사. 술 취하기 전에 얘기하려고 했는데 말이야. 꺽.”

정운도 분위기에 취해 과음한 상태였지만 유성남은 딸꾹질까지 해댔다.

“우리 회장님이 널 딸꾹, 좀 만나겠다는데?”

“너희 회장이 누군데?”

“왜 있잖아. 우리 고향 국회의원.”

정운은 술이 확 깨는 기분이었다.

“정문휘가 너희 회장이었어? 헌데 왜 나를 보자는 거야?”

“몰라, 너하고 있다니까 근처에 있다고 잠깐 들린데.”

분명 이정식 부장으로부터 소식을 들었을 테고 그걸 무마하기 위해서 만나려 한다는 것을 모를 오 검사가 아니었다. 정운은 벌떡 일어서며 소리쳤다.

“그 자식이 여길 왜 와?”

예기치 못한 과민 반응에 유성남이 놀랐는지 어정쩡한 표정으로 일어섰다.

“무슨 사연이 있는지 모르겠지만 내가 존경하는 회장님인데 너무하는 거 아냐? 야, 우리 앉아서 말하자. 앉아. 나하고 원수진 거 아니잖아?”

정운은 그제야 혼자 흥분해서 엄한 사람에게 화풀이 하고 있다는 걸 알았다. 정신 차려야겠다는 생각에 컵에 물을 가득 따라 벌컥벌컥 들이켰다. ‘이 녀석이 정문휘의 사주를 받아 계획적으로 접근한 것이로구나.’

“너 처음부터 그 인간이 시켜서 나에게 접근한 거지?”

정운이 강하게 나오자 유성남도 술을 깨려고 그랬는지 물 두 잔을 연거푸 마셨다.

“야, 오정운. 너 날 그렇게 밖에 안 보냐? 정 회장님하고 어떤 관계지 난 몰라. 정말이야."

"너야 부유하게 자라서 그 설움 알 리 없지. 그 사람 어떻게 해서 부자 됐는지는 아냐? 일정 때 그 인간 부친이 우리 할아버지 독립군 지원한다고 일러바쳐 죽게 했어. 그래 놓고 아무도 모르게 조부 재산 가로챘고, 부친은 그것 때문 홧병 나 술만 먹다가 일찍 돌아가셨고 우린 가난에 쪼들리며 살았어. 내가 중학교 다닐 적에 이팝에 흰 목장갑을 준다기에 그 원수 부친 산소 벌초하게 만든 게 정문휘야. 그게 우리 집안만이 아니라구. 무지한 사람들 등기 안 된 재산들 다 제 이름으로 등록해 놓고는 시치미 딱 때고 날로 먹었던 그런 인간이야. 헌데 날 왜 만나? 재산이라도 돌려주겠대?"

"나야 모르지. 내년 선거 때문 아닌가? 난 선거 도와달라는 부탁하려나 보다 지래 짐작했지."

"그 인간 이제 끝났어."

정운의 말이 끝나자마자 노크 소리가 들리고 엄선이가 정문휘를 안내하고 들어왔다.

"정 위원장님 오셨어요. 그럼 즐겁게 노세요."

엄선이는 다시 나갔고 얼떨결에 두 사람은 일어섰다.

"여. 오 검사. 여기서 또 만나는군. 반가워요."

정문휘는 너스레를 떨며 악수를 청했지만 오정운은 분노에 찬 얼굴로 노려보기만 했다. 분위기가 좋지 않음을 파악했는지 정문휘는 옆으로 다가서며 손을 잡으려 했다. 오정운은 한 발 물러서며 그를 피했다.

"정 의원님. 무슨 일이십니까? 전 안 반가운데요?"

"왜 이러나? 무슨 일 있었어?"

정문휘가 유성남을 물끄러미 바라보며 물었다.

"아닙니다. 회장님. 이 친구 좀 안 좋은 일이 있었는가 봅니다."

"똑똑히 들으십시오. 저를 만나시려거든, 정치계 물러나시고 전 재산 사회 환원하십시오. 그렇지 않으면 크게 낭패 보시게 될 겁니다."

"아니 그게 무슨 뚱딴지 같은 소린가?"

"국회 문광위원장으로서 문화재 도굴과 해외 밀반입에 깊숙하게 관련되어 있다는 첩보 받았고 증인도 있습니다. 그리고 공직자로서의 품위 손상에 대한 자료도 갖고 있습니다. 내일 아침 메일 확인하시고 결단하십시오."

"아니 내가 뭘 어쨌다고…."

정운은 정문휘의 말이 끝나기도 전에 문을 열며 나갔다. 복도에는 여전히 감미로운 음악이 흐르고 있었다. 계산대를 지나 막 현관으로 오르려 하는데 휴대폰이 울렸다. 잠금장치를 해제하니 유심이 웃고 있었다.

"많이 취했나 보네요?"

"아니, 화나는 일이 좀 있어서."

"집으로 와요. 내가 풀어드릴 게."

"알았어, 자지 말고 기다려. 금방 갈게."

통화를 끝내고 계단을 오르려는데 뒤에 서 있던 엄선이가 불렀다.

"오 검사님. 벌써 가시게요?"

"예. 약속이 있어서."

정운은 뒤돌아보며 계단을 오르다가 헛디뎌 몸이 휘청했다. 엄선이가 팔을 잡지 않았으면 넘어질 뻔했다.

"과음하셨나 보네요."

"아뇨, 조금요. 헌데 기분이 엿 같아서 더 취했는가 봅니다."

"오늘 저 보러 오신 거 아닌가요?"

그제야 정운은 써니에 온 목적이 생각났다.

"아, 그렇구나. 내가 써니를 보러 왔지."

그러면서 시계를 보았다. 1시가 조금 넘어 있었다.

"헌데 너무 늦었네요."

"늦다니요. 이른 거죠. 새로운 날이잖아요. 잠시 차 한 잔 마시고 술 깨고 가요."

대답도 듣지 않고 엄선이가 정운의 팔을 감싸 안았다.

"아이, 뭘 망설여요."

엄선이가 팔을 끌어안고 걷자 가슴의 보드라운 감촉이 전해왔다. 순간 머릿속이 묘해지면서 아랫도리가 뭉툭해짐을 느꼈다.

심한 갈증에 눈을 떴는데 창밖이 훤했다. 이상해서 자신의 몸을 살펴보니 실오라기 하나 걸치지 않은 알몸이었다. 거기다 옆에는 웬 여자가 알몸으로 누워 있었다. 주변을 살펴봐도 분명 유심의 집은 아니었고 방바닥에는 옷가지들이 어지럽게 널려 있었다. 누구지? 고개를 숙여 여자의 얼굴을 확인하고서는 깜짝 놀랐다. 엄선이였다. 벌떡 일어나 팬티를 찾아 입고 냉장고에서 생수를 꺼내 마시며 어제 일을 기억해내고자 했으나 엄선이가 가져다

준 꿀물을 마신 것 외에는 아무런 생각도 없었다. 기척에 깨었는지 엄선이가 일어나며 기지개를 켰다.

"잘 잤어요?"

"아니 도대체 어떻게 된 거요?"

"정말 기억 없어요? 취했어도 힘은 좋던데…."

엄선이는 능글맞은 미소를 지으며 눈을 흘겼다. 그리고는 알몸을 비비 꼬며 교태를 부렸다.

"난 모닝 섹스가 좋던데, 한 번 더 할까요?"

정운은 뒤통수를 얻어맞은 것처럼 머릿속이 어지러웠다. 숨어 있던 숙취가 몰려왔다. '아차 내가 낚였구나' 생각하니 자책감이 몰려 왔다.

"정말 우리가 했소?"

엄선이가 일어서서 방바닥 휴지를 발로 툭 찼다.

"어마, 영감님. 이 휴지들 안 보여요. 나 먼저 씻을 게요."

윙크를 하고는 샤워실로 들어갔다. 그때 6시에 맞춰 놓은 모닝벨이 울렸다. 휴대폰을 열어 작동을 멈추고 기본 화면을 보니 고유심에게서 온 부재중 전화가 여러 번 찍혀 있었다. 정운은 머리를 박박 긁으며 후회를 했지만 엎질러진 물이었다. 한참을 기다렸는데도 엄선이는 나오지 않았다. 정운은 샤워실 문 앞에서 말했다.

"나 출근해야 해요."

"바쁘시면 들어오세요. 다 끝났어요."

문을 열고 들어서니 수건으로 머리를 감싸고 돌아서 몸을 닦고 있는 써니의 고혹적인 뒤태가 정운의 뇌하수체를 자극했다. 써니는 작은 수건으로 가슴을 가리며 다가와서 정운의 뺨에 살짝 입술을 대고는 말했다.

"그래도 아침은 사주고 가는 게 신사의 예의 아닌 가요?"

샤워를 마치고 로비로 나왔다. 낯선 여자와 이른 아침 호텔을 나서는 게 쑥스러워 엘리베이터를 나선 순간부터 시선을 내리 깔고 걸었다. 헌데 엄선이가 갑자기 팔짱을 끼었다. 낯선 행동이 어색했으나 싫지는 않았다. 정운은 호텔 바닥을 보며 혼자 싱긋이 웃었다. 그때 엄선이가 호텔 문을 열고 들어선 트레이닝 복 차림의 여자에게 인사를 했다.

"어머, 이제 운동 나왔어요? 우린 아침 먹으러 가는데."

상대방 여인은 대답은 않고 우뚝 멈춰 섰다. 갑자기 정운은 얼굴이 가려웠다. 여인의 시선이 자기를 향하고 있다는 걸 느꼈다. 고개를 들어 여인과 시선이 마주치는 순간 머리카락 끝이 바짝 섰다. 눈이 퉁퉁 부은 유심이었다. 아뿔사 생각하며 고개를 돌려 확인해보니 하필 앰배서더호텔 아닌가?

16
기나긴 열정이 남긴 생채기

부장의 예상대로 진보사에 대한 압수수색 영장신청은 사유 불충분의 이유로 기각되었다. 보고를 듣는 순간 정운은 조짐이 좋지 않다는 생각이 들었다.

"증언 녹취록 다 첨부했고 물증도 있는데 뭐가 사유 불충분이라는 거야?"

이철진이 벌레 씹은 듯한 표정을 지으면서 대답했다.

"문화재 감정사가 마음이 변했는지 말을 횡설수설하고 있습니다."

"그것도 예상 못 했어? 뒤가 구린 놈들이 조종하고 있겠지. 어쨌든 두 살인사건의 배후 인물은 분명하잖아? 이미 정보 다 빠져나갔으니 물증들 훼손하거나 오염시킬 테지. 이젠 노명현이를 잡아다 직접 족치는 수밖에 없어."

"출두명령서 보낼 까요?"

"그렇게 해. 그리고 정문휘 위원장 나리께도 잠시 다녀가시라고 하고."

주윤호가 갑자기 생각난 듯이 말을 했다.

"참, 일찍 보고드려야 했는데 깜빡 했습니다. 짱구란 놈 지금 서대문서에 폭행 혐의로 들어가 있습니다."

"잔머리 굴렸구만, 잠잠해 질 때까지 국립호텔에 숨어 있겠다 이거지? 내가 간다고 연락해 놓아요."

"예."

주윤호가 나가자 노크 소리가 들리고 곧 김양이 들어왔다.

"정문휘 위원장이라시는데 회의 중이라고 얘기 드려도 당장 바꾸라고 호통이세요."

정문휘란 말에 정운의 얼굴에 미소가 번졌다.

"이메일 본 모양이구만. 전화 이리 돌려."

책상 위의 인터폰이 울렸다. 정운이 수화기를 들자마자 잔뜩 볼 멘 소리가 들려왔다.

"오 검사, 이거 뭐 하는 짓이야?"

"물건 잘 받으셨습니까? 그 사진 주인공이 정 위원장님 아니라고 발뺌 못하시겠죠?"

"그래서 지금 뭐하자는 수작이냐고?"

"해먹을 만큼 처 먹었으면 응당 죄 값 치러야죠. 아니면 불법으로 모은 재산 사회 환원하시든가. 지난 번 제가 한 말 기억하고 계시죠? 다 내려놓고 이제 고향에 내려가 봉사활동 좀 하면서 개과천선 하세요. 그래야 지옥에 안 떨어질 것 아닙니까?"

"야, 너 지금 국회의원을 겁박하는 거야?"

"무슨 소립니까? 전 위원장님이 그토록 좋아하시는 정의사회를 구현하자는 것뿐입니다. 그 상대 여성, 미성년인 건 아셨죠?"

"이 망할 놈. 혼자 오만 방자하구만. 두고 봐. 내 가만 있지 않을 거야."

"명예보다 돈이 아까우시면 그렇게 하세요."

정문휘는 악에 바치는지 체면 불구하고 욕을 해댔다.

"뭐라고 이 개새끼야. 검사면 다야?"

"검사니까 이러는 거지요. 이 세상에는 나쁜 놈들이 너무 많아서요. 제가 좀 바쁩니다. 시간 좀 드리죠. 일주일 내로 연락이 없으면 신문방송사에 뿌립니다. 물론 명예훼손으로 고소하셔도 좋구요. 미성년자보호법 위반, 문화재관리법 위반에다 뇌물 받아먹은 것까지 증언과 증거를 다 확보해 놓았습니다. 정 위원장님 편안한 여생 위해서 잘 선택하십시오. 정확히 다음 화요일 09시까지입니다."

정문휘는 악에 바쳐 쌍욕을 해댔지만 정운은 코웃음을 치면서 전화기를 내려놓았다. 듣고 있던 이철진이 한 마디 했다.

"순순히 내어 놓을까요?"

오 검사는 웃으면서 여유 있게 말했다.

"그 인간 인생의 가치가 어디에 있는지 두고 보면 알 수 있겠지."

정운이 말을 끝내고 책상으로 돌아서는데 컴퓨터를 보고 있던 주윤호 계장이 소리를 쳤다.

"아니 이게 어떻게 된 일이지?"

오 검사는 불안한 시선으로 주윤호를 보았다.

"무슨 일인데요?"

"인터넷에 그 동영상이 떴어요. 정문휘."

정운이 달려가 컴퓨터 화면을 보았다. 인터넷에는 정문휘 동영상이 검색순위 1위로 올라 있었다.

"이거 도대체 어찌된 거야? 누가 유출시켰어?"

정운은 주위에 있는 직원들의 얼굴을 살폈다. 그들은 서로의 얼굴을 보며 고개를 저었다. 그런데 김양만은 고개를 푹 숙이고 있었다.

"수희, 어찌 된 거야? 메일 보낸 거 너였잖아?"

"죄송해요. 실수했어요, 동영상을 첨부시켜 발송 단추 누르고 확인했는데 메일 주소가 잘못되었어요. 발송 취소가 안 되는 메일이라서…죄송합…."

말끝은 눈물로 이어졌다. 오정운은 기가 찼다. 허나 책망만 할 수도 없었다.

"이철진, 메일 주소 추적하고 유포자 찾아내. 포털사에 연락해서 당장 내리도록 조치하고."

"예. 알겠습니다. 메일 주소 줘봐."

김양은 눈물을 흘리면서 메일 주소를 적어 이철진에게 넘겼다. 이철진이 나가고서도 김양은 울음을 그치지 않았다. 주윤호가 다가가 김양을 달랬다.

"울지 마 괜찮아. 의도적인 것도 아닌데. 그런 나쁜 놈들은 망신당해도 싸. 잘 했어."

정운은 일이 점점 꼬인다고 생각하니 화가 치밀어올랐다. 김양을 달래는 엄한 주윤호에게 화풀이를 했다.

"그렇게 한가해요? 잘 하긴 뭐가 잘 했어요?"

주윤호가 머쓱해져서 자리로 돌아갔다. 말해놓고 보니 우는 김양이 안 돼 보였다.

"그만 해. 됐어. 우리가 알아서 할 테니 걱정 말고 일이나 해."

조사실에 도착해보니 최창구가 탁자를 마주하고 앉아 있었다. 문을 열고 들어서자 곁눈으로 슬쩍 보던 짱구가 이내 시선을 내리 깔았다. 정운은 맞은 편 의자를 끌어당겨 앉았다.

"최창구, 나 알지?"

"내가 어떻게 알아요?"

"시치미 떼도 소용없어. 나 오정운 검사야. 지난 번 고유심 기자 집에서 우리 만났잖아?"

"고유심이 누굽니까?"

짱구는 시선을 외면한 채 시치미를 뗐다. 그러자 정운은 와이셔츠의 밑단을 걷어 올려 수술자국을 보여주었다.

"야, 똑바로 봐. 이거 네가 한 짓이잖아?"

짱구는 힐끔 쳐다보더니 이내 고개를 돌렸다.

"나와 무슨 상관이에요? 나 그런 적 없어요."

"그래? 너 잔머리 굴려서 잠수 타려고 일부러 사고 친 거지?"

"……."

"너 노명현이 사주 받고 일본 갔었지? 거기서 물건 훔쳐 가져오다 폭력 행위로 입건됐던 거 다 알고 있어. 그 물건이 무언 줄 알어? 우리나라 역사를 바꿀만한 보물이야. 가치를 따질 수 없는 후손들에게 물려 줘야 할 나라 재산이라고. 인마!"

"……."

"너 같은 양아치들에게 무슨 양심과 애국심을 바라겠어? 그러고도, 너 월드컵할 때 대~한민국 외치며 박수쳤지?"

"……."

"짱구야. 우리 이참에 애국 한 번 하자. 애국이라는 게 꼭 나라를 위해 총을 들고, 달러 벌어들이고, 공을 세워야만 하는 게 아니야. 앞에서는 대한민국 어쩌고 하면서도 뒤로 호박씨 까며 나랏돈 축내는 나쁜 놈들이 많거든. 그런 쓰레기 같은 놈들 걸러내서 국민 세금 아끼는 것도 진정한 애국이야."

짱구는 고개를 숙인 채 아무 말도 없다.

"너 이것저것 엮으면 콩밥 오래 먹어야 돼. 이창현이 죽인 것도 너지? 설마 협회 감사를 모른다고 잡아 때진 못할 테고?"

그 말에 최창구가 고개를 들며 대들었다.

"난 죽이지 않았어요."

"야쿠자 데리고 다니면서 이창현의 행방을 쫓은 거 CCTV에 다 잡혔어. 그 야쿠자 잡힌 건 알지? 네가 찌르고 저수지에 넣었다고 불었어. 인마."

짱구는 억울하다는 듯이 목에 핏대를 세우며 말했다.

"그 새끼 거짓말이에요. 그 야쿠자 놈이 죽였어요."

"그럼 시체를 저수지까지 운반한 건 누구야? 둘이서 함께 물에 집어 던졌잖아?"

"난 그런 적 없습니다."

"이봐, 여기서 뭉그적거리고 있으면 노 회장이 빼내 줄줄 알지? 천만에 노명현이도 끝났어 인마. 야쿠자 끌어들인 거 노명현이 짓이라는 거 다 실토했고 잡아올 일만 남았어. 노 회장 뒤를 봐주던 사람들이 다 오리발 내밀고 줄행랑치고 있는데 무사할 것 같애? 네가 다 뒤집어쓰게 되었다구. 입 다물고 있으면 예쁘게 봐 줄 것 같지? 천만에 네가 다 분 걸로 알면 감방에서 만나더라도 널 살려 둘까? 알아서 해."

일어서서 나가려 하자 짱구가 불렀다.

"잠깐만요. 사실대로 불면 여기서 내보내 주실 건가요?"

"죄를 지었으니 벌은 받아야지만 정상 참작은 하지. 노 회장이 사주한 거 맞지?"

차를 몰고 수원톨게이트를 막 들어서는데 주머니 속에서 휴대폰이 울렸다. 김영권이라는 이름이 떴다. 다급한 목소리가 들렸다.

"검사님, 동현이 엄마가 없어졌어요?"

"김 관장님. 동현이 엄마가 누구죠?"

"이진아 선생 말입니다. 김주현 교수 사모님."

그제야 '아차, 그 생각을 왜 못했지?' 자책하며 되물었다.

"아니 어떻게 된 일인지 차근차근 말씀해 보세요."

"아, 죄송합니다. 오늘 아침에 동현이가 아파트 입구에서 울고 있더라구요. 무슨 일이냐고 물었더니 엄마가 어제 저녁 시장에 다녀온다고 나갔는데 안 들어왔다는 거예요. 밤중에 모르는 아저씨들이 들어와서 집안을 뒤지고 갔답니다. 자가용은 그냥 있는데 전화기도 꺼져 있고…."

"학교에도 연락해 봤나요?"

"동현이한테 물어서 갈만한 곳은 다 찾아봤는데 없어요. 무슨 사고가 났나 봐요."

분명 트렁크 때문일 거라 확신했다. '진작 트렁크의 행방을 찾았어야 했는데…' 마음이 급해졌다.

"알겠습니다. 금방 청에 들어가서 다시 연락드리겠습니다."

통화를 끝내자마자 이철진에게 전화했다.

"응, 난데 김주현 교수 부인이 납치된 것 같아. 노명현이 소재 파악하고 당장 잡아와. 뒷일은 내가 책임질 게."

빛이 차단된 허름한 건물의 지하실에 손발이 결박된 여인이 낡은 침대에 쓰러져 있다. 입은 청색테이프로 봉해졌고 심한 고문을 당한 듯 머리가 헝클어져 산발이 되고 얼굴 여기저기 멍자국이 생겼다. 잠시 후 지하실 문이 열리는 소리가 들리면서 빛이 들어왔다. 이윽고 계단을 내려오는 발자국 소리가 들렸다. 소리가 멈추더니 사내는 계단 옆 형광등 스위치를 켰다. 여인은 주변이 밝아지자 눈을 뜨며 움찔했다. 사내는 빵과 음료수가 든 봉지를 침대 옆에 놓고는 여인을 일으켜 세웠다. 그리고 여인의 입에 붙인 테이프를 떼어내고 손에 묶인 밧줄을 풀었다. 그제야 이진아의 얼굴이 드러났다.

"좋은 아침, 시장할 텐데 그것 좀 드슈."

"저 화장실 좀 사용하고 싶은데."

사내는 음흉한 웃음을 날리며 발에 묶인 밧줄을 풀어주었다.

"아줌마 참 이쁜데 딴 생각 마슈. 그랬다간 내 마음 어떻게 변할지 몰라."

이진아는 화장실로 가 문을 잠그고 변기 위에 앉았다. 용변을 보면서도 억울해서 울음이 나왔다. 어쨌든 여길 빠져 나가야 한다고 생각했다. 흘러내리는 눈물을 손등으로 훔치고 주변을 둘러

보며 무기가 될 만한 것을 찾았다. 기다란 막대 걸레와 양동이뿐이었다. 용변기의 물을 내리고 어떻게 할까 생각하는데 문밖에서 사내의 소리가 들렸다.

"아줌마, 일 다 봤으면 얼른 나와."

"잠시만요."

아쉬운 대로 물기가 마르면서 요상한 형태로 굳은 걸레의 자루를 움켜쥐었다.

"나오라니까 뭐해? 정말 성질 건드릴 거야?"

사내가 문을 흔들어 댔다. 이진아는 걸레 자루를 거꾸로 잡아 쥐고 문 옆에 섰다.

"이 아줌마가 정말…."

화장실 유리창이 깨졌다. 깨진 유리창 사이로 사내가 고개를 들이밀었다. 이때다 싶어 이진아는 사내의 눈을 향해 막대자루를 힘차게 찔렀다. 사내가 '악' 소리를 지르며 얼굴을 부여잡고 땅에 뒹굴었다. 이진아는 화장실 문을 열고 뛰어나갔다. 계단을 오르는데 사내가 쫓아와 다리를 잡았다. 이진아는 힘을 다해 뿌리치려고 했으나 사내의 힘을 당하진 못했다. 사내가 여인의 얼굴을 때렸다. 여인이 힘없이 무너져 앉았다. 그래도 분이 덜 풀렸는지 쓰러진 여인을 일으켜 세우고 다시 한 대 갈겼다. 여인은 코피를 쏟으며 젖은 빨래처럼 쓰러졌다. 사내는 여인을 어깨에 둘러매고 침대로 가서 내팽겨 쳤다.

"성질 건들지 말라 그랬지. 예뻐서 봐주려 했는데 안 되겠구먼."

사내가 여자의 상의를 잡아다니자 단추가 우두둑 소리를 내며 뜯겨져 나갔다. 여인은 손톱을 세우고 허우적댔다. 사내는 반항

하는 이진아를 사정없이 주먹으로 갈겼다. 여인은 기진하여 금세 축 늘어졌다. 사내는 치마 속으로 손을 넣어 팬티를 벗겨냈다. 그리고는 음흉스런 웃음을 날리며 바지의 혁대를 끌렀다. 겨우 눈을 뜨고 사내의 행동을 관찰하던 여인은 위협을 느끼며 죽을힘을 다해 몸을 움츠리고 사정했다.

"잘못했어요. 이러지 말아요."

사내는 티를 벗으며 금방 달려들 기세로 말했다.

"그럼, 말해. 트렁크 어딨어?"

여인은 체념한 듯 울면서 말했다.

"말 할게요. 다 말할 테니 제발 이러지 말아요."

한적한 길가에서 한 사내가 여인을 붙잡더니 갑자기 수건으로 입을 막았다. 여인은 이내 축 늘어졌고 사내는 여인을 들쳐 매고 소형 화물트럭에 실었다. 오 검사는 노명현을 취조실에 앉혀놓고 노트북 모니터를 통해서 CCTV 영상을 확인하며 말했다.

"자, 똑똑히 봐. 저 트럭 며칠 전 당신 사무실에서 인천공항으로 도자기를 운반한 차량 맞지? 사내도 동일인이고? 이래도 모른다고 시치밀 뗄 거야?"

"글쎄 난 모르는 일이라니까요? 그냥 부탁 받은 물건 심부름센터 불러 부쳐준 것뿐이에요."

"부탁한 사람이 누구야?"

"그때 수취인을 확인했을 거 아뇨?"

"그러니까 이마니시가 뭐 하는 사람이냐니까?"

"그건 영업 기밀이라 밝힐 수 없소. 그리고 영장도 없이 이렇게 강제 구인해도 되는 겁니까?"

"사람이 죽을지도 모르는 시급한 상황인데 경우 따지게 됐어? 도대체 몇 명이나 더 죽일 생각이야? 이 악마의 탈을 쓴 인간아."

"그 말 죄 없는 사람한테 인권 유린입니다. 이거 다 영상 녹화되는 거지요?"

인권이라는 말이 부아를 돋우었다. 오 검사는 달려들며 노명현이 앉은 의자를 발로 차 넘어뜨렸다.

"인권, 너 같은 놈이 인권 운운할 자격이 있어? 더럽게 냄새 나는데 죄가 없어? 이 나쁜 새끼야."

노명현도 지지 않고 대들었다.

"당신 우리 써니와 잤지? 나 가만 놔두지 않을 거야."

"가만 안 놔두면 어쩔 건데? 이 개만도 못한 놈아."

달려들어 넘어진 노명현을 발로 찼다. 노명현은 엄살 부리며 비명을 질렀다.

"아이고, 사람 죽이네. 법치국가에서 법대로 해야지…."

"법 같은 소리하고 있네. 법을 잘 지키는 놈이 사람 죽이라고 교사했냐? 이 썩을 놈아."

다시 발길질 하는데 이철진이 황급히 들어와 말린다.

"검사님 참으십시오."

"이거 놔. 저런 놈은 밟아 죽여도 시원치 않아. 중국 공안 동원해서 김주현 죽이고, 똘마니들 시켜서 이창현 죽이고 앞으로 몇 명이나 죽여서 니 뱃속을 채울 거야? 이 쓰레기 같은 놈아."

이철진이 정운을 진정시키고 노명현을 일으켜 자리에 앉혔다.

"그러게 사실대로 말하세요."

노명현이 주머니에서 휴대폰을 꺼냈다.

"나 변호사 오기 전엔 한 마디도 말 못해. 변호사 부르겠어."

전화번호를 찾는데 정운이 휴대폰을 낚아채고 내동댕이쳤다.

"야, 인마. 지금 사람이 죽어가고 있는데 한가하게 전화질이냐? 김 교수 부인 어딨어?"

"난 모르니까 변호사 불러 달라고."

이때 바닥에 떨어진 노명현의 전화기가 울렸다. 이철진이 재빠르게 휴대폰에 뜬 이름을 확인했다. '짝눈'이라고 쓰여 있었다.

"왔어요."

이철진은 전화기를 스피커 기능으로 바꾸고 노명현에게 넘겼다.

"어서 받아."

전화기의 이름을 확인한 노명현의 표정이 굳어지며 욕설이 튀어 나왔다.

"씨팔새끼가…."

"회장님, 물건 찾았습니다. 시골 창고에 감춰 뒀더라고요. 지금 사무실로 돌아가는데 문제가 생겼습니다. 뒤에 미행하는 차가 있어요."

"이 병신새끼야 전화하지 말라고 했잖아?"

노명현은 전화를 끊어버렸다. 오정운과 이철진이 부지런하게 움직였다.

"전화 위치 추적하고 기동타격대 출동시켜."

소형 화물트럭은 뒤를 쫓아오는 차를 따돌리려고 교외로 빠져나갔다. 그러나 쫓고 쫓기는 추격전은 오래 가지 못했다. 뒤를 쫓아오던 차가 총을 발사하자 트럭 바퀴가 큰 소리를 내며 펑크가 났고 트럭은 전복되었다. 운전자는 머리에서 피를 흘리며 쓰러진 채 미동도 못했다. 뒤를 쫓던 대형승용차에서 선글라스를 쓴 두 사람이 내렸다. 옆으로 쓰러진 화물차의 뒤 칸을 열고 트렁크를 내려 자기들 차에 옮겨 실었다. 승용차가 출발하려는데 사이렌이 울리면서 경찰차가 다가왔다. 승용차는 경찰차를 따돌리려고 전속력으로 질주했다. 헬리콥터 소리가 들리더니 상공에 헬기가 나타났다. 오 검사가 헬기 안에서 현장을 지휘하고 있다.

"검은 승용차 지금 인천 쪽으로 방향을 바꿨다. 연안부두 쪽으로 바리케이트 설치 바란다."

괴한들이 탄 승용차는 경찰차와 추격전을 벌이며 부두 쪽을 향했고, 바리케이트를 피하며 뒤따라오는 차에 총을 쏘았다. 따라오던 경찰차가 총탄을 피하다 전복됐다. 승용차는 저지선을 확보하려고 맞대어 놓은 경찰차를 그대로 들이받고 달아났다. 경보 사이렌을 울리며 쫓아오던 경찰차에선 '정지하라, 정지하지 않으면 발포하겠다'라는 경고 방송이 나왔지만 승용차는 코웃음 치며 달아났다. 달리던 승용차 조수석 유리문이 열리면서 한 사내가 머리를 내밀어 따라오는 경찰차에 총을 쏘았다. 여러 대의 경찰차가 추격에 합류했고 경찰도 대응 사격했다. 괴한이 탄 승용차는 경찰이 세워놓은 바리케이트를 요리조리 피하며 부두를 향하여 달렸다. 그러다가 경찰이 쏜 총탄이 승용차의 주유구를 명중했고 차는 화염을 내면서 바다 속으로 곤두박질 쳤다.

바쁜 사람에겐 늘 멈추지 않고 일이 생긴다. 숨 가쁜 시간들이 지나고 사건이 정리가 될 무렵. 오 검사 사무실 벽에 달린 모니터에서 뉴스가 진행되고 있었다. 앵커는 뉴스를 진행하다가 긴급 속보를 전달했다.

"방금 들어온 긴급 속보입니다. 3선 국회의원이며 문화관광위원회 위원장이신 정문휘 의원이 어젯밤 유서를 남기고 뒷산에서 목을 매 자살했습니다. 유서에는 수원 검찰청 모 검사의 협박이 억울하다는 내용이 쓰여 있었습니다."

뉴스를 시청하던 이철진이 리모컨으로 티브이 모니터를 끄면서 투덜댔다.

"이것 참 시끄러워지게 생겼네. 에이 되는 일이 없어."

이철진이 자리로 돌아가 자리에 앉자마자 이정식 부장이 잔뜩 부은 얼굴로 문을 열고 들어왔다.

"어떻게 일들을 그 따위로 하는 거야? 오정운이 어디 갔어?"

이철진이 입을 다시고 머리를 긁적이며 대답했다.

"출근하자마자 감사실에 호출됐습니다."

"하 이거 나 원. 제대 말년에 이게 무슨 꼴이야?"

"죄송합니다."

"그리고 트렁크 사건은 또 뭐야? 정확도 않은 정보를 가지고 물적 인적 피해가 얼마나 되는지 알어? 입이 있으면 말들 좀 해봐."

"분명 일본에서 가져온 그 트렁크 맞다고 목격자한테 확인도 했습니다."

"그런데 뭐야? 거기 들어 있어야 할 벽화는 어디로 사라지고 엉뚱한 쓰레기만 담겨 있었냐고? 그 쓰레기도 고구려 때 거라고 우길 거야."

주윤호가 딱한 표정을 지으며 대답했다.

"트렁크 속 부스러기 시료를 분석한 결과 고구려 시대 것이 맞다고 국과수 회신 받았습니다."

"그러면 바꿔치기 했다는 말이야?"

"원점에서 다시 조사해 보겠습니다."

"소용없어. 그만 두라고 그렇게 말렸는데 무슨 똥고집이야? 노명현은 왜 영장도 없이 잡아다가 폭행까지 했어? 오 검사 나보다 먼저 옷 벗게 될지 몰라. 잘해 잘."

주의를 주고 나가던 부장이 무언가 생각난 듯 돌아서며 말했다.

"그 잡아온 중국 애들 지난 번 김주현 사건 살해범 맞아?"

"CCTV 녹화물과 대조했고 가네야마와 대질시킨 결과 확실합니다."

"빈틈없이 조사해서 기소 결재 올려."

"예, 알겠습니다."

"빌어먹을 놈의 팔자라니…?"

이정식 부장이 투덜대며 방을 나가려는데 세 명의 수사관이 들어왔다.

"너희들 뭐야?"

그 중 한 명이 저고리 안주머니에서 서류를 꺼내 보였다.

"압수 수색 영장입니다. 협조해 주십시오."

"제기랄, 된통 걸렸군."

17
제주도 푸른 바다

아침에 일어나 창문을 열면 약속처럼 시원한 바람이 콸콸 쏟아져 들어왔다. 바람은 사물을 흔들고 마르게도 하지만 사람의 마음을 움직이기도 한다. 청량한 공기를 마시니 간밤 숙취로 무거웠던 머리와 스트레스로 답답했던 마음이 한결 맑아졌다. 제주의 바람은 원시의 순수한 맛이 살아 있어서 좋다. 왜 사람들이 제주도에 오고 싶어 하는지 제주 생활을 시작하면서 알게 됐다. 이국적인 풍광과 시간 따라 장소 따라 오묘한 색깔로 변하는 바다와 운동하기에 딱 알맞은 높이의 오름들. 정운은 제주를 선택한 게 잘했다는 생각이 들었다.

정문휘 자살 사건 이후 지휘 감독 라인에 있는 이정식 부장도 징계 대상이 됐지만 정치적 야심이 있는 그는 과감하게 사직서를 내고 대형로펌으로 갔다. 정운도 의욕을 잃어 한 때 퇴직을 생각했다. 하지만 그냥 덮어버리고 물러서기엔 너무 내상이 컸다. 악몽으로 밤잠을 못 이룬 것이 여러 날이었다. 김주현 교수 부인이 눈물을 흘리며 매달렸다. 결국 사나이 자존심을 위해서 명예를 되찾자는 결론에 이르렀다.

징계를 받고 근무지를 옮겨야 하는데 마침 제주에 자리가 생겼다. 선후배 검사들이 제주에 가게 된 건 행운이라고 했다. 상대적으로 다른 지청에 비해 사건도 적고 비교적 시간 여유가 있을 것이란 뜻이었다. 송별회 자리가 끝난 후 부장은 별도로 오 검사를 불렀다.

"열심히 하다보면 이런 일은 병가지상사야. 위에선 사표 받으라 했지만 내가 막았어. 제주에 가면 건강 잘 챙기면서 새로 시작하는 자세로 열심히 해. 거기 사람들 장수하는 이유가 뭔지 알아? 좋은 물에 좋은 공기 마시고 신선한 해산물 먹지. 그저 자연에 순응하면서 욕심을 부리지 않기 때문이야. 올레길도 인기라는데 부지런히 걸어. 걷는 것보다 좋은 건강법 없어. 그리고 제주는 골프 천국이니까 기회에 골프도 배워 두고."

첫 몇 달은 주말마다 관광도 다니고 오름도 오르고 퇴근 후 골프연습장도 다녔다. 그러는 사이 마음의 상처도 점차 아물어 갔다. 심신 힐링에 이만큼 좋은 곳이 또 있을까 싶었다.

"검사님은 4 · 3에 대해 어떤 입장이세요? 공무원이라서 우익쪽의 입장을 지지하시는 건가요?"

박성철이 맥주 컵을 내려놓으며 물었다. 박성철은 대학교 제주동문회에서 만난 후배 작가다. 부임한 지 얼마 되지 않아 이곳 출신으로 제주시에서 개업한 한 변호사가 동문이라며 난 화분을 들고 찾아왔다. 자신이 이곳 동문회장을 맡고 있는데 꼭 한 번 모임에 나와 달라고 사정하는 바람에 참석을 했다가 거기서 만난 1년 후배가 박성철이다. 국문과를 나왔다고 했는데 대학 시절 얼굴 한 번 본 적 없었지만 한 번의 만남으로 선배님이라 깍듯하게 존칭어를 쓰며 살갑게 대했다. 제주가 낯선 곳이라 지인이 있다는 것이 한편으론 반갑기도 하고 소설 쓴다고 해서 호감도 가서 한두 번 술자리를 갖으며 친해졌다. 두 번씩이나 얻어 마신 술이 부담스럽다는 핑계로 늦은 밤 정운을 숙소 근처 꼬치구이 집으로 불러냈다. 정운은 호프가 담긴 맥주 컵을 들어 한 모금 목으로 넘기면서 박 작가가 대뜸 던진 질문의 답을 생각했다.

"공무원이라고 해서 역사관이 없는 건 아니지. 헌데 박 작가의 관점은 어떤가? 작가라서 진보의 입장인가?"

"작가라고 다 진보는 아니죠. 사실 제주민의 입장에서 보면 양쪽 다 잘못이 많아요. 공권력에 의해 죽은 사람이 태반이지만 무장대도 양민들을 살상했거든요."

"양비론이군."

"4 · 3을 이해하려면 당시 상황을 잘 알아야 해요. 해방 정국에서 일본에 유학을 갔던 많은 지식인이 고향으로 돌아오게 되죠. 그들은 새로운 조국에 대한 기대가 넘쳤어요. 헌데 해방이 되면 우리나라가 당연히 독립된 국가가 될 거라 기대했는데 2차 세계대전의 승전국인 러시아와 미국이 전리품 나누 듯 우리나라를 38도 선으로 갈라 통치하려 했잖아요. 지식인들은 이제 일제 36년 간의 강압 통치에서 벗어났는데 다시 외국의 신탁통치를 받아야 한다니 말이 안 되는 소리 아닙니까? 여기에 동조하는 도민들이 많았어요. 학교는 물론 공무원조차도 동맹파업을 하며 반탁에 참여했죠."

"일본 유학생들 중에는 사회주의 이념에 물든 사람이 많았어. 그 당시는 사회주의를 모르면 엘리트 취급을 받지 못했으니 유행처럼 번졌지. 해방 공간의 상황은 그런 사회주의자들이 득세하여 나라가 혼란했었잖아?"

"그걸 이승만은 정권을 탈취하기 위한 구실로 이용한 거예요. 그래서 남북한 따로 선거를 치르는 과정에서 지식인들이 앞장서 분단이 고착화 된다며 극렬하게 반대 했는데 이들 중에 극소수의 남로당 당원이 끼어든 거죠."

"그들이 수많은 학생과 젊은이들을 의식화시켜 입산시킨 게 아니고?"

"교과서에는 그렇게 쓰여 있지만, 대다수의 입산자들은 목숨을 부지하기 위해서 산으로 숨어든 거예요. 왜냐면 당시 경찰총수였던 조병옥은 제주도 전체가 오염된 빨갱이 섬이니 공중에서 휘발유를 뿌려 불붙여버려야 한다는 막말까지 했거든요. 그래서 북한에서 공산주의자들에게 부르조아로 낙인 찍혀 재산 몰수당하고 쫓겨난 서북청년단을 내려보내 군경과 함께 빨갱이 소탕에 나섰죠. 주민들을 초등학교 운동장에 모이라고 해놓고 가족 중에 군인, 경찰, 공무원 가족을 제외하고는 집단 학살을 자행하기도 했어요."

이야기를 들으면서 정운은 박성철의 빈 잔을 채웠다. 잠시 감정을 고르려는 듯 박성철은 꿀꺽꿀꺽 소리를 내며 잔을 비워냈다.

"나도 북촌리에 있는 너븐숭이기념관을 들러 보고 놀랐어."

"그러니 먹을 것 짊어지고 가족들 데리고 산으로 피해 간 거죠, 목숨 부지하려고. 그런데 군정 당국에서는 입산자는 모두 폭도이므로, 그들에게 먹을 것 빼앗긴 사람들은 내통했다고 죽이고, 입산 무장대들은 마을에 내려와 군경과 내통했다 죽이고 결국 애꿎은 서민들만 이리저리 죽게 된 거죠. 그러니 산사람에게 당한 사람들은 무장대의 잘못만 부각하고, 서북청년단이나 군경 쪽에 죽임당한 가족들은 우익을 원망하고 있으니 화해와 상생은 요원 한 거죠."

정운은 박성철의 잔에 다시 술을 채우고 나서 자신도 한 모금 마셨다.

"그래서 박 작가가 생각하는 해결점은 뭔데?"

"결국 가해 당사자의 자기고백이 먼저죠. 우익 좌익이 아니라 억울하게 희생당한 사람의 입장에서 생각하란 말입니다. 헌데 말은 용서를 구하면서도 속으론 자신의 잘못을 인정하려 않고 상대 탓만 하는 게 문제죠. 3만여 명이 희생되었는데 정말 죄가 있어 죽은 사람이 몇이나 될까요? 살아 있는 유족들만 원통한 거죠."

그날 박성철은 자신의 조부모와 일가 등 5명이 한꺼번에 공권력에 의해 희생되어 한 날 한 시에 제사지낸다고 했다. 그는 평생을 4 · 3의 진실을 밝히는 작품을 쓸 거라고도 했다. 그때 자신이 쓴 『제주민중의 삶과 역사』란 책을 주었다. 이 책에는 과거 평화로운 시절의 제주민의 따뜻한 인정과 가난했지만 자연을 거스르지 않고 슬기롭게 살아온 사람들의 이야기를 신화와 전설을 곁들여 재미있게 소개하고 있었다.

지금은 평화롭고 아름다운 명승절경이지만 과거에는 뼈아픈 역사의 현장이라는 사실도 이 책을 통해서 알았다. 한낱 변방 섬의 역사였기에 교과서에는 실리지도 않은 사건들이었다. 역사는 집권자의 편에서 쓴 기록물이고 그것이 시대를 거치면서 위정자들에 의해 윤색되었다는 사실을 대학시절 '밝달학회'에서 듣고 충격을 받았었다. 제주의 역사도 마찬가지라고 생각했다. 그 잦은 민란은 섬사람들이 원한 것도 자초한 것도 아니었고 외부 세력의 충동에 넘어간 순박한 사람들이 갑질하는 관에 대한 저항이었다. 그렇게 자연에 순응하며 평화롭게 살던 사람들을 피비린내 나는 전장 속으로 몰아넣은 사건이 4·3 말고도 여러 번 있었다는 사실에 놀랐다.

고려시대 '삼별초난'도 알고 있는 지식과는 달리 민중들이 목숨을 구제하기 위한 방편으로 몽골이라는 외세에 대항할 수밖에 없는 사회 구조의 역학관계 속에 일어난 사건임을 알았다.

'목호의 난'도 처음 듣는 역사적 사실이었다.

삼별초난이 평정되자 1273년 원나라는 탐라에 군민총관부(軍民摠管府)를 설치하고 다루가치(達魯花赤)를 두어 직접 다스렸다. 1277년(충렬왕 3)에는 목마장(牧馬場)을 설치했다. 전쟁에 쓸 말을 기르기 위하여 기술공들을 보냈는데 이들을 목호(牧胡)라고 불렀다. 이들 목호는 탐라 여인과 결혼했고 일을 거들어 줄 현지인들을 고용했다. 이들은 백 년 동안 제주에 살았다. 유독 제주사람들이 몽골인과 얼굴이 많이 닮은 것은 이 기간에 그들의 피가 많이 섞였기 때문이다. 1295년 왕의 교섭으로 탐라가 고려에 귀속되어 이름을 제주(濟州)라 고치고 목사(牧使)와 판관(判官)을 파견했지만 목마장은 원나라가 직접 경영했다. 그런데 1370년(공민왕

19) 명나라와 국교가 굳건해지며 제주의 말을 명나라에 보내게 되었을 때, 원나라 출신의 목호들은 자신들이 방축(放畜)한 말을 적국인 명나라에 보낼 수 없다며 소란을 일으켰다. 이것이 '목호의 난'이었고 여기에 이해관계가 얽힌 제주인들이 동조했다. 최영 장군이 서귀포 범섬에서 마지막 목호를 평정하기까지 희생된 것은 제주인이 대부분이었다.

탐관오리들의 학정과 착취에 항거하여 일어난 사건도 더러 있었다. 그중에 1898년 '방성칠 난'은 제주도의 독립을 시도한 민란이어서 흥미로웠다. 민란을 주도한 세력은 남학당(南學黨)이라는 종교조직이었다. 남학은 동학과 비슷한 시기에 후천개벽사상을 내걸고 충청도와 전라도 일대에서 활동하던 종교였다. 동학농민전쟁 당시 일부 남학당 교인들이 제주도로 집단 이주하여 화전을 일구며 살았다. 제주도에는 몽골 지배 이후 전도에 걸쳐 국영목장이 많았는데, 이 목장 지대를 화전으로 개간하는 사람들이 늘어났다. 향리들은 화전세를 받아들일 목적으로 개간을 묵인하였는데 화전세 착취가 지나치면서 불만이 높아졌다. 이러한 불만을 조직적인 저항으로 끌고 간 것이 남학당이었다. 이들은 각 마을마다 통문을 돌려 장정들을 모집하여 농민군을 조직했고 제주읍성으로 쳐들어갔다. 이 과정에서 일부 관리가 죽었고, 목사와 군수, 향리들은 멀리 도망쳤다. 이에 민란의 주도자인 방성칠은 유배 중인 양반세력을 지도부로 끌어들이고 조세를 절반으로 줄인다는 포고문을 내걸었다. 정감록(鄭鑑錄)의 예언을 바탕으로 새로운 탐라 왕조의 건설을 시도했지만 독립국가 건설은 순조롭게 진행되지 못했다. 이에 유배객들이 제주도를 일본에 복속시켜 자치를 획득하자는 제안을 했다. 방성칠은 직접 일본으로 가려고 배를 띄웠다가 목사와 향리들이 조직한 토벌군에게 성을 빼앗기고 쫓기는 상황이 되었다. 농민군은 강력히 저항했지만, 결국 토벌군에게 패하면서 흩어지고, 방성칠을 비롯한 지도부는 죽임을 당했다. 하마터면 제주가 일본 땅이 될 뻔한 사건이었다.

1901년 신축년에 일어난 '이재수난'도 외세에 대항한 민중항쟁이었다. 제주도에 천주교가 전파 된 것은 1858년이었다. 1901년에는 6백여 명의 영세자와 교인들이 있었다. 당시 제주도에는 일본 어부들이 대형 어선을 가지고 와 고기를 잡고 있었다. 이들은 경제적 이익을 위하여 불법적인 어로활동을 서슴지 않았다. 여기에 제동을 건 세력이 선교사들이었다. 일본 상인들은 어로독점을 위해 눈엣가시인 프랑스 선교사들을 축출하려 했다. 또한 지방 관리들은 사사로이 남세(濫稅)를 자행하여 축재하였다. 대정군수였던 채구석(蔡龜錫)은 유림 오대현(吳大鉉), 관노(官奴) 이재수 등과 결탁하여 상무사(商務社)를 설립했다. 이는 장사하는 사람들이 모여 만든 사설단체였다. 상공회의소의 전신이라 할 수 있다.

한편, 정부에서 파견된 제주도 봉세관(捧稅官) 강봉헌(姜鳳憲)은 천주교인들을 채용하여 앞장 세워 엄청난 양의 잡세를 징수하였다. 결국 채구석 일파와 일본인들은 봉세관의 방해로 경제적 타격을 입게 되자, 천주교인들에게 적의를 품기 시작했다. 그런데다 천주교인들이 자신들의 토지 내에 있는 신당(神堂)·신목(神木)들을 불살라 버림으로써 무속을 신봉하고 있던 도민들의 분노를 조장했다. 이에 일부 민중들은 이재수를 장두로 삼고 무기를 탈취하여 천주교인들을 학살하기 시작했다. 일본은 경제권 확보를 위해서 배후에서 민란을 획책했고, 몇 유배객과 천주교인들의 월권에 민중들은 먹고살기 위해 저항했다. 결국 과도한 세금 징수와 경제적 이해관계 때문 발생한 이재수난은 외세 종교와 토착적 샤머니즘의 종교 전쟁으로 비화한 것이다.

제주의 삶에 재미가 붙던 어느 날 사무실로 이외의 전화가 걸려 왔다. 어디선가 들었던 낯익은 여인의 목소리였다.

"오정운 검사님이시죠?"

"예. 그런데요?"

"아이고, 꼭 한 번 찾아뵙는다는 걸 죄송해요. 저 이진아에요. 김주현 교수…."

"아 이 선생님? 건강은 괜찮으세요? 휴직하셨다는 얘기 들었는데."

"예. 3개월 쉬고 다시 학교에 나가고 있어요."

"빨리 회복하셔서 다행입니다. 밝은 목소리 들으니까 반갑네요."

"저 지금 제주에 와 있어요, 애들 수학여행 인솔하고 오게 돼서요."

"그러세요? 수고 많으시네요."

"헌데 전해 드릴 게 있어서요. 다시 생각하고 싶지 않으시겠지만 생전에 애 아빠가 혹시 일 생기면 오 검사님한테 전해드리라는 것이 있었는데 경황이 없어 깜빡 잊었어요. 애 아빠 물건 정리하다 생각났어요. 오 검사님 제주에 계신다는 걸 알고 가지고 왔어요."

이제는 재판까지 끝난 사건이고 권한 밖에 있는 일이어서 사양할까 하다가 그래도 일부러 전화까지 준 사람인데 박정하게 대해선 안 된다는 판단이 섰다.

"그러세요. 이왕 제주도 오셨으니 저녁에 얼굴이나 봅시다."

이진아 선생이 인솔하고 온 수학여행단은 신제주에 있는 호텔에 묵고 있었다. 호텔 커피숍에서 커피 한 잔을 다 마시도록 기다렸지만 이 선생은 나타나지 않았다. 학생들이 현관 밖 출입이 뜸해지고 소음이 사라질 때쯤 이진아 선생이 핸드백을 들고 나타났다.

"하이고 애들이 고삐 풀린 망아지들이에요. 이제야 겨우 방마다 점호 끝냈어요."

"어디로 튈지 모를 세대 아닙니까? 고생 많으십니다."

"갈수록 애들 지도하기가 힘드네요."

말을 하면서 핸드백에서 편지봉투를 꺼냈다.

"죄송해요. 이렇게 늦은 시간에 이런 곳까지 오시게 해서."

정운은 건네준 준 봉투 속 내용물을 꺼내면서 말을 받았다.

"아닙니다. 이렇게 객지에서 활기찬 얼굴 뵙게 되니 좋네요. 여긴 아는 사람도 별로 없고 만나야 할 사람도 없으니 남는 게 시간이에요."

편지봉투 안에 담긴 것은 택배 영수증이었다. 영수증을 보던 정운은 자신의 눈을 의심하며 눈 가까이 영수증을 들어올렸다. 수취인 이름이 전상권 검찰총장이었다. 뒷면을 뒤집으니 김 교수의 필적인 듯 '심양에서 남서쪽 2시간. 영락대왕릉'이란 글씨가 적혀 있었다. 택배 물건이 벽화조각임을 예상케 하는 증거물이었다.

"헌데 교수님이 돌아가신 날짜가 언제지요?"

"4월 18일이에요."

영수증의 위탁 날짜는 김 교수가 변을 당하기 열흘 전이었다. 오 검사의 두뇌 회로가 갑자기 분주해 졌다. 그러나 이내 허탈감을 드러내며 한숨을 내쉬었다. 진즉에 수사를 할 때 이런 증거물이 있었다면 사건은 벌써 해결되었을 수도 있었을 것 아닌가? 그러나 이미 떠나온 자리고 억울하게 죽은 사람만 남은 채 사건은 미궁에 빠져버렸으니 휴지 조각이나 다름없었다. 그래도 이 선생이 무안해 할까봐, 양복 안 주머니에 집어넣었다.

오 검사가 자리를 떠났다고 해서 그 사건에서 벗어날 수 있었던 것은 아니었다. 범인을 잡아 감방에 넣으면 반성은 못하고 해코지하려는 진짜 질이 안 좋은 놈들이 더러 있다. 제주로 발령받아 부임한 며칠 후에 서울에서 소포가 도착했다. 발신인이 일심회라 적혀 있는 자그만 상자였다. 일심회? 어디선가 들은 기억이 나는 이름이었다. 어느 단체에서 기념일을 맞아 보낸 선물이겠거니 생각하며 소포를 개봉했는데 예상은 보기 좋게 빗나갔다. 상자 속엔 한쪽 끝에 매듭이 지워진 굵은 주황색 나일론 끈이 들어있었다. 아무런 글 귀 한 장 남기지 않았지만 자살을 한 정문휘 쪽 사람들이 보낸 것임이 분명했다.

그제야 여당의 대표인 심윤수를 대통령으로 만들기 위한 외곽 결사체가 일심산악회라는 게 생각났다. 정문휘가 오 검사 때문에 죽었으므로 가만 안 놔두겠다는 무언의 협박이었다. 그렇잖아도 일부 정치 검사들의 일탈 행태에 모멸감을 느끼고 있었는데 자신을 한통속으로 봤다는 생각이 들자 코웃음이 나왔다. 그때 일심산악회의 활동 상황을 인터넷을 통하여 들여다보았다. 국회의원, 장차관 출신 고위 관리는 물론 대기업 중견 간부, 중소기업 대표 등 정치, 경제계를 망라하여 입각을 바라는 장성출신 사회단체장, 교수, 언론인들까지 회원의 수는 헤아릴 수 없는 정도였고 전국 자치단체별 조직을 가지고 있었다. 그들은 지역별로 매달 산행을 하는 것으로 친목과 우의를 다지면서 거사를 준비하고 있었다. 검색창에 정문휘 이름을 넣으니 그의 자살 소식, 의정 소식 등과 함께 등산복 차림으로 일행들과 어울려 찍은 일심산악회 사진이 떠올랐다. 사진 설명에 현직 검찰총장인 전상권의 이름도 있었다.

정운은 구부러진 해안 길을 펴며 차를 몰았다. 제주시 해안도로는 어디에서 건 환상적이다. 특히 태양이 맑게 내리비치는 날 하귀에서 애월까지 굽어진 길을 펴며 해안도로를 달리노라면 바다는 현무암의 검은 빛과 하얀 모래가 파란 바다 속에 잠겨 시시각각 색다른 분위기를 연출했다.

“와 정말 멋지다. 환상이야 환상.”

유심은 창밖으로 몸을 돌리고 햇빛을 받아 다채롭게 연출하는 경이로운 바다의 모습에 탄성을 지르며 연신 카메라 셔터를 눌러댔다.

“아니 사전 연락도 없이 이렇게 불쑥 왔다가 밥 한 끼 안 먹고 가는 법이 어디 있어?”

“원고 마감일이 다 되어서요. 내가 올 계획도 아니었는데 담당 기자가 갑자기 일이 생기는 바람에 세미나는 취재해야겠고. 이런 기회 아니면 선배 얼굴 보기도 힘들고. 그냥 전화만 드리고 가려 했는데….”

“어쨌든 얼굴 보게 되니 반가워. 난 다시 안 보려 작정했나보다 생각했지.”

“바람처럼 흐르는 시간이 아픈 상처를 씻어주더라고요.”

정운은 써니 사건 이후로 유심과의 관계는 끝났다고 생각했다. 처분만 기다리는 죄인의 심정으로 유심에게서 전화가 오기만을 기다렸다. 일주일이 지나도 전화가 오지 않자 정운은 체념을 했다. 헌데 시간이 지날수록 호리병 속의 거인처럼 부아가 치밀어 올랐다. ‘자기는 첫사랑을 헌신짝처럼 버렸으면서, 그 까짓 바람 한 번 핀 것이 무슨 대순가? 그래 그 정도 이해 못하면 끝내자.’ 그렇게 생각하면서도 한편으론 막연한 기대감으로 연락 오기를 기다렸다. 그런데 일이 꼬이려다 보니 정문휘 사건이 터지던 날 아침, 감사실에서 조사를 받고 사무실 밖을 나서는 순간에 전화를 걸어왔다. 받을 기분이 아니었지만 그래도 기다리던 사람의 이름이 뜨자 반가웠다. ‘소식을 들었구나’ 위로를 받으면서 자연스럽게 관계를 회복할 수 있겠다는 기대감으로 통화 버튼을 눌렀다.

헌데 ‘여보세요’하는 순간 유심이 울음을 터트렸다.

“그렇게 자존심 세우면서 이대로 끝낼 건가요? 미안하다고 손발 비비고 사정해도 용서할까 말까한데. 도대체 무슨 남자가 그래요?”

순간, '아뿔사 괜히 전화 받았다'는 후회가 밀려왔다. '아직 소식 못 들었나?' 덧난 상처에 소금 세례 받은 꼴이 됐다. 그야말로 백척간두의 순간이었으므로 할 말이 생각나지 않았다.

"미안해. 지금 그럴 상황 아니야."

한 마디 하고는 전화를 끊어버렸다. '재수 없는 년'이라는 말이 무의식적으로 튀어 나왔다. 언제나 좋지 못한 일은 유심으로 인해 생겼다고 판단되었다. 그 이후로 유심의 전화는 수신 거부자로 등록해 받지 않았다.

"사람의 인연이란 게 어디 무 자르듯 그리 되는 건가요?"

마음이 넓은 여자라는 건 예전부터 인정했다. 제주 지검으로 발령난 이후도 뭉툭뭉툭 유심의 얼굴이 떠올랐지만 먼저 고개를 숙이고 연락한다는 게 자존심이 허락하지 않았다. 방귀 뀐 놈이 성내는 꼴이지만 사실 염치도 없었고 타이밍을 놓쳤다고 생각했다. 시간이 흐르고 여유가 생기자 수신 거부자 명단에서 슬그머니 해제했지만 전화는 오지 않았다. 그런데 점심을 먹고 의자에 앉아 잠시 눈을 붙이려는데 불쑥 제주에 왔다고 전화가 온 것이다.

유심은 어색한 분위기에 불편함을 느끼며 촬영한 카메라 화상을 재생시키며 확인하는데 골몰했다. 카스테레오에선 감미로운 음악이 흐르고 있었지만 차안의 공기는 싸늘했다. 침묵이 정운의 가슴을 조여 왔다. 이 분위기를 깨기 위해서 무슨 말이든 먼저 해야 한다고 생각했다.

"이 길은 시간 날 때마다 오는 곳이야. 열 받고 가슴이 답답할 때 이 길을 드라이브하고 나면 만사 오케이지. 어디서건 차를 세우고 바다를 바라보고 있으면 모든 일이 술술 풀리는 마법의 길이거든."

억지 미소까지 담으면서 상냥함을 가장하고 있는 자신이 객쩍게 생각되었는지 정운은 고개를 돌려 샐쭉 혀를 내밀었다. 그제야 유심도 카메라를 가방 속으로 넣었다.

"제주 바다는 언제 보아도 좋아요. 세계적 미항이라는 나폴리 해안선도 이만큼 아름답진 못 했어요. 저도 바다에 가면 늘 위안을 받아요. 바다는 가만 있지 못하고 흔들리고 부딪히면서도 모든 걸 품으며 다독거리죠."

커피숍은 애월리 해안도로가 끝나고 큰 길로 합쳐지기 전 길가에 있었다. 건물에 들어서기 전에 시원한 바람이 불어오는 바닷가 절벽 위에 섰다. 아래를 굽어보니 물결이 살랑거리는 자그만 백사장 모래톱이 있고 꾸불꾸불 이어진 산책길을 따라 기기묘묘한 형상의 바위들이 놓여 있다.

"가끔 여기서 커피를 마시며 바다를 조망하곤 해. 섬 사이로 지는 노을이 아름답거든."

"한 번 왔던 곳인데 아주 많이 변했네요. 그때는 커피숍도 아담하고 좋았는데."

커피를 시키고 2층으로 올라가니 어린아이들을 데리고 온 관광객 가족이 한쪽 구역을 차지하고 있었다. 바다를 마주한 유리창 쪽으로 유심이 먼저 가 앉았다.

"저기 봐. 저게 비양도라는 섬인데 저기서 바라보는 눈 쌓인 한라산의 모습이 일품이라는데 난 아직 못 봤어. 올 겨울엔 가볼 작정이야."

“혼자서?”

유심은 장난스럽게 눈을 둥그렇게 뜨고 쏘아보며 말했다. 정운은 그런 유심의 모습이 부담스러워 유리창 밖으로 시선을 돌렸다.

“당신이 온다면 더 좋겠지.”

말을 해놓고 보니 어색했다. ‘당신’이라는 말을 유심은 어떻게 받아들였을까. 슬쩍 곁눈질로 보았는데 괘념치 않은 건지 좋아서 그런 건지 유심은 실내를 은은히 적시는 음악의 멜로디를 따라 흥얼거리고 있었다.

그런데 아까부터 뒤통수가 가려움을 느꼈다. 누군가 뒤에서 레이저를 쏘고 있는 것 같은 느낌이었다. 돌아보니 관광객 가족 중 가장인 듯한 사내였다. 정운과 눈을 마주치는 순간 사내의 표정이 변했다. 정운은 그 사내가 낯이 익다고 생각했다. ‘혹시 법정에서 만났던 사람인가?’ 돌아앉아 생각하는데 사내가 일어서서 다가왔다.

“당신, 오정운이 맞지?”

다가선 얼굴을 자세히 보니 대학교 때 선배 김중락이었다. 그는 밝달학회 가입하러 면접을 치렀을 때 제일 후한 점수를 주었던 당시 회장이었다. 입회 후에도 김중락은 시골 출신 유학생을 잘 챙겼다. 자기 집으로 데리고 가 따뜻한 밥을 먹이고 세상을 이야기하며 여러 밤을 함께 지냈던 사이였다. 정운은 예기치 못한 조우의 반가움에 벌떡 일어섰다.

“김중락 선배님?”

“그래 이 자식아. 그간 연락도 없더니….”

둘은 누가 먼저랄 것도 없이 와락 껴안았다.

“이 촌놈이 완전 양반됐네. 긴가민가했지.”

“선배도 몰라보게 변했네요.”

정운의 등 너머로 유심을 본 김중락이 포옹을 풀며 말했다.

“와이프야?”

“아니, 저 아직 미혼이에요.”

“오라 데이트 중이었구나?”

“아 참, 이 사람도 밝달학회 출신이에요.”

밝달학회라는 말에 유심이 호기심어린 시선으로 김중락을 쳐다보았다.

“고 부장 인사 드려 동아리 선배님이셔.”

선배라는 말에 유심이 미소를 지으며 일어섰다.

“안녕하세요? 처음 뵙겠습니다. 고유심이라고 합니다.”

김중락은 내미는 유심의 손을 두 손으로 싸안으며 반겼다.

“그래요 반가워요. 난 7긴데, 몇 기죠?”

고유심은 습관적으로 명함을 꺼내 내밀며 대답했다.

“전 12기인데요?”

김중락은 명함을 힐끔 보고는 남방 주머니에 집어넣으며 엷은 미소를 보였다.

“잡지사에 있군요? 나도 신방과 출신인데.”

“전 사학과 나왔어요.”

“그래요? 이런 데서 후배들을 만나다니 이것도 좋은 인연이로군요.”

김중락은 유심의 손을 다시 잡아 흔들며 만남의 기쁨을 격하게 드러냈다.

"참, 중락이 형. 방송사 다닌다는 소식은 들었어요. 지금도 그 일을 해요?"

김중락은 대답하기 난처한 듯 주변을 살폈다.

"아니야, 자넨 무슨 일 하는데?"

"제주지검에 있어요."

검사라는 말에 김중락은 놀라는 표정을 지었다.

"그래? 이거 이렇게 만나게 될 줄 몰랐는데 잘 됐군. 이따 저녁에 시간 좀 내. 내가 알아볼 일이 있어서 말이야."

순간 무슨 청탁이라도 하려나보다 생각했다.

"지금은 가족들과 여행 중이라 곤란하고. 아참 이따가 우리 가족과 저녁 함께 하면 어떨까? 고 부장도 함께 말이야?"

유심은 반가우면서도 내심 아쉬운 표정으로 말했다.

"고맙긴 한데요, 전 저녁 전에 올라가야 해서요."

"저도 저녁에 미팅 있어서요."

"많이 바쁜가 보군. 이거 아쉬운데? 객지에서 후배들에게 맛있는 저녁 쏘려고 했는데 말이야."

말이 길어지자 멀리서 지켜보던 어린 딸이 쪼르르 달려와서 김중락의 바지를 잡고 매달리며 나가자고 칭얼거렸다. 김중락은 딸을 달래며 안고 가서 가족들에게 정운과 유심을 소개했다.

"둘이서 좋은 시간 가져요."

손을 흔들며 가족들과 함께 계단을 내려가던 김중락이 생각난 듯 돌아와서 정운에게 손을 내밀었다.

"참, 자네 명함 줘. 이따 연락할 게."

전화는 밤 열 시가 넘어서 왔다. 호텔에 바가 있는데 그리로 오라고 했다. 처음 바의 문을 열고 들어섰을 때는 어두침침하여 손을 흔들지 않았으면 찾지 못할 뻔했다. 눈이 차츰 주변의 어둠에 익숙해져 조리개가 초점을 잡을 무렵에야 홀 안에는 자신들밖에 없다는 걸 알았다. 양주병을 보니 중락은 몇 잔 마신 상태였다. 잔을 주고받으며 대학시절 얘기로 환담을 나누던 중 자신은 청와대 비서관으로 근무한다고 밝히고는 본론적인 이야기로 들어갔다.

"그런데 말야. 자네 오야붕 어때?"

"뭐가요?"

"응, 요즘 좋지 않은 소문이 돌아서 말이야. 일심회 멤버인데 최 지사 쪽 인사들과 접촉한다는 첩보가 있어. 자네도 알다시피 차기 대권에 대한 암투는 진작부터 불이 붙은 상황이야. 지금이야 심 대표가 부동의 1위로 앞서 가고 있지만 앞으로의 일은 누구도 몰라. 심윤수 대표가 어른의 처조카이긴 하지만 최태봉의 외곽조직도 만만치 않거든. 지지도라는 게 자그만 사건 하나로도 훅 갈 수 있는 거니까. 부친이 친일했다는 것도 그렇고 심 대표는 워낙 약점이 많아. 최 지사도 뭔가 노림수를 찾고 있을 거야. 만약의 경우를 생각한 전상권이 양다리를 걸치고 일종의 보험을 들겠다는 건데 그걸 안 어른의 심기가 좋을 리 없잖아."

순간 정운은 며칠 전 건네받은 택배 영수증 생각이 났다. 하지만 임명권자인 상관에 대한 평가는 조심스러운 일이었다. 그러면서도 한편으론 그가 고구려 벽화에 개입되어 있다는 사실이 떠올랐다. 그래서 넌지시 짚어보듯 말을 꺼냈다.

"소문은 여러 가지 듣습니다만, 제가 모시는 상관인데…."

"자네 공룡 잡는 방법을 아나? 아무리 덩치가 커도 방심하는 사이 주사 한 방이면 끝나. 제 아무리 강철로 만든 터미네이터도 통제하는 칩 하나만 제거하면 고철덩어리가 되는 거라구. 감투라는 거 그게 요물인데 그것만 벗기면 사람은 똑 같아. 자네 믿고 하는 얘긴데, 임기가 보장된 자리지만 꼬투리만 잡히면 내치고 싶은 게 어른의 생각이야."

누군가를 내치거나 자리를 비워야 새로운 사람을 들일 수 있는 게 조직의 생리다. 자리를 탐하는 사람은 늘 많다. 사람을 선택하고 조정할 수 있는 게 권력의 맛이다. 정운은 하늘이 돕는 기회라 생각했다. 그래서 자신이 제주에 오게 된 배경과 그 사건이 검찰총장과 연결되었다는 것을 상세하게 설명했다. 설명을 듣고 난 김중락이 결의에 찬 표정으로 새삼스럽게 손을 내밀며 악수를 청했다.

"잘 되었군, 일이 잘 풀리려고 우리가 만나게 된 거야. 제주로 휴가 오길 정말 잘 했어."

김중락은 만족한 듯이 웃음까지 날렸다.

"헌데 제가 조직의 수장을 수사하는 게 가능하겠습니까?"

"누구의 입김도 작용하지 못 하도록 내가 도와주지. 외부에 노출 안 되게 비밀리에 진행해야 하네."

18
도둑들의 가면무도회

상처받은 정운에게 제주 생활은 심신의 활력을 되찾게 해준 시간이었다. 그래서 제주를 떠나는 것이 한편으론 아쉽기도 했다. 김중락을 만난 지 얼마 되지 않아서 정운은 서울중앙지검으로 발령을 받았다. 정운은 사건의 성격상 사무실 인근에 있는 안가에서 일하기를 요청했다. 수원지검의 이철진과 주윤호 수사관도 불러 원점에서부터 다시 점검하기 시작했다. 구속된 가네야마와 최창구의 증언을 토대로 증거를 확보하기 위해 노명현과 전상권 본인은 물론 가족 형제의 차명계좌까지 돈의 흐름을 파악했고 통화내역까지 검열을 마쳤다. 바다로 나가는 어부가 그물을 손질하듯 오 검사는 신중하게 체크리스트를 만들어 하나하나 직접 챙겼다.

"택배회사 증인 확보 됐어요?"

담당했던 주윤호가 대답했다.

"트렁크 보여줬더니 비슷한 크기라고 했습니다. 그리고 부속실 수취인 사인한 것 체크했고요, 여직원한테 기사가 총장 공관에 배달한 이동경로 확인했습니다. 헌데 말입니다, 김 교수는 왜 그걸 검찰총장에게 보냈을까요?"

진중하던 오 검사의 얼굴에 미소가 번졌다.

"그 물건이 원래 장물인데 도둑맞은 자가 가만 있겠어요? 위험을 느낀 김 교수는 만일의 경우를 대비해서 안전한 곳에 보관하려고 했던 거죠. 총장한테 보내면 당연히 그것이 나라에 귀속될 줄 알았죠. 헌데 물건을 받은 총장은 발송인을 확인하니 모르는 사람인 겁니다. 누가 선물을 보냈다고 생각했겠죠. 김 교수가 한 가지 오판한 것은 총장이 노명현과 커넥션 관계란 걸 몰랐던 겁니다."

"고양이에게 생선가게 맡긴 꼴이군요."

"그렇죠. 헌데 물건의 정체를 알고 난 총장이 그걸 혼자 먹었을까요?"

"그거 당장 시장에 내놓을 수 있는 물건도 아니잖습니까?"

"그렇지요. 하지만 아직까지 그 물건의 정체가 시중에 알려지지도 않았지요. 노명현이를 통해 발송인의 신분과 위험한 물건이라는 걸 알았을 테니 먹어도 탈이 나지 않게 사전 조치를 취했을 겁니다, 그 과정에서 김주현 교수가 살해당한 겁니다."

"이이제이란 말씀이죠?"

"그렇죠. 손 안 대고 코 푼 격이죠."

"위험한 물건인 걸 알았다면 벌써 처분하지 않았을까요?"

"혼자 먹을 수도 없는 물건이죠. 요즘 뇌물이 골동품이나 유명화가의 미술품으로 바뀐 거 잘 알지 않습니까? 그가 임기 끝내고 정치에 나선다는 거 다 알려진 사실입니다. 줄을 대고 있는 사람들 중심으로 포커스를 맞추고 물건의 행방을 추적해 보세요. 그리고 증인들 조서 받은 거 근거로 질문서 만들어요. 정리되는 대로 소환합시다."

"알겠습니다."

주윤호가 자리로 돌아가자 차례를 기다리던 이철진이 보고를 했다.

"아무래도 총장이 냄새를 맡은 것 같습니다."

"방귀 뀐 자가 주변 눈치를 먼저 살피는 법이야. 제 목에 걸린 올가미가 조여드는데 눈치 채지 못했다면 바보지."

"갑자기 총장 부속실 이 양이 사라졌습니다. 오늘 아침 전화했는데 다른 직원이 받더라고요. 결혼 준비 때문 사표냈다고 하는데 아무래도 잠수 타게 만든 모양입니다."

"인적 사항 확인하고 수배해. 그가 움직이고 있다면 증인, 증거 인멸하고 있을 테니 운전기사 행방도 탐문하고."

"예. 알겠습니다."

자리에 앉아 컴퓨터 화면 보고 있던 주윤호가 상체를 옆으로 젖히며 말했다.

"인터넷 보셨어요? 고구려 벽화가 검색어 1위에요. 아이디 '민족정기'란 사람이 '잃어버린 고구려 벽화를 찾습니다'란 글을 올렸는데 인기가 캡이에요."

"인터넷에 벽화 얘기 떴단 말이요?"

"그럼요. 열흘 전부터 떴는데 한번 보세요. 벽화가 국내로 반입된 과정, 그로 인해 몇 사람이 죽었고, 그 벽화는 광개토태왕릉에서 도굴된 것이라는 등 아주 구체적입니다. 그런데 문제는 댓글다는 사람들 중심으로 '고구려벽화찾기운동본부'까지 결성하고 서명에 들어갔는데 일주일 만에 오십만 명이 넘어섰어요."

정운은 컴퓨터를 켜고 관련 글을 찾았다. 원문 내용에다 자기의 생각을 부친 댓글, 링크된 펌 글에서부터 동북아역사재단 등 역사학 관련 단체들의 행태를 비판하는 글, 사학자 개인 이름을 거명하며 비난하는 글, 교학사 교과서 문제까지 관련된 댓글이 수도 없이 이어져 있었다.

"이거 암초를 만났는데? 이러면 찾기는커녕 꽁꽁 숨어버릴 거 아냐? '민족정기'가 누군지부터 알아내요. 어쩌면 그가 물건의 행방을 알고 있거나 소지했던 자일지도 몰라요."

"소지하고 있는 자가 자살골 넣는 일을 하겠어요?"

"노이즈 마케팅이라고 아시죠?"

"그럼 물건을 홍보해서 값을 올리자는 수작일 수도 있단 말씀이죠?"

오 검사는 고개를 끄덕이며 추리를 계속했다.

"주 계장님이라면 어떻겠어요? 그게 도난품이라면 물건의 행방을 좇으려는 기득권자의 수작일 수도 있고, 만일의 경우 정의로운 고발자를 자처하며 면피하려는 수법일 수도 있지 않겠습니까?"

추리가 여기에 이르자 주윤호와 이철진이 고개를 끄덕였다.

"그럴 수도 있겠군요. 누굴까요? 노명현 아니면 전상권?"

정운은 고개를 저으며 말했다.

"일본인이나 중국 공안 당국의 끄나풀 일 수도 있지 않겠어요?"

"되찾아 갈 의도로 말이죠?"

정운이 고개를 끄덕이는데 테이블 위에 둔 휴대폰이 울렸다. 화면에 발신자 제한이라는 표시가 떴다. 정운은 고개를 갸웃거리다가 전화를 수신모드로 바꿨다. '여보세요'란 말이 끝나기도 전에 대번 욕설이 쏟아졌다.

"야 이 개새끼야. 너 지금 무슨 공작들 하고 있어? 당장 그만두지 못해? 정문휘 죽이더니 사람 잡는데 맛 들였냐. 이 개쌍놈의 새끼야. 너 배때끼는 철갑 둘렀냐. 바람구멍 나지 않으려면 당장 그만 둬 새끼야."

"너 누구야. 누군데 욕지거리야?"

전화는 이미 끊겼다. 황당했다. 길 가다가 구정물 뒤집어 쓴 꼴이었다. 정운은 휴대폰을 바라보며 중얼거렸다.

"흥. 네 놈들이 누구인지 난 다 안다."

이철진도 알겠다는 듯이 실소를 머금으며 말했다.

"또라이 꼴통들이 움직이기 시작한 모양이군요?"

"수사망이 점점 조여드는데 가만 앉아서 당하겠어? 자네들도 조심해."

다시 오정운의 전화벨이 울렸다. 이철진이 잽싸게 달려왔다.

"가만. 제가 받을 게요."

정운이 화면을 확인하며 말했다.

"아냐. 이 부장님이야."

대형 로펌에 취직한 이정식 변호사의 전화였다.

"아이고 부장님. 오랜만입니다. 잘 지내시죠?"

"그래 오랜 만이군. 자네 중앙지검 왔다는 소식 이제야 들었어."

"죄송합니다. 진작 인사 올려야 하는데, 로펌 일은 잘 되시죠?"

"옷 벗으면 편할 줄 알았는데, 여긴 여기대로 일이 바쁘군. 오랜 만에 얼굴도 볼 겸 저녁이나 먹자구. 바쁜 줄 알지만 만사 제쳐 놓고 나오게."

정운은 이정식 부장의 의도를 짐작했다. 수사의 칼끝이 자신에게로 향하고 있는 것을 감지한 총장이 가만 앉아서 당할 위인은 아니다. 손을 쓰려는 수작임을 간파했다. 도심을 벗어난 한적한 곳에 이 부장이 지정한 아담한 한옥집이 있었다. 약속한 시간에 도착하니 손님들이 벌써 와 있다고 했다. 방으로 들어서자 예상대로 요리상을 마주하고 전상권이 앉아 있었다. 오 검사가 방으로 들어서자 전상권이 먼저 반겼지만 표정은 굳어 있었다.

"어서 오게. 오 검사. 요즘 수고 많지?"

정운은 대답 없이 목례만 하고 이정식 옆자리에 앉았다.

"미안해. 미리 알려야 하는 건데. 짐작은 했겠지?"

정운은 새삼스러운 척 시침을 떼며 총장에게는 눈길도 주지 않았다.

"아뇨. 전 이 부장님 얼굴 뵈러 왔는데요? 무슨 일 있습니까?"

"이 사람. 한 동안 안 봤더니 능청만 늘었구만. 자 한잔 하게. 우린 좀 일찍 시작했어."

이정식이 술 주전자를 들고 술을 권했다. 정운이 말없이 술을 받는데 총장이 안달이 났는지 먼저 운을 뗐다.

"내사 중이라는 거 알고 있네. 지휘계통을 통해서 정식으로 자네와 면담하려고 했지만 아무래도 보는 눈도 있고 분위기도 뭐해서 이 부장에게 자리 만들어 달라고 부탁했네. 결론적으로 말하면 난 벽화완 아무 관련이 없어."

총장의 입에서 자진하여 벽화 이야기가 나오자 정운이 속으로 쾌재를 불렀다.

"그 이야기라면 공식적인 자리에서 하시죠. 아니면 여기 변호사님도 계시니까 미리 녹음할까요?"

분위기가 싸늘해지자 이정식이 나섰다.

"오 검사. 자네 말대로 여긴 사적인 자리야. 무슨 오해가 있을까봐 해명할 일 있으면 하고 싶다고 해서 총장님 모셨네."

정운은 술잔을 들어 단숨에 입속으로 털어 넣고는 잔을 상 위에 소리 나게 놓으며 총장의 얼굴을 쏘아보았다.

"총장님. 노명현이란 사람 잘 아시죠?"

단도직입적으로 의표를 찔렀으나 거기에 넘어갈 위인이 아니었다. 전상권은 철밥통 공직 밥에 숱한 상황과 경우들에 대처하면서 총수의 자리에 오른 공성이 난 사람답게 노회했다. 표정 변화 하나 없이 잡아떼며 정색했다.

"노명현이가 누구야?"

"한국전통미술협회 회장 노명현이를 모르신다는 말씀이십니까?"

"내가 그런 사람 왜 만나나. 그 계통의 사람들 태반이 사기꾼들인데."

"부장님, 현직에 계실 때 노명현 수사 압력 넣은 게 총장님 맞지요?"

갑자기 화살이 자신에게로 향하자 이정식은 당황하며 전상권의 눈치를 살폈다.

"무슨 근거로 그런 소릴 해?"

"좋습니다. 그건 재판 열리면 다 알게 될 테구요. 총장님 그 벽화 지금 어디 있습니까?"

정운이 다그치자 이정식이 술 주전자를 들고 끼어들었다.

"자, 자 무엇이 그리 급한가? 술이나 마시면서 천천히 풀어 나가자구."

이정식은 빈 술잔에 술을 부었으나 정운은 아랑곳 않고 내친 김에 따져 나갔다.

"총장님은 어느 날 부속실 이 양을 통해 총장실로 배달된 택배를 받았습니다. 알지 못하는 사람한테서 말입니다. 크기가 좀 컸죠. 직감으로 뇌물로 판단했죠. 그래서 기사에게 공관으로 그것을 운반하도록 시켰어요. 개봉을 했더니 생전 보지 못했던 상고시대의 벽화 조각이었습니다. 그 물건의 진위를 가리기 위해 평소 안면이 있던 노명현을 불렀겠지요. 노명현은 그것이 큰돈이 될 진품이라는 것과 발송인의 신분을 알려주었고 중국에다 김 교수의 신병을 알렸겠지요. 그래서 김 교수는 살해당했고 그 사건을 적당히 덮으려고 이 부장님께 압력을 넣은 거 아닙니까?"

오 검사의 말을 들으면서도 전상권은 태연하게 술잔을 기우리며 남의 얘기를 듣는 사람처럼 안주까지 씹어 목으로 넘긴 후 어색한 미소까지 띠우며 여유를 부렸다.

"오 검사, 자네 지금 소설 쓰나?"

"픽션인지 팩트인지는 조사 받으시면 잘 아시게 될 겁니다. 그게 어떤 물건인지 인지하셨다면 당국에 신고했어야 하는 게 국녹을 먹어온 공직자의 도리 아닙니까? 그 물건 지금 어디 있습니까? 지금이라도 물건만 내놓는다면 수사 종결하겠습니다."

"뭘 내놓으라는 거야. 난 벽화 얘긴 처음 듣는 소리라니까?"

"모르시는 분이 어찌 먼저 벽화 이야길 끄집어내셨습니까?"

"자넨 내가 누군지 몰라? 총장이 허수아빈 줄 알았어? 자넨 아직 수사 기법이 서툴러. 그렇게 중요한 사안을 인터넷에 공개해 버리면 어찌 하겠다는 거야?"

전상권은 인터넷에 글을 올린 게 오정운이라 오해하고 있었다. 그렇다면 전상권도 아니라는 게 확인된 셈이다.

"그 벽화 말입니다. 당신들한테는 한낱 주고받는 뇌물이겠지만 우리나라 역사를 새로 쓰게 만들 귀중한 보물입니다. 그걸 개인이 착복하면 횡재가 아니라 횡사당한다는 걸 모르세요?"

그 말에 전상권은 정색을 하며 분기를 띤 목소리로 답했다.

"착복이라니, 오만방자하게 상관 앞에서 못 하는 소리가 없구만."

"아니면 벌써 처분했나요? 누구한테 상납한 겁니까?"

일촉즉발의 긴장감이 흐르자 이정식이 제지하며 분위기를 수습하고자 했다.

"오 검사. 조직에 몸담고 있는 사람이 이건 수장에 대한 예의가 아니네. 자넨 증거도 없이 총장님을 범인 취급하고 있잖은가?"

이미 둘이서 짜고 수사의 진전 상황을 떠보기 위한 기만 술책이라는 걸 정운이 모를 리 없었다.

"증거가 왜 없어요. 켕기는 게 없다면 아무 잘못 없는 부속실 직원은 왜 잠수 타게 합니까?"

"그건 오해야. 이 양이 결혼 준비해야겠다고 자원해서 사퇴서 낸 거라구."

"좋습니다. 증인으로 법정에 세울 수 있다는 말씀이죠?"

정운이 물러설 기색을 보이지 않자 전상권이 갑자기 이정식을 힐난했다.

"그러게 진즉 잘라버렸어야 했는데 자네 말 듣고 살려놓았더니 이게 무슨 꼴인가?"

이정식이 곤혹스런 표정으로 머리를 긁으며 정운을 설득하려 했다.

"이봐 오 검사, 자네 목숨 살려준 은혜를 이런 식으로 갚아선 안 되지."

"제가 저지른 실수에 대한 값은 충분히 받았는데 내 목숨에 대한 무슨 은혜 말씀입니까? 어디 저승사자라도 만났나요?"

"이봐, 자네 정말 버르장머리가 없구만. 뒤에 누가 있는지 모르지만 어디 파워 게임이라도 하자는 건가?"

그 말에 정운은 술잔을 비우고 벌떡 일어섰다.

"압니다. 용의자의 숨겨진 배후 캐는 것 그 정도는 수사의 기본 기술이지요. 고구마 줄기 쭉 잡아당기니 VIP의 인척까지 연결되어 있더군요. 옛날의 검사 나으리들이 어땠는지 모르지만 전 법을 수호하는 검사입니다. 죄인을 처벌하지 못하면 검사가 왜 있습니까? 저는 정의의 성전을 지키는 전사고 제 뒤에는 정의로운 국민이 있으므로 두려운 게 없습니다. 전사가 제 역할을 못하면 국기가 흔들리고 나라 전체가 도둑의 소굴이 됩니다. 기억하십시오. 증거만 있으면 대통령 할애비도 잡아넣을 겁니다. 그래야 이

나라가 법 앞에 만인이 평등하다는 헌법적 가치가 구현되는 진정한 법치국가가 될 거 아닙니까?"

말을 마친 정운은 문을 열고 나가려다 뒤로 돌아서 전상권을 보며 한 마디 덧붙였다.

"나일론 올가미 택배 잘 받았습니다. 누가 목을 매는지 어디 두고 봅시다."

그리고는 돌아서서 나갔다. 이정식이 일어서서 오 검사를 불렀지만 대답이 없었다. 그제야 넋 나간 듯 말이 없던 전상권이 혀를 차며 분개했다.

"허, 기가 차서. 저거 또라이 아냐? 제 무덤을 파는 구만, 그래 어디 해보자."

그리고는 휴대폰을 꺼내 어디론가 전화를 걸었다.

정운이 자가용을 몰고 주차장을 벗어나는데 지프차가 뒤따라오는 것을 알았다. 정운은 그 차가 자신을 위해할 것이라는 걸 직감했다. 속도를 올리고 차선을 변경하며 달렸지만 지프차는 놓치지 않고 따라왔다. 도시고속도로를 달리다가 갑자기 국도로 방향을 틀었지만 지프차도 방향을 바꾸어 따라 왔다. 신호등을 무시하고 달리면 역시 무시하고 좇아왔다. 한동안 경주를 하듯 달리는데 네거리 건널목에서 어린아이 손을 잡고 길을 건너는 노인이 보였다. 정운은 급히 브레이크를 밟았다. 순간 뒤를 바짝 따르던 지프가 뒤꽁무니를 들이받았다. 정운의 머리가 휘청하더니 앞으로 쏠렸다가 운전석 머리 시트에 강하게 부딪혔다. 그리고 다시 앞으로 쓰러지는 것을 두 팔을 펴며 버텼다. 순간 클랙슨 소리가 길게 울리면서 핸들에 붉은 액체가 뚝뚝 떨어졌다. 고개를 젖히며 코를 막는데 뒤를 박은 지프차가 옆으로 와 서더니 오른쪽 유리창을 내렸다. 조수석에 탄 썬 글라스를 쓴 사람이 조롱을 하듯 미소를 띠면서 가운데 손가락을 세우고는 사라졌다. 어디서 많이 본 인상이다. 정운은 정신을 차리며 생각을 더듬어봤다. 그 능글스런 미소, 퍼뜩 중국에서 심문을 받을 때의 한 장면이 떠올랐다. 맞다. 통역을 하던 공안원이었다.

'어떻게 저 놈이…'

한·중·일 외무장관이 서울에서 회의를 한다는 기사가 신문에 났다. 회의가 끝난 다음날 심윤수는 국회 대표실에서 중국 매국전 외교부장의 면담 요청을 받았다. 매 부장은 심 대표가 예전 중국대사를 지낼 때 여러 번 만나 친분이 있는 사이였다. 한국 방문에 여당 대표와 공식적인 만남이라고 했지만 언론에선 차기 대권의 유력한 후보인 심 대표에게 중국이 힘을 실어주려는 의도라고 했다. 이번 방문으로 심 대표에 대한 후꿔펑 주석의 강력한 지지를 보이면서 모종의 메시지가 전달될 것이며 미국 일변도인 외교의 축을 중국으로 돌리려는 저의가 있다고 논평했다. 매 부장이 접견실에 도착하자 언론사 기자들에게 촬영을 허용했다. 그리고 곧바로 중국대사와 통역, 그리고 심 대표와 비서실장이 참석한 가운데 비공개적으로 면담이 이루어졌다. 매 부장은 심 대표에게 필승을 바란다는 덕담을 건네면서 분위기를 띄웠다. 그에 심윤수 대표가 화답했다.

"많이 성원해 주세요. 제가 당선되면 우리나라 외교정책을 전

향적으로 바꿀 겁니다. 제가 중국통이라는 건 다 알려진 사실 아닙니까? 그래서 지금 미국이 긴장하고 있어요."

이에 매 부장과 중국대사는 박수를 치며 좋아했다. 중국 지도자들도 심 대표의 당선을 의심하지 않는다고 했다. 그리고 사드배치, 북한제재문제, 제주해군기지문제 등 현안에 대한 중국 측 입장을 전달하고 난 이후 인터넷에 떠도는 고구려 벽화 이야기가 나왔다. 매 부장은 당당하게 말했다.

"항간에 떠도는 중국에서 도굴된 벽화 이야기 심 대표님께서도 아시지요? 그거 아주 민감한 사안입니다. 그걸 찾아서 반환해 주셨으면 합니다."

심 대표는 대수롭지 않다는 듯 옅은 웃음까지 흘리면서 말했다.

"그거 다 루머입니다. 광개토태왕릉에 무슨 벽화가 있어요? 사기꾼들이 가짜 물건 팔아먹으려고 만들어낸 이야깁니다. 만일 실체가 있다면 정당한 물건이 아니니 주인에게 돌려드리는 게 당연한 것 아니겠습니까?"

면담은 차를 마시고 난 뒤 통역 없이 매 부장과 심 대표가 단독으로 대표실에서 잠시 비밀회동을 한 후 끝났다. 대표실에서 나온 두 사람은 아주 만족한 웃음을 나누며 헤어졌다. 일행이 돌아가자 보좌관이 노크를 하고 들어왔다.

"대표님, 일심산악회 전국대표자들 다 모였습니다."

심 대표가 벽에 걸린 시계를 보며 말했다.

"어이쿠, 시간이 벌써 그렇게 됐나? 거마비는 준비했지?"

"예, 참석자 수에 맞게 준비해 놓았습니다. 직원들 같이 갈까요?"

"아냐, 괜히 젊은 사람들 시간 빼앗지 말고 퇴근시켜. 데이트 할 시간 없어 결혼 못한다는 기사 못 봤어? 임을 봐야 뽕도 따지. 출산율 높일 기회 많이 만들어 줘야지 않겠나. 자네하고 기사만 같이 가자. 기자들 따라 붙게 말고."

"예. 기사에게 말해 놓겠습니다."

심 대표는 사람 좋은 웃음을 날리며 대표실을 나섰다.

예약해 놓은 식당에는 일심산악회 전국대표자 20여 명이 모였다. 식당 벽면엔 '필승 심윤수 대표를 청와대로. 일심산악회 전국대표자회의'라는 현수막이 붙어 있다. 음식이 차려진 식탁 앞에 앉아 있던 그들은 심 대표가 나타나자 다 같이 일어나서 박수를 치며, 약속이나 한 듯이 '심윤수, 대통령'을 연호했다. 심윤수가 못이기는 척 따라하다가 제지했다.

"그만, 그만하면 됐습니다. 우린 미래를 함께할 동지 아닙니까? 자 배고프니 밥이나 먹읍시다. 오늘은 비록 소찬이지만 1년 뒤엔 여기 있는 사람들 모두 아니 여러분 가족까지 청와대에 초청해서 밥을 먹일 겁니다."

그 말에 다시 환성을 지르며 박수를 치다가 '심윤수, 대통령'을 연호했다. 심윤수는 멋쩍은 듯 자리에 앉으며 말했다.

"그만 이제 앉아서 밥 먹읍시다. 식사하시면서 하고 싶은 이야기 있으면 말하세요."

말이 떨어지기 무섭게 한 사내가 벌떡 일어섰다.

"저 인천지부장 구창완입니다. 요즘 흐름으로 보면 대세는 완전히 잡았다고 생각합니다. 그런데 최 지사 쪽에서 흘린 것으로 생각됩니다만 간간히 심 대표님 선친 경력을 문제 삼고 있는데 이에 대한 대응 전략이 필요하다고 생각합니다."

누군가 '옳소'하며 박수를 쳤다. 심윤수가 멋쩍은 웃음을 띠우며 말했다.

"그런 거 이미 선거전략 TF팀에서 대책 다 세워놓았습니다. 네가티브에 대해선 네가티브로, 친일에는 빨갱이로 대응할 겁니다. 누가 일제시대 살고 싶어 태어난 사람 있습니까? 시대를 잘 못 타고 나서 그런 거지. 그 당시 잘나갔던 사람 중 친일 안한 사람 있으면 나와 보라고 그러세요. 그거 다 국민들 생각하고 애국하려다 보니 희생양이 된 겁니다. 요즘 시대 친일은 이슈도 아닙니다. 지금도 보세요. 잘나가는 언론, 재계 오너 선친들 친일 안한 사람 있습니까? 그래서 오래 전부터 다 작업을 하고 있습니다. 교육부부터 역사학계, 언론사까지 우리 쪽 사람들이 장악하고 있고, 앞으로 친일이라는 말이 안 나오도록 교과서부터 국정으로 바꿀 겁니다. 여러분도 열심히 뛰고 있지만 나를 후원하는 학계, 재계, 안보계통, 애국시민단체 등 사조직이 그물망처럼 촘촘합니다. 게다가 30%가 넘는 묻지마 콘크리트 지지층 등 우리의 공룡 같은 이 거대한 조직을 누가 허물어뜨릴 수 있단 말입니까? 그거 문제도 아닙니다. 그렇지 않습니까? 여러분."

심윤수의 말이 끝나자 일행은 일제히 '옳소'를 외치며 박수를 치고, 다시 '심윤수 대통령'을 연호했다.

집에 돌아온 정운은 샤워를 마쳤지만 시트에 부딪친 뒷머리가 개운치 못했다. 냉장고에서 캔 맥주를 꺼내 마시며 시계를 보았다. 뉴스가 진행되는 시간이었다. 소파에 앉아 티브이 리모컨으로 뉴스를 찾아 고정시켰다. 한 꼭지가 끝나자 앵커가 고구려 벽화에 대한 뉴스를 전했다.

"요즘 인터넷 상에서 '고구려 벽화'에 대한 이야기가 화제입니다. 이 벽화가 고구려 광개토태왕릉에서 도굴된 것이고, 국내에 반입되었는데 이는 기존의 우리나라 상고사를 바꿀 획기적인 증거물이라고 주장하고 있습니다. 이에 뜻 있는 사람들이 고구려벽화찾기운동본부를 만들고 서명 운동까지 전개하고 있습니다. 서명자가 일주일 만에 오십만 명을 넘어섰다고 하는데 이에 대한 관계자들의 의견을 듣도록 하겠습니다. 우선 운동본부 상임대표를 맡고 있는 유동준 대표를 연결하겠습니다. 유 대표님 나와 계시죠?"

"예, 유동준입니다."

"어떻게 해서 이런 운동을 전개하게 됐는지 의의와 목적에 대해 간단히 설명 부탁드립니다."

"예. 우선 국민들의 역사에 대한 지대한 관심과 적극적인 후원에 감사드립니다. 이 운동이 도화선이 된 건 어느 용기와 신념 있는 블로거가 포스팅한 한 편의 글 때문이었습니다. 이 벽화는 과거 식민사관에 의해 왜곡되고 축소된 우리나라 상고사를 바로잡는 계기가 될 것으로 확신합니다. 끝까지 추적해서 반드시 찾아내고야 말겠습니다. 국민 여러분들의 끊임없는 관심과 성원 부탁드립니다."

"그런데, 그 글을 올린 분, 아이디 '민족정기'란 분은 찾았나요?"

"찾긴 했지만 신분 노출하기를 꺼려합니다. 아직도 우리 사회는 정의와 진실을 말하는 자들이 신분상의 불이익을 받는 경우가 많기 때문입니다."

"그렇군요. 잘 알겠습니다. 여기까지 듣겠습니다. 고맙습니다. 다음은 행정 당국 측의 이야기를 들어보도록 하겠습니다. 황주명 박사님 나와 계시죠?"

"예. 문체부 정책보좌관 황주명입니다."

"아까 유 대표님의 이야기 들으셨죠? 어떻게 생각하십니까?"

"그거 말도 안 되는 소립니다. 저도 그 글을 봤는데 광개토태왕릉이 중국 길림성 집안에 있는데 거기 무슨 벽화가 있습니까? 설령 그런 것이 있다고 해도 어떻게 그곳에서 나왔다는 것을 증명하겠습니까? 실체가 있다면 그건 도굴한 장물이기 때문에 중국과의 외교적 마찰을 불러일으킬 수 있는 매우 민감한 사안입니다. 전문가도 아닌 호사가가 자꾸 여론을 호도하는데, 그런 유언비어에 국민 여러분이 넘어가지 말기를 부탁드립니다."

"그런데 말입니다. 거기에 딸린 댓글들을 읽어보면 우리나라 역사학과 관계있는 기관, 예를 들면 동북아역사재단, 국사편찬위원회, 한국학중앙연구원 등의 구성원이 한쪽, 다시 말하면 식민사관을 계승한 강단사학 쪽 인사로 치우쳐 있다는 주장이 있던데, 여기에 대해서는 어떻게 해명하시겠습니까?"

"그건 당연한 귀결 아니겠습니까? 재야에 계신 분들이 제대로 된 문헌을 가지고 고증을 하셔야 인정을 받는데 그러지 못하니 강단에도 서지 못하는 것 아니겠습니까? 만약에 지금까지 일관되게 이어온 학설들이 잘못되었다면 강단에 계신 분들은 허수아

비들입니까? 사이비역사관을 들고 국민을 호도하는 사람들이 문제입니다. 정부 기관에도 검증이 된 분들을 모시는 건 당연한 귀결 아닙니까?"

"그런데 말입니다. 그것은 일종의 카르텔에 의해서 주류사학으로의 진입자체가 봉쇄되었다고 주장하는 분도 계신데요?"

"그건 재야 쪽 일부 학자들의 일방적 주장입니다. 그들이 말하는 진보라는 게 사실은 꼴통수구이고 극단적 민족주의에 불과해요. 우리 민족의 입장만 생각해서 억지 주장을 펴면 역사 전쟁이 일어납니다. 역사는 상대가 있는 거니까요."

"예. 여기까지 듣겠습니다. 감사합니다. 마지막으로 고미술 관계자의 이야기를 듣겠습니다. 한국전통미술협회 노명현 회장님 나와 계시죠?"

"예, 노명현 회장입니다."

노명현이라는 말에 소파에 깊숙이 기대었던 오정운의 상체가 곧게 세워졌다.

"노 회장님은 고구려 벽화에 대해서 어떤 생각을 갖고 있습니까? 그런 실체가 있을 수 있나요?"

"다년간 이 분야에 종사해온 본인으로서 제 생각은 이렇습니다. 그런 건 있을 수도 있고 없을 수도 있다는 것입니다. 다시 말해 물건을 봐야 진품인지 가품인지를 감정할 수 있다는 말입니다. 중국은 고구려 왕릉이라고 생각되는 무덤들을 비밀리에 파헤쳐서 거기서 출토된 많은 벽화와 유물들을 안전한 장소에 보관하고 있다는 소문도 있습니다. 만약에 그런 물건이 있다면 당연히 보물로 지정하고 국가가 관리해야지 개인이 소장해서는 안 된다고 생각합니다."

이 대목에서 정운은 티브이를 껐다.

"인간의 탈을 쓴 개 같은 놈!"

시답지도 않은 말에 화를 내면서 갑자기 고유심 얼굴이 떠올랐다. 그녀를 만난 지도 오래되었다. 제주에서 만남이 화해라고 생각했지만 예전처럼 살갑진 못했다. 깨어진 항아리 붙이듯 인간의 마음이 단순하다면 오죽 좋을까만 한 번 깨어진 상처는 쉽게 아물지 않았다. 서울에 올라와 수사본부를 차리고 다시 그 사건을 재수사하게 된 데 대한 축하와 격려의 마음으로 그녀가 저녁을 샀다. 그리고 잠자리를 함께 했지만 정운은 애틋함이 예전만 못하다고 생각했다. 섹스는 역시 심리의 산물이라는 걸 그때 체득했다. 생각과 말보다 몸이 먼저 반응한다는 걸 알았는지 유심도 그날 이후 한 달이 지나도록 전화 한 번 없었다. 내면에서 일어난 야릇한 감흥은 이내 휴대폰 버튼을 누르고 있었다. 그녀는 전화를 기다린 듯 반갑게 맞이했다.

"어머, 선배. 이 밤에 웬일이셔요?"

그녀의 탁하지만 밝은 목소리가 멜로디처럼 귓가를 울렸다. 만면에 웃음을 띤 호들갑스런 표정이 눈에 선했다. 유심의 목소리에 경계했던 마음들이 무장해제되었고 자신도 모르게 농담이 튀어나왔다.

"웬일이긴, 보고 싶으면 말로 하지 왜 밤마다 나타나서 귀찮게 해?"

"어머 어머. 누가 할 소리. 지레 덤터기 씌우네? 맨날 밤 나타나서 프러포즈 한 사람이 누군데? 어디 만나주나 봐라."

그리고는 까르륵 웃는 소리가 들려왔다.

"내가 졌다. 정식으로 데이트 신청하지."

"무슨 일 있어요? 한창 일하는 중인데?"

"일은 무슨? 내 눈이 당신을 보고 싶어 하고, 내 손이 당신을 만지고 싶어 하고, 내 거시기가 당신을 몹시 그리워하는데."

"어머머. 난 마음이 없는 몸뚱인 면회사절인 걸요?"

"마음이란 놈은 별로겠지만 잘 꼬여서 데리고 가도록 할게."

그러자, 기분이 유쾌한 듯 다시 웃는 소리가 들려왔다.

"지금 거기로 갈까?"

"안 돼요. 오늘 밤 안으로 마감할 원고가 있어요."

정운의 기분은 급속도로 다운되었다. 일은 핑계고 밀당한다고 생각했다. 진실로 마음이 있다면 일을 마치고 새벽에라도 달려올 수 있는 것 아닌가? 그러나 자존심 때문 차마 그 말은 하지 못했다.

"알았어. 수고해."

통화를 끝낸 정운은 기분이 별로 좋지 못했다. 그는 냉장고로 가 맥주 두 캔과 마시다 둔 위스키 병을 꺼내 탁자 위에 진설했다. 치즈와 비스켓으로 안주를 마련하고 맥주 컵에다 폭탄주를 제조하며 생각했다. 살다보면 그런 날이 가끔 있다. 일이 생각지도 않게 술술 풀리는 날이 있는가 하면 오늘처럼 순탄하게 순리적으로 풀릴 것 같은 일들이 자꾸 꼬이고 뒤틀려서 짜증만 나는 날이 있다. 그런 날은 술맛까지 쓰다.

19
공룡을 사로잡는 방법

어제 당한 충돌사고 때문인지 고개와 어깨가 뻐근했다. 날씨가 우중충하니 금방이라도 쏟아 부을 기세로 으르렁 대는 하늘을 보며 자동차의 문을 닫았다. 찌그러진 차 뒤 범퍼를 보자 오정운의 얼굴도 찡그려졌다. 퇴근하면서 수리 맡겨야겠다고 생각하며 사무실로 걸음을 옮겼다. 사무실 문을 여는데 휴대폰 벨이 울렸다. 김중락이었다.

"예. 선배님."

"출근했어?"

"예. 방금 사무실에 들어왔습니다."

"그럼, 지금 좀 만나자. 긴급히 할 얘기 있으니 호텔로 와."

"예. 알겠습니다."

호텔이라는 건 청와대와 멀지 않은 곳에 있는 다이너스티 호텔을 말한다. 그 호텔엔 김중락이 안가로 사용하는 방이 있었다. 정운이 중간 수사보고를 할 때면 갔던 곳이다. 아침부터 호출이라니 정운은 불길한 예감이 들었다. 주차장에 차를 세우고 엘리베이터를 타고 올라가 1921호의 문을 노크하니 김중락이 탁자 앞에 심각한 표정으로 앉아 있다가 일어서며 정운을 맞이했다.

"응, 어서 와. 거기 앉아 우선 커피 한 잔 하고…."

그는 원두를 내린 포트에서 커피를 따라 가지고 와 정운 앞에 놓았다.

"힘들지? 어서 들어. 난 금방 마셨어."

"거의 다 되었습니다. 소환 일자만 잡으면 됩니다."

정운이 커피 잔을 들어 한 모금 마시는데 김중락은 커튼을 재끼고 창밖을 바라보고 있었다. 심각한 표정이 역력했다. 안 좋은 일이 있는 게 분명했다. 커피를 두어 모금 마셨을 때 안 좋은 일의 정체가 드러났다. 김중락은 팔짱을 풀고 돌아오며 물었다.

"자네 어제 전상권이 만났나?"

"예. 그게 뭐 잘못 됐습니까?"

"그게 말이야. 물건이 심 대표를 거쳐 윗선까지 연결된 거 같아."

"그렇다면 순순히 국고에 환속시키면 될 것 아닙니까?"

"그러기엔 이미 타이밍을 놓쳤어. 자네도 인터넷에 떠도는 소문 들었겠지? 국민들의 관심이 대단해. 헌데 졸지에 장물을 선물받은 꼴이니 여기 있습니다 내놓기도 뭐하고. 던져버리자니 아깝고."

"그게 지금 어디에 있는 겁니까?"

"심 대표한테 어제 전화를 받았네. 어른과 관련 없으면 나한테 연락할 리도 없고, 그렇다고 물건 어디 있느냐 따질 수 있는 처지도 아니지 않나. 통치 자금이란 게 원래 그런 거니까."

"그 사람 중국통인데 그냥 중국에 넘겨버리는 거 아닙니까?"

"아무리 그래도 개념이 뚜렷한 사람인데. 벽화의 가치를 알고서야 쉽게 넘기겠는가?"

"커넥션이 있다면 어떤 조건과 딜 할 수 있는 것 아닙니까?"

"그래도 어쩔 수 없지. 우리 권한 밖의 일 아닌가. 이 정도로 끝내게. 전상권인 이미 폭탄이 되었으니 함부로 건드릴 수도 없어. 이제 수사 종결하게."

정운은 잘못 들었는지 김중락의 얼굴만 멀뚱하게 바라보았다.

"내 말대로 해. 벽화의 존재에 대해 세상 사람들 다 알아버렸으니 방법이 없어."

혈압이 오르며 얼굴이 달아오르는 것을 느꼈다. 그토록 수모와 곤란을 당하면서 여기까지 왔는데 아무런 소득도 없이 종결이라니. 머릿속이 환하게 비어갔다.

"선배님. 그 나쁜 놈들을 그냥 놔두잔 말입니까?"

"그럼 어떻게 하겠나? 살아있는 권력인데. 그간 수고 많았어. 해외로 유출된 것으로 마무리하고 노명현과 관련 공무원들 몇 명 잡아넣고 끝내."

"그렇게 끝낼 사안이 아니잖습니까? 국민들이 다 아는데?"

"실체가 있다면 언젠간 나타나겠지. 1년만 참자구. 그 다음엔 알아서 해."

"당장 사라져버릴지도 모를 일인데 어떻게 1년이나 기다려요? 그렇게 해서 대권을 잡으면 그땐 수사 기안도 못 올립니다."

정운이 핏대를 세우자 김중락도 분통이 터지는 듯 목소리를 높였다.

"그깟 벽화 쪼가리가 무슨 대수야? 그걸 찾는다고 뭐가 달라져? 죽은 자식 불알 만지기지. 이제는 남의 땅이 되버린 먼 조상 무덤을 찾아서 영토분쟁이라도 하자는 소리야?"

정운도 지지 않고 대들었다.

"선배님이 종교처럼 신망하던 올바른 역사는 이런 게 아니잖습니까? 대륙을 호령하던 자랑스런 내 조상이 남의 땅을 강탈한 깡패로 기록되고 있는데 눈을 감고 귀를 막자는 말입니까?"

"그래서 뭐가 달라지는데? 명예회복? 흥, 옛날에 우리 조상이 천만 석 부자였다고 해서, 그걸 인정해 달라 사정할 거야? 자네 혼자서? 그래서 뭐? 무얼 위해서, 누굴 위해서? 뭐가 달라지냐구?"

말을 곰곰이 새겨듣던 정운의 기가 꺾였다.

"그렇게 대쪽 같던 선배님도 많이 변했군요."

"조직 사회의 생리를 알고 나서 갈등도 많이 했어. 머리 따로 몸 따로 노는 괴물을 본 적이 있는가? 그 괴리감 때문 방황도 하고 좌절도 했지. 개인이 역사를 바꾼다는 건 과거 역사책에나 나오는 이야기지. 그 역사를 바꾸기 위해서 무모한 혁명가들은 죄 없는 기천 기십만 명의 목숨을 담보로 했어. 프랑스 혁명을 봐. 혁명이 성공하고 그래서 당장은 세상이 달라졌다고 생각하지만 시간이 흐르면 그것은 또 다른 부조리와 모순을 낳았고 사회는 다시 기득권자들이 득세하고 소득과 기회의 불평등에 갈등을 유발했지. 그래서 혁명은 계속되었지만 모두를 만족시킬 수 있는 세상은 없는 거야. 군사독재체제에서 민주화가 되니까 구속과 규제에선 벗어났지만 지금 세상은 어떻게 변했는가 생각해 봐. 권력 계층이 이동된 것일 뿐 갑의 횡포는 더 심해졌고 약자들의 권리는 더 핍진해졌잖아? 자유는 방종에 흐르고 윤리도덕은 후퇴했고 사회범죄는 더 흉악해졌지. 중산층은 사라지고 양극화 현상은 더 심해졌어. 결국 이상은 이상일 뿐이고 현실은 적응하는 것이라는 것을 깨닫는데 오랜 시간이 필요했어."

"그래도 자신을 희생하면서, 감동을 주는 작은 영웅들이 있기에 세상은 변했고 살만해진 거 아닙니까?"

"오 검사. 앞으로 세상을 바꿀 영웅은 탄생하지 않아. 세상은 그만큼 영민해졌고 백성들은 영악해졌어. 역사는 역사가들에게 맡기고 당신은 주어진 일이나 해. 자네 어렸을 때 『걸리버 여행기』 읽은 적이 있지? 걸리버가 난파당해 도착한 곳이 6인치도 안되는 소인국이었어. 소인들이 걸리버를 포박하려고 그물처럼 단단히 밧줄을 엉켜 매어도 걸리버는 끄떡 없이 헤치고 일어서잖아. 심윤수. 그는 누구도 사로잡을 수 없는 거인이 되어버렸어. 그리고 그를 신앙처럼 받드는 어마어마한 붕새 같은 무리들은 보이지 않은 휘장을 치고 그를 보호하고 있지. 아무도 그를 잡을 수 없어. 조직 사회는 질서가 생명이야. 명령을 거부하려면 옷 벗어야지."

돌아오는 내내 마음이 편치 못했다. 과거의 여러 장면들이 파노라마처럼 떠올랐다가 사라졌다. '오직 나만을 믿고 기대하는 사람들은 어찌할 것인가? 무엇보다도 고유심에게 이런 상황을 어떻게 설명하지…? 그래 유심을 만나야 한다' 수사의 시작부터 함께 해온 그녀에게 사건의 종말도 알리는 게 도리라고 생각했다. 정운은 활기를 찾기 위해 '아아' 소리를 내어 목소리를 가다듬고 전화를 걸었다. 발신음이 두어 번 울리자 유심의 호들갑스런 목소리가 들렸다.

"어머 선배. 감동이야. 아침부터 그렇게 보고 싶은 거예요?"

유심의 경쾌한 목소리를 듣자 축 쳐진 몸에 활기가 되살아나는 듯했다. 정운의 얼굴에 미소가 번지면서 목소리도 부드러워졌다.

"그래, 너무 보고 싶어서 밤에 한숨도 못 잤지. 하마터면 잠옷 차림으로 달려갈 뻔했거든."

마음에도 없는 말이 불쑥 나온 것에 놀라며 혀를 샐쭉 내밀었다.

"어머, 꿈결에 문 두드리는 소릴 들은 것 같은데 그게 선배였구나? 헌데 미안해서 어쩌지요? 백설 공주처럼 깊은 잠에 빠져서 문을 열어주지 못했네요."

말이 끝나자 밝고 명징한 웃음소리가 들렸다.

"지금 바빠?"

"아무리 바빠도 숨 넘어갈 정도로 보고 싶다면 시간 내야지요."

"내가 그리로 갈 테니 지금 좀 나와."

"하이고 무서워라. 내가 무슨 죄를 지었나요? 예. 누구 명령인데 거부하오리까?"

유심의 목소리를 듣고 나니 마음이 한결 편했다. 약속한 장소엔 유심이 먼저 와 기다리고 있었다. 문을 열고 들어서자 유심이 일어서서 손을 흔들며 반가워했다. 악수하자며 내민 손을 무시하며 정운은 가볍게 껴안았다. 안타까움의 표시였지만 유심이 질겁

하며 물러섰다.

"어머, 백주에 왜 이래요?"

"뭐, 어때 사람도 없는데."

"없긴 왜 없어요. 저기 카운터에서 다 보고 있잖아요?"

유심의 시선을 따라 고개를 돌리자 눈을 마주친 제복의 점원이 배시시 웃으며 고개를 숙였다. 정운은 짐짓 농담으로 어색해질 뻔한 분위기를 바꿨다.

"당신 입술이 유혹하고 있지만 내가 거부하는 거야."

유심도 반가운지 연신 미소를 띠우며 말했다.

"참 여유로워졌네요. 유머 감각도 늘었고."

"분위기 있는 집인데 왜 이리 썰렁하지?"

"아직 이른 시간이잖아요? 커피 맛도 좋고 값도 싸서 점심 이후론 자리잡기 힘들어요. 여긴 셀프예요. 뭐 드실래요?"

커피가 나오고 유심이 자리에 앉자 정운은 진지한 표정으로 상황을 설명했다. 유심의 얼굴이 점점 굳어지는 것을 느꼈다. 말을 하는 동안 정운의 얼굴에 고정되었던 유심의 시선이 커피 잔으로 옮겨졌다. 말이 끝나자 유심은 커피를 한 모금 삼키고 나서 정운을 쏘아보며 사무적인 목소리로 말했다.

"그래서 그냥 종결하겠다는 거예요?"

"그럼 어떻게 해? 지휘계통의 명령인데."

유심은 아예 창밖으로 시선을 고정했다. 정운은 자신의 비열함과 무기력에 몹시 실망해서 이 자리를 벗어날 핑계거리를 찾고 있다고 생각했다.

"속상한 거 알지만 미안해."

그 소리가 끝나자마자 유심이 분개한 표정으로 정운을 바라보며 비아냥거리듯 말했다. 그녀의 눈동자는 촉촉이 젖어 있었다.

"대한민국 정의 다 죽었군요. 이제 난 검찰을 믿지 못하겠어요. 오정운 검사님만은 다를 줄 알았는데. 인터넷도 안 보세요? 얼마나 많은 사람들이 이 사건에 관심과 기대를 갖고 있는지. 오늘밤 시청 앞 광장에서 촛불집회가 있어요. 난 포기 못해요. 절대로."

유심은 일어서서 뒤도 돌아보지 않고 나가버렸다. 그때야 정운의 뒷머리를 내리치는 게 있었다.

'그럼 '민족정기'가 고유심?'

정운은 주차장에 차를 세우고도 선뜻 차안에서 나오질 못했다. 실망할 수사관들의 얼굴이 떠올랐고 유심의 조롱과 경멸에 가까운 언사가 자꾸 반복하여 머릿속을 맴돌기 때문이었다.

'대한민국 정의 다 죽었군요. 이제 난 검찰을 믿지 못하겠어요. 오정운 검사님만은 다를 줄 알았는데….' 오정운은 그 소리를 잊으려는 듯 오른손으로 핸들을 치며 비명을 질렀다. 경적이 울리고 경비원이 다가오는 것을 보고서야 차에서 내렸다.

굳은 얼굴로 사무실에 들어서자 수사관들이 인사를 했지만 애써 외면했다.

"다들 모여 봐."

재킷을 벗어 옷걸이에 걸면서 정운은 무슨 말을 어떻게 꺼낼까 고민했다. 주윤호와 이철진이 수첩을 들고 와 소파에 앉았다.

"일은 시작보다 끝맺음이 중요한데 말이야. 가다가 길이 막히면 돌아가야 하는 때도 있잖아?"

서두가 엉뚱하게 선문답처럼 들리자 이철진이 오정운의 얼굴을 쳐다보며 물었다.

"무슨 일 있는 겁니까?"

"오늘로 수사 종결하라는 상부의 지시야."

오정운의 입에서 뜬금없는 말이 떨어지자 영문을 알 수 없는 주윤호가 눈을 휘둥그레 뜨며 입을 열었다.

"수사 종결이라니요. 벽화 찾은 겁니까?"

"아니 그냥 덮는 거야."

"그게 말이 되는 소립니까? 그것 때문 몇 사람이 죽었고 다쳤는데요?"

그 말에 정운이 버럭 소릴 질렀다.

"난들 덮고 싶겠어? 절벽이 가로막고 있는데 어떻게 하란 말이야."

화풀이하듯 소리를 쳐놓고 소파에 깊숙이 기대 고개를 젖히고 눈을 감았다. 분하고 억울한 듯 주윤호가 흐르는 눈물을 닦으며 말했다.

"결국 이 사건의 끝은 최고위층과 연결되어 있는 거군요?"

정운은 갑자기 제주에 있을 때 김중락이 했던 말이 생각났다.

'심 대표는 약점이 많아. 최 지사는 노림수를 찾고 있을 거야.'

정운은 쾌재를 부르며 벌떡 일어나 앉았다.

"그래 이대로 접을 수 없지? 그것이 제 아무리 살아있는 권력 심층부라 할지라도. 밝힐 건 밝히고 나쁜 놈들은 응분의 벌을 받게 하는 게 우리의 소명이지. 그게 설령 계란으로 바위치기라도 나라의 역사를 가지고 장난치는 놈들은 반드시 법정에 세워서 정의가 무엇인지 보여줘야지?"

분개하던 두 사람은 급변한 정운의 말에 어안이 벙벙해서 서로를 쳐다봤다.

"당연하죠. 헌데 방법이 있습니까?"

정운은 결연한 눈빛으로 두 사람을 번갈아 보면서 물었다.

"있지. 그전에 한 가지만 묻자. 자네들 옷 벗을 각오 되어 있나? 집에 있는 부모, 처자식들 앞날이 걱정된다면 이쯤에서 빠져. 조폭보다 더 강하고 거대한 조직에 맞서 싸우려면 목숨까지 담보해야 할 거야."

수사관들은 확신에 찬 오 검사의 표정에 안도하며 말했다.

"어떤 일이 있더라도 생사를 함께 하겠습니다."

"저도 끝장을 보고 싶습니다."

난관을 피하기보다 의리와 소명을 중시여기는 수사관들이 고마웠다. 하지만 정운은 그들의 처지를 모른 체 할 순 없었다.

"철진인 총각이니까 괜찮겠지만, 주 계장은 딸 둘이 학생이고 투병 중인 노모가 있잖소?"

"괜찮습니다. 수사관 경력 가지고 나가면 무슨 일인들 못하겠습니까."

"고맙소. 그럼 공룡을 잡을 준비를 합시다. 철진이는 브리핑 자료 정리하고 주 계장은 최 지사한테 면담 신청해요."

최 지사란 말에 주윤호가 놀란 얼굴로 정운을 바라보며 확인을 했다.

"최태봉 지사 말입니까?"

그러자 오정운은 의미심장한 미소를 흘리면서 말했다.

“여론의 힘을 빌어 특검으로 가는 겁니다. 대선 후보 최 지사의 기자회견은 정의로운 국민을 촛불 집회장으로 모이게 할 것이고, 청중의 외침은 하늘도 거부하지 못한다 하였습니다. 그를 촛불집회라는 광장으로 불러내는 겁니다. 그리고 SNS라는 탄탄한 그물로 옭아맵시다. 이것이 거대한 공룡을 잡는 최상의 방법입니다.”

20
사우다드

인천국제공항의 16번 게이트 주변에 많은 사람들이 모여 탑승구가 열리길 기다리고 있다. 기다리다 지친 사람들은 의자에 누워 잠을 자고, 면세점에서 산 물건들을 꺼내 옆 사람에게 자랑하는 사람도 있고. 모여 앉아 군것질거리를 나눠 먹으며 시끄럽게 떠드는 젊은이들도 있다. 같은 디자인의 티셔츠를 입고 두 손을 꼭 잡은 신혼부부의 달콤한 속삭임으로 대합실은 늘 설렘으로 붐빈다.

한 젊은이가 어디론가 시선을 집중하더니 손가락으로 가리키며 주위를 집중시켰다. 그들이 조용해지며 시선이 한쪽으로 몰리는가 싶더니 TV 쪽으로 사람들이 모여 선다.

TV에선 앵커가 긴급 속보를 전하고 있었다.

'시국에 관한 최태봉 경기도지사 긴급 기자회견'이라는 큼지막한 자막이 사람들의 시선을 빼앗고 있었다. '그럼 기자회견이 열리고 있는 현장으로 가보겠습니다'라는 앵커의 멘트가 끝나자마자 최태봉 지사가 국회의 상징문양이 그려진 단상 마이크 앞에서서 회견문을 낭독하는 영상이 나타났다.

"친애하는 국민 여러분. 저는 요즘 세간에 이슈가 되고 있는 도굴된 고구려 고분벽화조각 사안이 한낱 낭설이길 바랐습니다. 허나 용기 있는 제보자의 증거물들을 전문가들과 면밀히 분석한 결과 놀랍게도 그것은 실체가 있는 사실임을 확인하게 되었습니다."

시청하는 사람들의 시선과 표정에 놀라움이 묻어났다. 최태봉 지사는 커다랗게 확대된 사진 판넬을 보이며 설명한다.

"보십시오. 이것이 광개토태왕릉에서 발굴된 벽화의 사진입니다. 그리고 이것은 만주벌판을 호령했던 광개토태왕의 영정입니다. 고구려 선인들의 웅혼한 기개와 기상이 잘 드러나지 않습니까?"

기자들의 웅성거림 속에 카메라의 플래시가 쉬지 않고 터진다. 그리고는 택배 영수증을 확대 복사하여 부착한 판넬을 내보인다.

"그리고 이것은 이 물건의 행방을 말해주는 귀중한 자료입니다. 이 도굴 벽화는 고구려 뿐 아니라 우리 상고사를 다시 써야 할 중차대한 증거물입니다."

"도대체 어떤 놈이야."

"어떤 새끼가 역사적 보물을 가지고 장난치는 거야?"

모니터로 회견을 지켜보던 사람들의 입에서 분노가 터져 나왔다.

"저는 이 자리에서 공정한 수사를 위해 특검을 요구합니다. 이 택배의 의뢰인은 살해당했고 수취인은 현직 검찰총장입니다. 이 벽화 때문 많은 분들이 정체불명의 사람들에 의해 살해되거나 고통을 받았습니다. 이 벽화가 현재 어디에 있는지 최종 수취인이 누군지 특검은 꼭 밝혀내야 합니다."

시청자들의 분노는 극에 달해 욕설이 난무하기 시작했다.

정운은 인천공항 출국장 의자에 앉아 신문을 펼쳐 들었다. 신문은 온통 어제 최태봉 지사의 기자회견 내용으로 도배되어 있었다. '국회 특별검사법 상정' '전상권 총장 잠적, 최종 소장자는 최고위층이라는 설' '도굴 운반에 관여한 전미협 노 회장 긴급구속, 문화재 밀반출에 관여한 공무원 출국금지' 등의 헤드라인 제목을 훑었다. 사회면 기사 쪽으로 신문을 넘기는데 주머니에서 휴대폰이 울렸다. 정운은 신문을 접고 휴대폰을 꺼내 발신자를 확인했다. 김중락이었다. 정운의 마음이 잠시 흔들렸다. 은혜를 입었지만 결국 그를 올가미에 가둔 꼴이 되었기 때문이다. 그래도 어차피 한 번은 겪어야 할 과정이라 생각하고 수신모드로 전환했다.

"예. 김 선배님. 죄송합니다."

"이 사람. 죄송할 건 뭐 있나? 내 그럴 줄 알았어. 자네하고 만나고 온 후 바로 사표냈네."

정운은 이외의 소리에 놀라 할 말을 잃었다.

"사표를 내다니요?"

"청와대 비서관 그만 뒀다고. 이거 자네 때문이 아니라 내 소신의 문제야. 나 최 지사 캠프에서 일하자고 제안 받은 지 꽤 됐어. 수고했네. 이제 자네가 바쁘게 생겼군, 특검에 들어갈 수 있도록 손 써 놓았네. 증인으로 필요하다면 언제든지 날 부르게. 한가해지면 밝달 동지끼리 한 번 뭉치세."

정운은 순간 정신이 멍했다. 제안에 대한 답변도 듣지 않은 채 김중락은 통화를 일방적으로 끝내버렸다. 자신도 모르는 어떤 거대한 음모 속 하수인이 된 듯한 기분이었다. 그러면서 안가에서 만났을 때 김중락이 했던 말이 떠올랐다.

"정치판에선 누가 동지이고 적인지 알 수 없어. 하루아침에 적이 동지가 되고 동지가 적이 되니까. 이런 사람들이 모두 애국자인 척 역사와 국가를 이야기하지만 권력을 잡으면 이야기는 달라지지. 중국의 눈치도 봐야하고. 그래서 벽화의 운명은 아무도 몰라."

그때 명상을 깨는 유심의 목소리가 들렸다.

"어머, 일찍 오셨네요?"

떨떠름한 기분을 떨쳐내려고 정운은 부러 환한 미소를 지으려 했지만 어색하다는 걸 느꼈다. 그래서 그걸 감추기 위해서 여행 캐리어를 끌고 오는 유심에게 다가가 격하게 포옹했다. 그런 돌발스런 정운의 행동에 놀라면서도 유심은 가만히 눈을 감으며 마주 껴안았다. 그리고 나직하게 속삭였다.

"수고 많았어요."

정운은 포옹을 풀며 말했다.

"헌데 문제가 생겼어."

유심은 영문을 몰라 정운의 얼굴을 쳐다봤다.

"이일석 신변에 유고가 생겼나봐. 휴대폰도 꺼져 있고 사무실로 연락해 봤는데, 연락 두절된 지 꽤 됐다는 거야."

유심의 얼굴 표정이 변하더니 금세 눈물이 그렁그렁 했다.

"안타까워요. 희생자가 또 한 사람 늘었군요."

"우리 신분도 노출돼 위험한데 그래도 갈 거야?"

"가야죠. 벽화를 찾은들 현장을 찾지 못하면 오리발 내밀게 뻔하잖아요? 심양의 남서쪽 두 시간. 왕릉을 찾아야 해요."

정운은 가만히 유심의 손을 잡았다.

"당신은 늘 용기를 주는 여자야. 그래. 수십 번을 가서라도 우리 손으로 찾아냅시다."

비행기 탑승 안내를 알리는 멘트가 들렸다.

"태왕께서 우릴 부르시네요."

정운은 캐리어 손잡이를 잡으며 말했다.

"갑시다. 우리의 사우다드를 찾아서."

유심은 빙그레 웃으며 오정운의 팔짱을 끼고 탑승구로 향했다.

어제 저녁 시청 앞 광장에서 열린 촛불집회 장면을 회상했다. 구름떼처럼 몰린 인파들 속에 정운이 서 있었다. 시민들은 '고구려벽화 특검 실시하라' '매국노를 처단하라' '잃어버린 역사를 되찾자' 등의 피켓을 들었다. 연단에 올라선 주최자들이 구호를 외치면 청중은 우레와 같은 함성으로 연창했다. 그 선창자 가운데 머리띠를 둘러 맨 고유심의 격앙된 얼굴을 보면서 정운은 안으로부터 우러나오는 뜨거운 기운을 느꼈다. 그때 신채호 선생의 글귀가 생각났다.

'역사를 잊은 민족에게 미래는 없다' ✈

참고도서

김덕중 『태왕의 꿈』 덕산서원, 2014.

김용만 『광개토태왕의 위대한 길』 역사의 아침, 2011.

김종성 『한국, 중국, 일본, 그들의 교과서가 가르치지 않는 역사』 역사의 아침, 2015.

신채호 『조선상고사』 비봉출판사, 2006.

심백강 『교과서에서 배우지 못한 우리 역사』 바른 역사, 2014.

이덕일 『한국사 그들이 숨긴 진실』 역사의 아침, 2014.

이주한 『위험한 역사시간』 인문서원, 2015.

이희진 『식민사학과 한국고대사』 소나무, 2008.

진영선 외 『고구려 벽화의 이미지 복원』 고구려역사재단, 2005.

인터넷, 신문, 잡지

김운회 「한국인의 뿌리를 찾아서」 상고사 대토론회, 2014.

동아일보 「수교 50년, 교류 2000년 한일, 새로운 이웃을 향해」, 2015.

윤명철 「장군총의 비밀」, 신동아 596호, 2009.

산책의 한국고대사 블로그

일승의 공간 블로그

스마트북스
소설가

사우다드

1쇄 발행일 | 2017년 6월 9일

지은이 | 강준
펴낸이 | 윤영수
펴낸곳 | 문학나무
편집 · 기획실 | 03085 서울 종로구 동숭4나길 28-1 예일하우스 301호
이메일 | mhnmoo@hanmail.net
출판등록 | 제312-2011-000064호 1991. 1. 5.
영업 마케팅부
전화 | 02-302-1250, 팩스 | 02-302-1251

값 15,000원

ISBN 979-11-5629-052-0 03810

*이 책은 제주문화예술재단에서 제작비를 지원받았습니다